FIRST EGG
ファーストエッグ
4

ファーストエッグ4

谷崎《たにざき》 泉《いずみ》
ILLUSTRATION：麻生《あそう》 海《かい》

ファーストエッグ4

LYNX ROMANCE

CONTENTS

seventh egg

野尻《のじり》が刺されたという一報を受け、そのまま梁山《りょうざん》泊《ぱく》の板場から飛び出そうとした佐竹《さたけ》は、水本《みずもと》の鋭い声に引き留められた。

「ちょっと！　何処《どこ》行くの？」

想像だにしていなかった凶報で頭がいっぱいで、その場の状況など吹き飛んでしまっていた。水本に頼んで握って貰《もら》ったおにぎりは、まだ多くが皿に残っている。

「あー…ごめん。ちょっと急用で」

「だったら、持って行きなさい。すぐに包むから」

不機嫌そうな顔つきでも、水本はそれ以上くどく言わず、手早くおにぎりをラップに包んでレジ袋に入れてくれた。傍《そば》に立っている黒岩《くろいわ》は物言いたげな目で見ていたが、電話の内容が事件に絡んだものだと察知しているのか、水本がいる場では何も聞かなかった。

「…はい。気をつけてね」

「ありがと」

佐竹に続いて、黒岩もごちそうになった礼を水本に丁寧に伝え、板場の出入り口から梁山泊をあとにした。足早に歩く佐竹は後ろを着いて来ている黒岩に何も言わず、道路の向かい側へ渡り、西を通る晴《はる》海《み》通り方面へ歩き始める。

「何が、あったんだ？」

しばらくして聞こえて来た黒岩の問いかけに、佐竹は足を止めて答えた。

「野尻さんが刺された」

「野尻さん…って、五係の野尻さんか!?　どうして……何処で…？」

詳しい事情を聞こうとする黒岩の表情は真剣で、何かを隠しているようには見えない。佐竹は内心で溜《た》め息《いき》を吐《つ》き、黒岩の背後に見えたタクシーに向かって手を挙げた。すぐに近づいて来たタクシーが目の前に停車すると、低い声で付け加える。

「詳しいことは俺もまだ分からない。向こうに着いてからだ」

そう言って、佐竹は先に車へ乗り込み、井筒《いづつ》から聞いた病院名を告げる。佐竹に続いて黒岩も車に乗ったのを確認すると、運転手は大塚《おおつか》へ向けて車を走らせ始めた。

車が動き出してしばらくした頃、佐竹は黒岩に野尻の動向を確認した。

「一昨日か…、五係に顔出した時、風邪引いて休んでるって聞いたけど、昨日は？」

昨日、佐竹は猿渡《さるわたり》のところにしか顔を出していない。佐竹の問いに黒岩は難しい表情で首を横に振った。

「野尻さんは昨日も休みだった。係長も心配していて…風邪で寝込んでるんだとばかり思っていたんだが、それがどうして…」

「……」

五係の奈良井《ならい》係長から、野尻が風邪を引いて休んでいると聞いたその日に、元気そうな彼と上野《うえの》の麻雀《マージャン》店で会っている。野尻が仮病を使って休んでいたのは、黒岩の件が引っかかっていたからだろう。自分が納得出来る真実を手に入れるまで、顔を出す気はなかったに違いない。

野尻が抱いていた疑惑を明らかにする真実とは。黒岩が自宅に帰っていなかったのは、自分を警護し、犯人を見つける為《ため》に、梁山泊近くのビジネスホテルに泊まっていたからだ…と聞かせたら、野尻は納得するだろうか。

野尻が気にするほどの怪しいところなど、黒岩にはないように見える。少なくとも、野尻が刺された一件と黒岩が関係しているとは思いがたい。野尻が心配なのか、曇った表情で車の行く先を見つめる黒岩の横顔を一瞥《いちべつ》してから、佐竹は小さく息を吐いた。

山手線《やまのて》の大塚駅から南へ一キロほど下ったところに、南大塚総合病院はあった。佐竹は携帯とスマホは持っていたものの、財布を持って出ておらず、黒岩に支払いを任せて車を降りた。

「財布を持って来てないって…。帰りはどうするつもりなんだ？」

「心配するな。俺には警護がついてる」

「あのな。都合のいい時だけそういうことを…」

黒岩の説教を聞き流し、佐竹は病院の受付で野尻の居場所を聞いた。救急搬送されていた野尻はまだ手術中とのことで、手術室近くに井筒がいるだろうと踏み、場所を教えて貰う。二階にある手術室へ階段を使って上がると、すぐに井筒と江東《えとう》の姿を見つけることが出来た。

「井筒さん、江東さん」

佐竹の呼びかけに二人は振り向き、手招きする。井筒たちは見知らぬ二人組の男たちと一緒だったが、聞かなくてもどういう相手かすぐに分かった。近づいた佐竹と黒岩に、井筒が紹介する。

「野尻の同僚です。…こちらは巣鴨《すがも》東署の阿部《あべ》さんと植木《うえき》さんだ」

予想通り、所轄の刑事だと分かり、佐竹は黒岩と共に神妙な表情で挨拶した。Tシャツにハーフパンツという、寝間着のような姿は佐竹だけだったが、緊急で呼び出されたと理解しているのか、巣鴨東署の刑事たちは怪訝《けげん》な表情も見せなかった。

「まだ手術中だって聞きましたが、どうなんですか？」

「傷自体は一カ所で、即死するようなものじゃないようなんだが、出血多量で意識不明だ」

「……。何処で？」

井筒は淡々とした物言いを意識していたが、その表情や口ぶりから、決して楽観出来る容態でないのが感じ取れた。すっと目元を歪《ゆが》め、野尻が刺された場所を聞く佐竹の為に、江東が所轄の刑事に説明を求める。

「人が血を流して倒れているという通報があったのは午後一時二十分頃です。場所は大塚駅北口から東へ三百メートルほど入った路地裏で、巣鴨との間くらいですね。背後から刺されたようで、俯《うつぶ》せの状態で倒れていたようです。救急隊員が駆けつけた時には意識はなく、所持品から本庁の方《かた》だと判明したので、すぐに連絡しました」

「目撃者や凶器などの遺留品は現在のところ、見つかっておりません。駅から離れており、防犯カメラの類いがない場所なので、映像で確認するのは難しいかと思われます」

「だろうね。あの人、カメラ避けて歩く習性があるから」

野尻は普段から各所に設置された防犯カメラの類いを、自ら避けて歩いている。こういうところで徒《あだ》になるのだと、舌打ちする佐竹に、江東が野尻の行動範囲について尋ねる。

「自宅は五反田《ごたんだ》とあったが、どうして大塚にいたのか分かるか？」

「あの人、山手線沿線に行きつけの麻雀店が幾つもあるんですよ。午後からが出勤時間で、たぶん、どっかの店に行こうとしてたんじゃないかと思います」

「そうか…。じゃ、野尻の行動も把握していたのか…」

「……。何か関係があると考えられるネタが出てるんですか？」

自分を脅して来ている犯人と結びつく事実が出ているのかと尋ねる佐竹に、江東は困ったような表情を返す。そこへ「井筒」と呼びかける、聞き慣れた声が届いた。振り返れば、紺色の制服姿の金田一《きんだいち》と中根《なかね》が歩いて来るのが見え、佐竹は表情を引き締める。

足早に近づいて来た金田一は、佐竹を見て「おう」と声をかけてから、井筒に状況を聞いた。

「まだ手術中か？」

「もうそろそろ終わる頃だと思う」

「手術に入る前に証拠採取したかったんだが…タイミングが悪いな」

「服は脱がせてあるでしょうから、先に貰ってきます」

渋い表情で舌打ちする金田一に告げ、中根は手術室の向こうにある看護師詰め所へ向かう。井筒はそれとなく、所轄の刑事たちを人払いし、新たに加わった金田一にも改めて説明する形で、その事実を伝えた。

「野尻を搬送しようとした救急隊員が気がついて、駆けつけた所轄の刑事に報告し、それを聞いたから金田一さんにも来て貰ったんだ」

「月岡《つきおか》事件との符号でも？」

刑事である野尻が刺されたとなれば、他の傷害事件よりも慎重な捜査が要求されることとなるが、わざわざ井筒たちが来ているのには明確な理由があると思われた。ただ、自分の同僚だからという理由ではないだろう。そんな佐竹の読み通り、井筒は渋い表情で続ける。

「足首に傷をつけられていた」

「……」

井筒が口にした事実は、佐竹が幾つか予想していたものの一つだった。月岡は殺害した被害者の足首に、自分の犯行を誇るかのように傷を残していた。月岡事件当時、繰り返し目にした現場写真を思い出しながら、佐竹は低い声で確認する。

「…六本ですか？」

「まだ数は分からないんだ。靴下が下げられているのに気づいて、ズボンの裾を捲《まく》ってみたら、切られているような痕が見られたっていう報告でね。実際に確認しようと思って来たら、手術中で」

井筒に代わって答えた江東は、困ったように顔を顰《しか》めて、手術室の方を指さした。江東も佐竹と同じく、月岡事件に関する資料を頭に残したままだ。足首に傷と聞き、自分と同じ光景を思い出したのだろうと考えるだけで、佐竹は自然と顔が歪むのを感じた。

恐らく、野尻を刺した犯人は月岡事件を模倣し、自分を脅して来ている犯人と同一人物に違いない。どうして野尻が狙われたのか。同じ五係だから？しかし、同僚だという理由で狙うのであれば、常に自らの身辺を過剰なまでに監視している野尻よりも、奈良井や栗原《くりはら》の方がずっと狙いやすいだろう。

納得がいかないまま、考え続けていると、「終わったぞ」と言う金田一の声が聞こえた。全員で手術室を見れば、術中を示すライトが消えており、ドアが開けられる。

「行って来る」

早速《さっそく》、証拠写真を撮影しに金田一が足早に手術室へ向かったが、中へ入るのは看護師に強く止められ、かなわなかった。野尻は意識不明のままで、手術室から直接ICU《集中治療室》へ運ばれたとのことで、そちらで担当の医師と話して欲しいと言われ返されて来た。

看護師の対応に不満げな金田一を窘《たしな》めながら、ICUへ移動する。井筒と金田一が担当医師と話し合った結果、金田一のみ入室できることになり、証拠写真を撮りに入った。

「手術自体はうまくいったものの、出血量が多過ぎて、状態はかなり不安定なようだ。意識がいつ戻るかについても、分からないと言ってる」

井筒から担当医師の話を聞いた佐竹は溜め息を吐いて、待合室に置かれたベンチに腰を下ろした。手術中の患者家族の待機所を兼ねた部屋は広く、自販機なども備えている。井筒が黒岩と共に缶コーヒーを買い、ベンチに戻って来ると、ICUに入っていた金田一も姿を現した。

「やっぱ、手術後ってのはどうにもならねえな」

舌打ちをしながら金田一は手にしていたカメラを井筒に渡す。デジタルカメラの画面にはICUで撮って来た野尻の足首が映し出されていたが、画面が小さい為、全員で見るのは難しい。そこへ野尻の着衣などを取りに行っていた中根が戻って来て、画像をタブレットで見られるよう、操作した。

先ほどよりも格段に見やすくなった画面では、足首に刻まれた傷痕がよく見えた。足首の内側、踝《くるぶし》よりも少し上の辺りに、脚に対し垂直方向に五センチほどの傷が並んでいる。

「……五本、六本……？」

「五本、半という意味じゃないすか」

等間隔で並ぶ傷痕を数えていた江東が、最後の数を言い淀《よど》むのに、佐竹は冷静な口調で助言した。五本目までは傷痕は全て同じ長さであるが、六本目だけは半分くらいの長さしかない。

偶然やミスだとも考えられるが、それ以上に、犯人の意図を感じた。野尻は意識不明の重体であるものの、即死するような傷ではなかった。ということは…。

「五人半…目という意味か？」

「六人目は俺だって、言いたいんでしょう」

またしても他人事《ひとごと》のように言い捨てる佐竹に、その場にいた全員が鋭い視線を送る。まさかと異論を唱える者はいなかった。沈黙が流れる中で、佐竹は唯一、野尻を直接見た金田一に様子を聞く。

「どうでしたか？」

「足首以外にも傷がないか、色々捲ったりしてたんだが、全く反応がなかった。医者が難しい顔してるのも、大げさじゃないだろう」

金田一が真面目な顔である分だけ、茶々を入れる隙もなく、深刻な未来を予想させた。眉を顰《ひそ》めて押し黙る佐竹に対し、井筒は溜め息交じりで注意する。

「…お前は余計なことを考えるなよ。今まで通り、おとなしく…」

「俺の動きが掴めなくて、それで野尻さんが狙われたんだって考えるのが筋でしょう」

「佐竹」

野尻が代わりに狙われたのだという確証はないと、井筒は強い口調で諭したが、佐竹の顔つきは全く納得する気のないものだった。そこへ所轄の刑事が井筒を呼びに来て、彼は「ちょっと待ってろ」と言い残し、待合室を出て行く。同時に、金田一と中根も現場へ証拠採取に向かい、待合室には佐竹と黒岩、江東の三名が残った。

江東は仏頂面で黙っている佐竹を見て、黒岩に席を外すよう求めた。佐竹と二人で話したいことがあるからと言う江東に、黒岩は迷うような表情を見せたが、逆らえない空気を感じたのか、何も言わずに待合室を出て行った。

江東の話というのが、自分の行動を窘める注意だけでないのは、何となく予想がついて、佐竹は二人きりになりたくなかった。ちょっとトイレに行って来ると、言い訳して逃げようとする佐竹の思惑を江東は読んでおり、Tシャツを引っ張り、立ち上がらせないようにする。

「っ…ちょ、離して下さい…」

「お前の逃げ方はワンパターン過ぎるよ」

「……」

呆《あき》れたように言う江東に返す言葉はなく、佐竹は神妙な様子で座り直す。江東は井筒が買って来た缶コーヒーの中から、微糖のものを選んで、プルトップを開けた。

「野尻を刺したのはお前を切った相手と同じだと思うかい？」

「……」

佐竹は無言のまま、少しして頷《うなず》いた。そのタイミングを見て、江東はもう一度問いかける。

「どれくらいの割合で？」

「…三割…くらい」

「低いな」

声を潜めて佐竹が答えるのを聞き、江東は苦笑する。井筒にはどうして本心を伝えなかったのかと江東に聞かれた佐竹は、眉間に深い皺《しわ》を刻んだ。

「確証がない…んで…。一般論の方が無難かと」

「無難ねえ。お前もそんなこと、考えるようになったんだな。でも、井筒も勘づいてるよ。…犯人がお前の代わりとして同僚を狙ったのだとしたら、どうして野尻だったのか。五係だったら、奈良井係長辺りの方が楽そうだ。野尻なんて、ハム上がりの男よりもね」

「……」

「野尻は公安にいた頃は、潜入捜査もこなす、相当優秀な捜査員だったらしいじゃないか。そんな男の行動を把握して、後を尾行して刺すなんて、大変だよ」

江東の意見はおおよそ佐竹と同じで、眉を顰めたまま頷いた。ひょいと腰を上げ、ベンチの隅に置かれている缶の中から無糖のコーヒーを探して手に取り、プルトップを開けて座り直した。

「俺もこれが奈良井係長とか、栗原…ってパソコンおたくのデブがいるんですけど…とかなら分かるんです。野尻さんってのが引っかかるんですよね」

その理由が公安の捜査員だったことだけでないのは、江東にも言えなかった。野尻と最後に会った時、彼と話した内容は疑惑が完全に晴れるまで口には出来ない。

冷たいコーヒーを一口飲んだら、空腹が染みてきて、水本に持たされたおにぎりを思い出した。腹が鳴るほどだったのに、おにぎりを食べている途中で井筒から電話がかかって来た為、一つしか食べていない。水本が包んで持たせてくれたのを有り難く思いつつ、袋から取り出したおにぎりを、佐竹は江東にも勧めた。

「江東さん、おにぎり、いりますか?」

「ああ、貰うよ。…買って来たものじゃないのか?」

「はあ…」

不思議そうに尋ねる江東に、梁山泊の板場で作って貰ったものだとは説明出来ず、佐竹は曖昧にごまかしておにぎりを頬張った。さっきは梅だったけれど、今度は好物のたらこが当たり、地味に喜びながらおにぎりを囓《かじ》っていると、江東が「うまいな」と感想を漏らす。

「でしょ」

「……さすが、高級料亭といったところか」

「………」

脅迫犯の捜査に加わり、井筒と行動を共にするようになった江東に、現状がばれるのは時間の問題だと思っていた。二人きりで話したいと、黒岩に席を外させたのも、この件だという予測はついた。だから、江東が言う「高級料亭」というのは梁山泊のことだとすぐに分かったが、自ら認めるわけにはいかず、佐竹は聞こえなかったふりをして、残りのおにぎりを食べ終えた。

同時に江東も手にしていたおにぎりを口へ放り込む。もぐもぐと咀嚼《そしゃく》してから、手についた海苔《のり》をぺろりと舐《な》めた。

「…主任が心配してたのは覚えてるよな?」

「……」

「俺も主任から頼まれてたんだよ。お前を高御堂《たかみどう》に近づかせるなって」

それも知ってるよなと確認して来る江東に何も言えず、佐竹は俯《うつむ》いて冷たい缶を握りしめた。

佐竹が高御堂に出会ったのは市場《いちば》班に入って間も

なくの頃だった。乾隆会《けんりゅうかい》会長であった高御堂の父親が変死した現場へ、組対《そたい》と共に捜一《そういち》から市場班が臨場《りんじょう》した。検視や行政解剖では病死とされた死因を、佐竹は納得せず、高御堂の犯行であると確信していた。

市場は佐竹の意見を尊重しようとしたものの、物的証拠が一切出ない状況ではどうにもならず、殺人事件としての捜査は行われなかった。それでも佐竹は諦め切れず、高御堂に近づいた。高御堂が父親を殺したのは、その「色」で分かっても、具体的な方法が分からなかった。本人からそれを聞き出そうとしている内に、いつしか深みに嵌《は》まっていた。

高御堂に近づく佐竹を心配し、市場は自己犠牲を払ってでも止めようとした。市場が心底から自分を心配してくれているのは佐竹もよく分かっていたが、高御堂に傾倒していく自分を止められなかった。高御堂から得られるものと、市場が与えてくれるものは、異質なようで佐竹にとっては同種であり、どちらをも欲していた。

市場を失った後は歯止めが利かなくなり、高御堂との関係はどんどん濃密になっていった。今では同居しているも同然で、高御堂への依存度の深さを恐れるくらいになっている。いつ失くしても構わない関係だと思うのが難しくなっているのが分かるから、高御堂の方から切り捨ててくれるのを心の何処かで望んでさえいる。

複雑な心情は説明出来るものではないし、どんな言葉を選んだところで、市場と同じで、江東には理解出来ないだろう。だから、否定するしかなくて、佐竹は「何のことですか？」ととぼける。

「築地《つきじ》の、梁山泊に…高御堂が買った料亭で暮らしてるんだってな？」

「…井筒さんは誤解してるんです。色々あって…」

「井筒だけじゃなくて、黒岩もそう言ってたぞ。あそこにいる限り、狙われることはないだろうからって。そりゃそうだ。どんなに頭のおかしな人間でも、本能的に、自分よりも高御堂のおかしさの方が勝っていると分かるだろう」

「江東さん…」

「主任が草葉の陰で泣いてるぞ」

一番言われたくなかった台詞《せりふ》を、一番知られたくなかった相手から向けられ、佐竹は顔を顰めて唇を噛《か》んだ。分かっている。分かっているのに…。

どうして高御堂の傍から離れられないのか。市場が生きていた頃、繰り返した自問自答が蘇《よみがえ》ってきて、心が苦しくなる。市場が望むように、正々堂々と生きられない自分自身の本質を、恨んだりもした。どれだけ浅ましく卑しい人間なのかと、とことんまで自虐的になったりもした。軽蔑《けいべつ》して、呆れて、見捨ててくれれば。心の底でそう思いながらも、市場の期待に応えたいという気持ちも捨てきれなくて、葛《かっ》藤《とう》を続けていた。

市場は理想で、高御堂は現実だった。理想を失《な》くし、絶望して自分を抑えられなくなり、凶行に至った。あの時、高御堂がいなかったら、どうなっていたか分からない。優しくもなく、慰めてくれるわけでもなかったけれど、ただ、自分が存在するのを許してくれた。

救ってくれたわけじゃない。助けてくれたわけじゃない。なのに、どうして高御堂に依存しているのか、やはり説明する言葉はなくて、佐竹は掠《かす》れた声で詫《わ》びる。

「…すみません」

「佐竹」

「すみません…」

詫びるしか出来ず、繰り返す佐竹に対し、江東は口を開きかけたが、何も言わずにやめた。互いが言葉を探している内に時間だけが過ぎ、所轄に呼ばれて出て行った井筒が戻って来た。

「江東さん、金田一さんたちも現場へ向かいましたし、俺たちも行きましょう。…佐竹、お前は帰っておとなしくしてろ」

「俺は野尻さんの意識が戻るまでここにいます」

「じゃ、この待合室にいろよ。病院内でも外来患者が出入りするような場所をうろうろしたりするな」

ＩＣＵの待合室であれば危険は少ないと判断した

井筒はこの場から動くなと指示して、野尻の意識が戻ったらすぐに連絡するよう付け加えた。江東は何も言わずに立ち上がり、井筒に続いて待合室を出て行く。その背中を複雑な思いで見つめていた佐竹は、江東と入れ替わりで入ってきた黒岩と目が合って、眉を顰めた。

「どうした？」

「…別に」

八つ当たりを込めたぶっきらぼうな口調で黒岩に返し、握りしめていた缶コーヒーを飲む。冷たかったコーヒーはぬるくなっており、後味の悪い苦みが口の中に残った。

待合室へ戻って来た黒岩は、佐竹から少し離れたところに腰を下ろした。黒岩が様子を窺《うかが》っているのは分かっていたが、佐竹は相手にするつもりはなく、座っていたベンチに寝転ぶ。黒岩の方へ背を向けて横になり、スマホを取り出して画面に見入っていた。

しばらくして、黒岩は意を決したように尋ねて来た。

「…江東さんに何か言われたのか？」

「……」

「……。江東さんから…梁山泊について聞かれたんだが…そのことだったか？」

黒岩の口調には罪悪感が込められているように感じた。告げ口したようで後悔しているのだろう。佐竹は身体を斜めにして黒岩を振り返り、大きな瞳をぎろりと剝《む》いて睨《にら》みつける。

「余計なことは言うなって、言っただろ」

以前、黒岩から脅しのような台詞を向けられた際、交換条件で情報を流してやった。あの時とは状況が変わり、黒岩の口から漏れたのではないと分かっていても、自分への義理立てではないのかと、怒りたくもなる。

「だが……江東さんは井筒さんから話を聞いたようで…確認されたんだ」

「それでも、俺が江東さんに知られたくないって分かってたんだから、とぼけるとかしてくれたっていいだろ」

「どうして江東さんには知られたくないんだ？」

「あんたにだって、井筒さんにだって、知られたくなかったよ」

むっとした顔で言い、佐竹は体勢を変えて仰向けになる。左手でスマホを持ち、顔の上に翳《かざ》してスクロールさせている佐竹は、話しかけるのを躊躇《ためら》わせるようなひどい仏頂面だった。だが、黒岩は構わずに問いかけを続ける。

「高御堂が…元暴力団関係者だからか？」

「男と愛人関係にあるって、あんただったら知られたい？」

「………」

黒岩の口を閉じさせる為に皆が敢《あ》えて指摘して来ない、基本的な問題を挙げた。案の定、黒岩は絶句したようで、静かになる。黒岩の顔は見なかったが、どんな表情をしているのかは容易に想像がついて、内心で溜め息を吐いた。

「…やっぱり…そういう関係だったのか…」

「友達だって思ってた？」

しばらくして黒岩が呟《つぶや》いた独り言に対し、佐竹は揶揄《やゆ》するような台詞を向ける。再び、沈黙した黒岩が、会話の糸口を見つけようとしているのが分かったが、無視して寝転んだままでいた。だが、ベンチの寝心地はよくなくて、背中が痛くなって来るし、スマホを眺めているのも飽きる。起き上がった佐竹は、野尻の様子を見てくると黒岩に伝えた。

「俺も行く」

着いて来るなと言えば、逃げるつもりじゃないのかと疑いをかけられそうで、面倒だったから黒岩の好きにさせた。待合室を出て廊下を右に進むと、途中から壁がガラス張りになる。病院のスタッフが大勢立ち働く詰め所を過ぎるとドアがあり、「面会室」というプレートがかかっていた。ＩＣＵにいても面会が許される患者もおり、更衣室に繫《つな》がる部屋からは内部が窺えるようになっている。

通りかかった看護師に野尻の居場所を聞くと、す

ぐに調べて教えてくれたが、面会室からはベッドの一部しか見えなかった。医療機器に囲まれたベッドの横で、看護師が薬剤を替えている。意識が戻った様子はなく、垣間《かいま》見える野尻の手を、佐竹はじっと凝視した。

佐竹の横に並び立った黒岩は、同じベッドを見つめながら尋ねる。

「…野尻さんに…家族は？」

「離婚してる。子供はいない。親兄弟は知らないけど、あの人のことだから、疎遠にしてると思うよ」

「そうか…」

頷く黒岩の表情は沈痛なもので、野尻を真剣に案じているのが伝わって来た。佐竹はその表情を一瞥してから、僅《わず》かに見える野尻のベッドへ視線を戻した。

その時、面会室のドアが開き、馴染みのある声が礼を言うのが聞こえた。

「ご丁寧にありがとうございました」

「あとはＩＣＵの職員に聞いて下さいね」

病院スタッフに案内されてやって来たのは、五係の奈良井と栗原だった。面会室にいた佐竹と黒岩に気づき、奈良井は大仰《おおぎょう》に驚く。

「佐竹くんに黒岩くん！　来てたんだね」

「係長のところにも連絡いったんですか」

「野尻くんが刺されたって聞いて、こっちの心臓が止まるかと思ったよ」

「どうなんですか？」

沈痛な面持ちで胸を押さえる奈良井の横から、栗原が冷静な口調で容態を尋ねる。佐竹はつまらなそうな顔で首を横に振り、ＩＣＵの中を指さした。

「あれが…野尻さんが寝てるベッドだけど、顔は見えないんだ。手術は成功したらしい。でも、出血がかなり多かったみたいで、今も意識は戻ってない。医者はいつ戻るか分からないって言ってる」

「そんなに…重体なのかい？」

「傷自体は塞《ふさ》げても出血多量となると、輸血量もハンパないでしょうから、拒絶反応とかの合併症も怖いですね」

栗原の指摘は的確なもので、佐竹は重々しく頷いた。下手《へた》をすればこのまま意識が戻らない可能性もある。最悪な結果も予想出来てしまい、四人とも何も言えなくなった。重い空気が流れる面会室で、奈良井が吐く溜め息の音がせつなく響く。

「野尻くん、風邪引いて寝込んでるって言ってたのに、どうしてこんなことに…」

「刺された現場はこの近くなんですか？」

「大塚駅の北側…巣鴨方面のようだ」

栗原の問いに黒岩が答え、所轄と共に井筒たちが捜査に当たっていると付け加える。犯人の目星はついているのかと続けられた問いには、黒岩はぎこちなく首を横に振った。

芳しくない状況を察した奈良井は小さく息を吐いてから、話題を現実的なものに変えた。

「…事務的な手続きとかも…しなきゃいけないよね。そうだ。ICUってのは着替えとかは要《い》らないのかね。ほら、野尻くん、家族いないじゃないか。離婚してるし。用意してくれる人間がいないだろう」

「たぶん、今は術着みたいなのを着せられてて、中はすっぽんぽんですよ」

「そういうものなのかい？」

「管とか入ってるでしょ」

「痛そうだねえ」

ガラス越しにICUの中を覗き込みながら、奈良井と栗原は暢気《のんき》にも感じられる会話を続ける。佐竹はそれに加わらなかったが、奈良井たちが自然な形で野尻をサポートしようとしているのは有り難いことだと思っていた。事情を抱えた人間の寄せ集めで、一見ばらばらな五係にも連帯感は存在している。普段は無関心でいても、いざとなれば相手を心配し、手助けしようと思うのは、同じ職場で働く同僚だという意識があるからだ。

だからこそ、佐竹の胸には野尻の事件が大きく影を落としていた。野尻を刺したのは自分を六人目の被害者にしようとしている犯人なのか。足首の傷痕から判断すれば、そう考えるのが妥当だが、疑問はある。しかし、その疑問に惑わされて方向性を迷えば、自分の周囲から次の被害者が出る可能性も高くなるだろう。

　自分のせいで、周囲に迷惑をかけるようなことがあってはならない。それだけは避けなくてはいけないと強く思い、野尻のいるベッドを見つめたまま、拳《こぶし》を握りしめた。


　佐竹が病院から姿を消したのはその日の深夜だった。夜になっても野尻の意識は戻らず、待合室のベンチを占領して巣を作っていたのだが、見張り役の黒岩が所用で席を外した隙にいなくなっていた。病院中を捜しても佐竹の姿は見つからず、黒岩は梁山泊へ戻ったのだろうと考え、ＩＣＵの看護師に容態に異変があれば連絡をくれるように頼み、病院をあとにした。

　佐竹の携帯に電話をかけても彼の声は聞けなかったが、梁山泊の中にいるのだと信じ、明け方から付近を監視し始めた。そうすれば、また佐竹が出て来るかもしれないという考えもあった。

　だが、翌日の午後になっても何の反応もなく、時間だけが刻々と過ぎていった。


　前々日から出かけていた高御堂が梁山泊へ戻ったのは、金曜の夕方だった。車庫から離れへ入ってすぐに、上がり框《かまち》で待ち構えていた羽根《はね》から、佐竹の行方が分からなくなっていると報《しら》された。

「お帰りなさいませ。ご帰宅早々、不手際な話で申し訳ありませんが、佐竹さんの居所が摑めません」

　佐竹の居場所を掌握しておくよう、高御堂から指示を受けていた羽根は、深々と頭を下げて詫びる。高御堂は靴を脱ぎながら、詫びよりも先に状況を説明するよう、羽根に求めた。

「大塚の病院にいるのではなかったんですか？」

「昨日の深夜、こちらへお戻りになられたのです。二階で寝ておられると思っておりましたが、いつの間にか抜け出しておいでででした。先ほど、監視カメラを確認したところ、戻って間もなくの頃、離れの勝手口から出て行く姿が映っておりました。気づくのに遅れまして申し訳ありません」

五係の野尻が刺され、運ばれた病院へ佐竹が駆けつけたという報告を高御堂が受けたのは、昨日の午後だ。重体である野尻を気遣い、しばらくは病院に留まるだろうと、高御堂自身も考えていたので、佐竹の行動は予想外のものだった。申し訳なさそうに頭を下げている羽根のせいではないと短くフォローし、所在を確認する為の術《すべ》を考える。

「スマホや携帯は？」

「寝室を確認しましたら、持って出ておられるようですが、電源が入っておりません。最後の発信地はこちらですので、ここで切って出かけたのかと」

携帯やスマホの電波を使い、高御堂が位置情報を確認しているのに、佐竹は気づいている。電源を落としたのはわざとだろうと考えながら、こまめにチェックするように指示した。必要に駆られて、電源を入れる可能性もある。

「…あの男は？」

「明け方頃から外におります。なので、向こうも佐竹さんの居場所を摑んでいないのかと」

玄関ホールから居間へ続くドアを開け、中へ入った高御堂は、懐《ふところ》から取り出したスマホで電話をかけた。佐竹は幾つも携帯やスマホを所持しているが、その中でも頻繁に使用しているものの番号へ発信する。羽根の言う通り、電源が切られている様子で呼び出しも出来ないのを確認し、背後を振り返った。

「あの男を呼んで下さい。他に聞きたいこともありますから、店の方で会います」

「承知致しました」

頭を低くしたまま、羽根が下がって行くのを見て、高御堂は一つ息を吐いた。佐竹には羽根や桜井《さくらい》たち以外にも監視をつけてあり、二重三重に居場所を特定出来るようにしていた。それらを振り切り、自ら姿を消したのには思惑があるに違いない。

佐竹の考えはおおよそ予測出来、高御堂は苦い気分で再度電話をかける。今度はすぐに「はい」と返事をする桜井の声が聞けた。

「…高御堂です。佐竹さんが姿を消したので捜して貰えますか。人を使って貰って構いません。恐らく、繁華街の類いに…分かりやすい場所にいる可能性が高いです」

『分かりました』

短く答える桜井に「お願いします」と丁寧に頼み、通話を切る。手にしていたスマホを懐へ戻し、高御堂は離れから渡り廊下を通って梁山泊の母屋《おもや》へ向かった。

正体の分からない相手から狙われている佐竹が、同僚である野尻が刺されたのは自分のせいだと考えている可能性は高い。感情的な好き嫌いを別にして、佐竹は同僚というものを大切に思っている。市場たちを亡くして以降、傷つくのを恐れるように、親しい人間関係を築かないようにして来たものの、組織に属している以上、孤独にはなれきれない。

野尻が刺されたという情報が入った時、佐竹が自分を囮《おとり》にした賭《か》けに出るのではと予想がつき、監視態勢を強化するように指示を出した。だが、佐竹自身もそれを分かっていて、慎重なやり方で羽根の裏をかいて逃げ出したのは間違いない。

救いとしては、潜伏してしまえば、目的が達せられないことだ。犯人をおびき寄せるには目立つ場所を選んで行動しなくてはいけない。犯人よりも先に佐竹を見つけられるか。これ以上、厄介《やっかい》なことになる前に…と考えながら、高御堂は長い廊下を進み、庭に面した一室を選んで襖《ふすま》を開けた。

庭側の障子を開け放ち、広い座敷から外が見えるようにする。間もなく日の入りで、太陽の陰った空が夕焼け色に染まり始めているのが見えた。それでも蟬《せみ》は名残惜《なごりお》しげにうるさく鳴いている。縁側に出て暮れゆく庭を眺めていると、羽根の声が聞こえた。

「お連れしました」

ゆっくり振り返れば、座敷を挟んだ向こう側の廊下に、背の高い男が立っているのが見えた。高御堂は「どうぞ」と勧めて、自身も縁側から座敷へ戻る。羽根が外から呼んで来た男…黒岩は、緊張した顔つきで座敷へ足を踏み入れ、すぐのところで立ち止まった。

廊下側の襖を閉め、羽根が去って行くと、高御堂は上座に腰を下ろして、黒岩にも座るよう勧めた。黒岩はその場で膝を折り、背筋を伸ばして正座する。

真っ直ぐに高御堂を見る黒岩の顔には、以前とは違う不安めいた表情があった。どうして招かれたのか分からない…というより、厭《いや》な予感を抱いているように見える。高御堂は黒岩の様子を細かに観察しながら、単刀直入に尋ねた。

「…あなたもあれの居所が分からないんですか？」

「……。佐竹はここにいないんですか？」

「ええ」

「俺は…戻ったのだと思って…」

外で見張っていたのだと続ける黒岩の顔は次第に不安げなものになっていく。携帯も繋がらないのだと訴える黒岩に、高御堂は無表情なまま頷いた。

「電源を切っているようです。いつもならば、何日姿を見せなくても気にかけないのですが、今は状況が悪い。こちらでも捜していますが、あなたの方でも真面目に捜してくれませんか」

「はい…」

「あれは態度も行儀も悪いですが、人一倍繊細なところがあります。ハムの件は相当に堪《こた》えているでしょうから、バカな真似をするのは目に見えています」

「バカな真似…というと…」

「躊躇わずに自分を囮にするでしょう」

つまらなそうに告げる高御堂に、黒岩はさっと眉を顰めた。すぐに自分だけでなく、井筒たちにも協力を仰いで、佐竹の居所を捜すと言い、立ち上がろうとする。そんな黒岩の動きを、高御堂は低い声で止めた。

「もう一つ」

それまでは事務的な連絡のようだった口調に、力強さが混じる。その表情も同じで、眼鏡の奥から鋭い目で見て来る高御堂を、黒岩は戸惑いを覚えながら見返した。じっと睨むように見られる意味が分からないというように、困惑した表情でいる黒岩に視線を留めたまま、高御堂は「あなたに」と切り出した。

「聞きたいことがあります」

「……。何ですか？」

「ファーストエッグプロジェクト、とは何か、ご存知ですか？」

黒岩の反応を確かめるように、彼を見据えたまま、はっきりとした発音で告げる。黒岩は微《かす》かに眉を顰めて、高御堂が口にした言葉を繰り返した。

「ファーストエッグ…プロジェクト…？」

怪訝そうな顔つきはその言葉を初めて聞いたように見える。腰を浮かしかけていた黒岩は、再度正座し直して、高御堂に聞き返した。

「それは…何ですか？」

「こちらが聞いています」

「…と…言われても……何のことか…」

さっぱり心当たりがないと首を捻《ひね》る黒岩には、ごまかしていたり、動揺したりしている様子は全くない。高御堂は表情のない顔で黒岩を見つめていたが、少しして唇の端を微かに上げた。

「あなたは非常に優秀ですね。…とても自分を盾にするくらいしか能のないＳＡＴの輩《やから》とは思えない」

「……どういう意味ですか？」

「あなたが何処から来たのか、知りたいのですが、摑めないんです」

「………」

意味が分からずに困っている…といった様子だった黒岩が、一瞬、表情を変えたのを高御堂は見逃さなかった。それは本当に僅かな変化で、黒岩自身、無意識の内に出てしまった反応に自覚はなく、何を言われているのか分からないと続ける。

「何が…言いたいんですか？」

「ご自分が一番お分かりかと」

「……。俺にはよく分かりませんが、とにかく、こちらでも全力で佐竹を捜します。そちらも手がかりが摑めたら、教えて下さい」

お願いしますと頭を下げ、黒岩は立ち上がる。その場で再度、丁寧にお辞儀をしてから、襖を開け、

廊下へ出て行った。黒岩の足音が遠くなり、間もなくして、襖が開いて羽根が顔を出す。

「何かしゃべりましたか？」

「……。あの男が何か知っているのは間違いないようですが、吐かせるのは難しいでしょう。…ハムが刺されたのも、あれが原因かもしれない。触れてはならないところに触れてしまったのか…」

独り言のように呟き、高御堂は小さく息を吐いた。しばし庭の方を眺めてから、廊下で控えたままの羽根に幾つか指示を出す。何よりも佐竹を見つけ出すのが最重要だと念を押して、自身も出かける為に立ち上がった。


梁山泊を出た黒岩はすぐに井筒と連絡を取り、佐竹の居所が分からないと伝えた。野尻の刺傷事件を調べる為に大塚にいると言う井筒に、会って話したいと告げ、落ち合う約束をする。それから、駅へ移動しながら、科捜研《かそうけん》の猿渡に電話した。佐竹が顔を出してないかと聞くと、凶器が発見された時が最後だと言う。

『一昨日かな。篠《しの》のところで会ったのが最後で、あれ以来、顔も出してないし、電話もないぞ』

黒岩の声が真剣なものであるのに気づいた猿渡は何かあったのかと尋ねる。行方をくらませたのだという黒岩の話を聞き、猿渡はすぐに懸念を口にした。

『五係の野尻が刺されただろう。あれを気にしてたんじゃないのか』

高御堂と同じ指摘をする猿渡に、黒岩は重々しく相槌《あいづち》を打つ。

「だと思います。なので、自分を囮にして犯人をおびき出すような真似を…」

『ああ、佐竹ならしかねない。すぐに捜さないと…。こっちでも色々声をかけてみるよ。何か分かったら連絡する』

「お願いします」

猿渡との電話を終えると、山手線で大塚へ向かった。大塚駅に着くとすぐに井筒へ電話して居場所を聞いた。野尻が刺された現場近くのクリーニング店にいるとのことで、その店まで行くと告げて通話を切る。

大塚駅北口から五分ほど歩き、ビルの一階に入っているクリーニング店を見つけた。付近には賃貸物件が多く、夕方ということもあって、人通りが結構ある。黒岩が足を速めて店へ近づくと、中から井筒と江東が出て来た。

「井筒さん、江東さん」

「おう、ご苦労さん。病院にいたんじゃなかったのか？」

怪訝な表情で聞きながら、井筒は江東を促して道路の反対側へ渡る。ビルの壁を背にして立ち、黒岩から詳細を聞いた。

「それが…深夜過ぎ…三時頃にいなくなってるのに気づきまして。築地に戻ったのだと思い、外で張っていたんですが、高御堂から梁山泊にはいないと聞かされました」

「高御堂が？」

怪訝そうに眉を顰めて確認する江東に、黒岩は硬い顔つきで頷く。高御堂も佐竹の居場所を把握するように努めていたようだが、見失い、自分たちに捜すよう指示をして来たのだと伝える。

「ちっ。偉そうに…って、高御堂の悪口を言ってる場合じゃなさそうだな。あの高御堂がこっちに捜せと言って来るくらい、危機感を抱いてるってのは…」

「佐竹が自分を囮に使うのではないかと言ってました」

「十分、あり得るな」

険相で同意した江東は、佐竹を早急に確保しようと井筒に提案した。井筒も異論はなく、若槻《わかつき》に応援を頼むと言って携帯を取り出す。電話を始める井筒の横で、江東は黒岩に野尻の状況を尋ねた。

「昼に病院へ電話して聞いたところ、変わりはないとのことでした。今は面会室で五係の奈良井係長が待機してくれています」

「そうか…。意識が戻れば…救いもありそうなんだが…」

「佐竹は、野尻さんが刺されたのは…自分のせいだと考えてるんでしょうか」

「そうだなあ…」

　江東が曖昧な相槌を打つと同時に、電話を終えた井筒が報告して来た。若槻からも佐竹の捜索指示を出して貰うことになったという話に、江東はほっとしたように表情を緩める。大塚に佐竹が現れる可能性は低いと考え、移動する前に所轄の捜査員へ連絡を入れた。

「野尻さんの件については何か分かったんですか？」

　昨日、病院で別れてから、井筒と江東は野尻の刺傷事件についての所轄署の捜査に加わっていた。捜査の進捗《しんちょく》状況を聞く黒岩に、二人は揃《そろ》って渋面を浮かべた。

「野尻はカメラを避けて歩いてるし、目撃情報も出て来ないんだ」

「この辺り、人通りは多そうに見えますが…」

「今は夕方だからだろう。昼間はそうでもないよ。…だが、それにしても情報が少ないんだ。犯人は野尻を刺してから、足首に傷もつけてる。ある程度の時間を要した筈で、なのに誰にも見られてないってのは相当、計画的な犯行だったか、行動が素早かったか…」

　凶器や他の物的証拠も見つかっておらず、野尻の意識が戻らない限り、目撃情報を丹念に拾っていくしかないだろうと言う江東に、黒岩は難しげな表情で頷いた。

　野尻を刺した犯人を挙げるのも重要だが、佐竹を見つけるのが先決だと井筒に促され、三人で捜索場所について話し合う。佐竹が刺されたのは有楽町《ゆうらくちょう》と新橋《しんばし》の間で、居候している梁山泊は築地にある。その近辺の繁華街と言えば銀座《ぎんざ》で、大勢の人が集まる街は顔の分からない犯人をおびき寄せる舞台にも相応《ふさわ》しい。ひとまず、銀座へ向かおうと決め、三人は大塚駅を目指して移動を始めた。

　井筒たちだけでなく、若槻の命《めい》によって多くの人間が佐竹を各所で探したが、その姿は一向に見つからなかった。今回ばかりはわがままや気まぐれで、佐竹が行方をくらましているのではないのを皆が分かっていて、悲劇が起こる前に見つけようと必死になっていた。だが、翌日になっても進展はなく、同じくして野尻の意識も戻らないままだった。

そして、その夜。佐竹はその居場所として予想された繁華街からは離れた場所にいた。

板橋《いたばし》区上板橋。東武東上《とうぶとうじょう》線の駅から南へ下った都立公園近くの住宅地の中に、更地《さらち》で放置されたままの区画がある。元々アパートが建っていたその場所を佐竹が訪れるのは、約二年ぶりだった。初めて訪れた時にはまだ建物があったけれど、その後に訪れた時には既に更地となっていた。多くの死傷者を出した場所だけに、買い手がつかないという話を聞いている。

「………」

初めてここへ来た時のことは、正直、余り記憶にない。二度目に来た時も苦しくて仕方がなくて、逃げ出すようにしてあとにした。三度目の今は…。以前よりも余裕があると言えばあるけれど、冷静かと問われれば、首を振るしかない。

ざわざわと波打つ心を抑える為に拳を握る。ぎゅっと唇を結び、一度だけ目にした建物を思い出すように、宙を睨んだ。

そこにかつてあったアパートには月岡《つきおか》が住んでいた。三年前、江東と共に僅かな手がかりから犯人を追っていた佐竹は、職務質問で犯行を認めた月岡の所持品から住所を割り出し、市場に報告した。市場は平沼《ひらぬま》たちや鑑識班、鴨下《かもした》係長と共に急行し、月岡の自宅を捜索した。

そこに爆発物が仕掛けられているとも知らずに。

「……」

ふいに焦臭《こげ》さが漂ってきたような錯覚がして、佐竹は眉を顰める。被《かぶ》っていたフードを外し、両手を合わせて空き地に向かって合掌した。目を閉じると、厭でも昔の光景が浮かんで来る。

　月岡の自宅が爆発し、大勢の捜査員が巻き込まれたという一報を受け、江東と共にここへ駆けつけて来た時、アパートは燃えており、警察関係の車輌だけでなく、多くの消防車や救急車で付近はごった返していた。手前でタクシーを降り、ここまで駆けて来た。市場は、平沼は、土肥《どい》は…鴨下係長は。皆の顔がぐるぐると回り、消火活動が行われている現場へ飛び込もうとして止められた。

　軽率だった。安易に月岡を逮捕してしまった自分のせいだ。自分が皆を殺したのも同じだ。そんな考えは鋭い楔《くさび》となって佐竹の心に深く打ち込まれ、月岡をこの世から消したその後も抜けなかった。

　今も尚《なお》、心の底を抉《えぐ》り続けている。

「………」

　小さく息を吐いて顔を上げると、何もない更地であるのが、不思議に感じる。月岡を殺した後、市場たちの影を探して一度だけここへ来た。市場に叱って欲しかった。どうしてそんなバカな真似をしたのかと、怒鳴って欲しかった。

　けれど、声は聞こえずに、目の前の苦しさから逃れる為に早々に立ち去った。自分は二度と、ここを訪れないだろう。そう思っていたのに。

　皮肉…というよりも、これは罰なのだろうと思った。脅迫状が送られて来た時と同じだ。人殺しである自分に対する、罰。後悔も苦しさも永遠に消えはしない。今は何もない更地を見つめていた目を伏せ、佐竹は大きく息を吐いてから、大切なものを奪った現場に背を向けた。

　上板橋の駅へ向かいかけてすぐだった。背後を着いて来る足音に気がついた。ようやく来たのかと溜め息を吐き、足を止める。ここで出会えなかったら、考え直さなくてはいけないと思っていたので、ほっとしたような気分もあった。

「……」

　ゆっくり振り返った先には、自分と同じくらいの背格好の男が立っていた。長袖のシャツにジーンズという服装はありふれたもので、顔立ちも平凡で目立たない。ただの通行人として見過ごしてしまうような普通さだったけれど、彼を包む「色」は違っていた。

黒くはないから、まだ誰も殺してはいないのだろう。だが、悪意や殺意は色に出る。目にするだけで気分の悪くなる色を、意識して見ないようにしながら、声をかけた。

「遅かったな」

「……」

「昨日から色々巡ってたのに。気づかなかった？」

黒岩や高御堂の監視を振り切り、逃げ出した佐竹は、犯人をおびき出す為に、月岡が選んだ殺害現場を順に回っていた。月岡は五人を殺害しているが、その現場は都内各所に散らばっている。一人目から順に巡り、五人目まで回ってから、月岡が暮らしていたアパートまで来た。月岡を信奉する犯人は、殺害現場や彼の自宅跡などを特別に考えている筈で、そういう場所を巡った方が行き当たる可能性が高いと考えたのが当たった。

表情を動かさずに無言で自分を見つめる男に、佐竹は笑みを浮かべて話しかける。

「最初からここへ来ればよかったか」

「……何を…言ってるんですか？」

「とぼけなくていいよ。俺は分かるんだ。無駄なやりとりはしたくない」

何が分かるのか、具体的な内容は口にしない佐竹に対し、男は微かに目を眇《すが》めた。しばし思案しているように視線を揺らめかせた後、佐竹に尋ねる。

「分かるって？」

「脅迫も、腕を切ったのも、野尻さんを刺したのも、お前だろう。何が目的？」

「目的？」

「月岡とはどういう関係だったんだ？」

佐竹が月岡の名前を口にした瞬間、男は目に憎悪を宿らせた。湧き上がる殺意は色となって佐竹の目に映り、厭な気分になって眉を顰める。やはり月岡と何らかの繋がりがあった人間なのだろうと考えながら、改めて、男の風体を観察した。

年齢は…三十代に入っているだろう。四十前だった月岡よりは若い。ありふれた顔立ちは地味なもので、月岡には似ていない。独特の影があった月岡とは違い、目の前の男はその色以外は普通過ぎた。

月岡との接点が少しも思い浮かばず、怪訝な思いで見つめる佐竹を、男はじっと見つめ返していたが、しばらくして静かに口を開いた。

「知りたいですか？」

「……」

答えない佐竹に背を向け、男は歩き始める。「おい！」と声をかけたが、男は止まらない。佐竹は仕方なく、距離を開けてその後を追いかけた。井筒たちに連絡することも考えたが、男の顔しか分からない状態で逃げられた時を恐れ、確実な情報を得るか、確保してからにしようと決めた。ただ、保険の為に、ポケットに入れたままの携帯の電源を入れる。見つかりたくなくて切ってあったけれど、逆に今は居場所を知らせられる。

慣れた様子で歩いて行く男は近辺の地理に詳しい様子で、月岡のアパート跡地を何度も訪れているのだろうと思われた。もしくは近くで暮らしているのかもしれない。そんな佐竹の予感は当たり、男は都立公園から氷川台《ひかわだい》方面へ歩き、しばらく進んだところで細道へ入った。その奥には似たようなアパートが数棟建っており、その一棟へ近づく。

氷川台ハイツというありふれた名称と、棟ごとに振られた番号を覚える。B棟の一階、左から二番目の部屋で男は立ち止まり、鍵《かぎ》を取り出した。

「……お前の部屋？」

「どうぞ」

離れたところから尋ねる佐竹に答えず、男は先に部屋の中へ入った。閉まったドアを見て、ポケットから携帯を取り出す。井筒に電話するべきか。だが、佐竹の頭には自分の早計な行動が生んだ悲劇が浮かんでいた。相手は月岡の犯行を真似ている。不用意に誰かを呼んで、巻き込むような事態があってはならないと思い、携帯を仕舞って男が入って行った部屋へ近づいた。

玄関ドアの前で小さく深呼吸してから、ノブを握った。ゆっくり回して開ける。部屋の中は真っ暗で、男の姿は玄関先からは見えなかった。

「……」

何か企んでいるのは間違いなく、玄関ドアを開け放っておく為に、部屋の中に背を向ける。その時、背中にちくりとした痛みが走り、佐竹は眉を顰めた。不審に思い、振り返ったすぐ先に男がいて、思わず息を呑《の》む。

「っ…」

驚いて身構えると同時に強い力で腕を引っ張られた。即座に抵抗しようとしたが、狭い玄関先ではうまく身動きが取れず、引きずられるようにして部屋の中へ連れ込まれる。それでも、同じような背格好の上に、腕力が勝っているとは言えない相手だったから、何とか逃れることが出来た。

「な…っ…に…」

男と対峙《たいじ》するように体勢を整えた時、頭がくらりとするような感覚がした。急に激しく動いたせいだろうと思い、緩く首を振る。揉《も》み合っている間に部屋へ上がっており、玄関は男の背後にあった。外へ出るには男を越えて行くか、部屋の奥へ向かうか。一階の部屋だから、外へ通じる掃き出し窓の類いがあるに違いない。

だが、奥には何があるかも分からなくて、不用意な行動は取れなかった。男の出方を窺うべきかと考え、じっと見ていたが、男は突っ立ったままで何の行動も起こさない。

「……」

何を考えているのかを読む為に集中しようとするのに、めまいがひどくなってきてかなわない。ぐらりと上半身が揺らいだところで、背中に感じた痛みのことを思い出した。もしかして、あれは…。

「…さっきのは……」

何らかの薬剤を注射されたのではないか。背中を押さえてみるが、何処に刺されたのかは分からない。注射針の痕跡は分からずとも、身体の異変は明白で、男を睨む視界が歪み始め、立っていられなくなる。

その場に膝をついた佐竹は、うまく動かない手でポケットから携帯を取り出した。

連絡を…取らなくては…と思うのに、視界が揺らいで携帯を開くことさえ、ままならない。携帯を取り落とした佐竹は、朦朧《もうろう》としながら倒れ込んだ自分を見下ろす男を目にしたが、それを最後に意識を失った。


深い昏睡《こんすい》状態にあった佐竹は、つんとした刺激臭を嗅がされて目を覚ました。意識は戻ったものの、頭がひどくぼんやりしていて、自分の状況もはっきり認識出来ない。椅子に座り、手足を拘束された状態で俯いているのだと分かるまで、かなりの時間を要した。

手足が動かないのを確認してから、ゆっくり顔を上げる。ぼわんと揺らいだ視界の中で、男が前に置かれた椅子に座るのが見えた。

「死ぬ前に俺と月岡さんとの話を聞きたいですか？」

「……」

唐突に尋ねて来た男に、佐竹は反射的に頷く。死ぬ前に。男が当たり前のように口にした言葉は、ぼんやりしたままの頭には響かなくて、ただの慣用句のように思えた。

口を動かしてみると、ぎこちない感じは残っていたが、声は出せそうだった。小さく息を吸い、佐竹は男に問いかける。

「…ここは？」

近くにスタンド式の照明が置かれており、椅子が置かれた周辺だけ白い光に照らされている。他は真っ暗で様子が窺えないものの、アパートの一室でないのは明らかだった。もっと広い…倉庫のような場所だ。意識を失った自分を男が運んで来たのだろう。男の左奥にはワンボックスタイプの軽自動車が停《と》まっている。普段は誰も立ち入っていない場所なのか、かび臭い臭《にお》いがした。

佐竹の問いかけに対し、男は鷹揚《おうよう》な口調で「そうですね」と応える。

「ここの説明からした方がいいかもしれません。ここは月岡さんが使っていた倉庫です」

「……」

月岡が使用していたという言葉に、佐竹は激しく眉を顰めた。男と月岡の間には、何らかの関係があるとは考えていたが、月岡と同じ倉庫を使用するほどの間柄だというのは想定していなかった。それに月岡が逮捕された後、彼に関しての詳しい捜査がなされた中で、倉庫などの存在は見つかっていなかった。

佐竹が訝《いぶか》しげな表情を浮かべるのを見て、男は椅子から立ち上がった。男の斜め右後ろには白っぽいシートがかけられた机らしきものがあったのだが、そのシートを外して見せる。

シートの下には古い事務机と椅子があり、机の上には事務用品が置かれているのが佐竹の場所からも確認出来た。ノートにペン、ワープロ。とうに生産を終了したであろう、時代遅れの機械を見て、佐竹は息を呑む。機種までは分からないが、あれは月岡が脅迫状を作成するのに使っていたワープロなのではないか。

自分宛《あて》の脅迫状に、犯人が月岡と同じワープロを使用出来た理由は…。

「月岡さんのアパートからワープロの残骸は出なかったんじゃないですか？」

「……。燃え方が激しかった上に…機械類は木っ端《こっぱ》微塵《みじん》で…確認出来なかった」

「警察はあの爆発で証拠品を全て失ったと考えたんでしょうけど、月岡さんはここで計画を練っていたんです。このノートに全て記されていますよ」

「……」

男がぺらぺらと捲《めく》ってみせるノートに、びっしりと文字が書き込まれているのが遠目にも分かった。月岡が別の場所に証拠を残していたとは、捜査本部の誰もが考えなかった。自室を爆破したのはあの部屋に全ての証拠があったからだと、疑いもしなかった。

ならば、何故《なぜ》月岡は自宅に爆発物を仕掛けていたのか。その理由は捜索に訪れた捜査員を傷つける為だとしか考えられず、改めて、月岡への憎しみが湧き上がる。怒りが呼び水となって、冷静な思考が次第に戻って来るのを感じた。

この男は何故、月岡の倉庫の存在を知っていたのか。もしかして、共犯者だったのではないか。そんな考えが浮かび、佐竹は率直に男に問いかけた。

「…お前は…月岡と共謀していたのか？」

「共謀？　まさか」

「じゃあ、どうして…」

「…俺が月岡さんを見つけたのは…月岡さんが四人目を殺した頃です」

見つけたというのがどういう意味か、判断しかねたが、佐竹はじっと男を見据え、話に耳を澄ませる。男は手にしていた月岡のノートを机へ戻し、再び佐竹の前に置いた椅子に腰掛けた。

「俺は昔からちょっと変わった人に惹《ひ》かれるんです。見ての通り、俺はごく普通で、ありふれた人間です。服装や髪型を派手なものにしたところで、型に嵌まるだけで目立ちはしない。けれど、月岡さんみたいな人はどんなに地味にしてもオーラがある」

「…変人だってだけだろう…。しかも、殺人犯だ」

「あなたもですよね。佐竹さん」

「……」

無表情だった男がにやりと笑って指摘して来るのに、佐竹は無言を返した。月岡を称《たた》えるような台詞が苦々しく思えて口を挟んだが、男に全てを話させてしまう方が先だと自制する。意識的に表情を消して押し黙った佐竹を男は勝ち誇ったような顔で見て、話を続けた。

「最初に月岡さんを見かけた時から気になっていて、何度目かに会った時に思い切って声をかけたんです。けれど、相手にして貰えませんでした。残念でしたが、嫌われるのも厭なのでそっと見守っていました。そんな中で、月岡さんが落とし物をしたのを見たんです」

謎だった男と月岡の繋がりが見えてきて、佐竹は眉を顰める。男が相手にして貰えなかったと言うの

は納得だった。月岡は人嫌いで、友人は一人もおらず、職場でも自宅近辺でも、親しく口をきく相手は皆無だった。一方的な思いを抱いていた男と、月岡との繋がりが強くなったのには、きっかけがあったのだ。

「…落とし物？」

「ここの鍵です」

訝しげに繰り返した佐竹に対し、男は誇らしげに応える。ここの鍵と聞いた佐竹は、再度、建物内へ視線を走らせた。男と話している内に、ぼんやりしていた頭が次第にはっきりして、視界もクリアになって来ていた。木造で、屋根はトタン葺《ぶ》きらしく、建てられてからかなりの年月が経っているようだ。よくある賃貸の倉庫の類いではなく、農家の納屋などを彷彿《ほうふつ》とさせる。

出入り口は背後にあるようだが、椅子に手足をくくりつけられている為に自由が利《き》かず、振り返って確認することは出来ない。慎重に建物内の様子を窺う佐竹に、男は鍵を拾った経緯について詳しく話し始めた。

「月岡さんは最初、鍵を落としたのに気づかず、行ってしまったんです。俺がそれを拾った後、戻ってきて随分探していました。月岡さんを心配させるのは申し訳なかったのですが、少しお借りして合い鍵を作りました。その後、同じ場所へ戻しておいたら、翌日になってまた探しに来た月岡さんが見つけて、持って帰りました」

「…お前は…月岡と同じ清掃会社で働いていたのか…？」

月岡の落とし物を見つけたり、彼の行動を観察出来るような立場にあったということは、同僚だったのかと聞く佐竹に、男は首を横に振る。

「いいえ。俺は自販機の会社で働いてたんです。月岡さんが清掃作業を行っていたビルで飲料の補充に当たっていました」

「……」

そうだったのか…と思わず相槌を打ちそうになった。月岡と繋がりのあった人間を捜す為、井筒に清掃会社を当たって貰ったが、清掃スタッフと同じように特定のビルに出入りする人間は他にもいたのだ。徐々に男の正体が明らかになって来たが、どうして月岡を真似た犯行を始めたのかは不明だった。

　月岡を殺されたことに対する復讐《ふくしゅう》であれば、もっと早い段階で行われていてもおかしくなかった。月岡事件の終焉《しゅうえん》から三年も経って、男が行動を起こした理由は、続けられる話から少しずつ読み取れて来た。

「月岡さんが落とした鍵は自宅のものだと思い、大切に仕舞いました。月岡さんが連続殺人事件の犯人だと分かったのは、それからしばらく後のことです。やはり俺の目は確かだったと…誇りに思いました。ですが、月岡さんはあなたに殺されてしまった」

「………」

「月岡さんは投獄されたとしても、そこからメッセージをくれる筈だったのに、その機会を奪ったあなたを恨みました。裁判だって絶対傍聴に行こうと考えていたのに…。その上、あなたは卑怯《ひきょう》にも罰せられなかった。適正な職務執行なんてふざけた理由でね」

　苦々しげに吐き捨てる男を、佐竹は無言で見返す。筋違いの考えには厭気を覚えるが、事実も含まれている。人を殺したという罪に対し、平等を欠いているという指摘には、反論はない。

「…俺を罰しようと？」

「月岡さんを殺したあなたがのうのうと生きているのが許せなかった。でも、俺はありふれた人間ですから。どうしたらいいのか、分からなかったんです。でも、月岡さんが俺に残してくれた鍵を見ている内に、それが月岡さんの部屋のものではないと気づきました。月岡さんのアパートはさほど古いものではなかったのに、その鍵にしては作りが古びていたんです。月岡さんは自宅以外に隠し部屋みたいなものを持っていたんじゃないかと考え、探しました。…それがなかなか大変で。ここに辿《たど》り着くまで、随分かかりました」

「ここも…月岡の家なのか？」

「詳しくは分かりませんが、一時期、月岡さんはここで暮らしたことがあるようです。随分前から人は住んでおらず、月岡さんはこの倉庫だけを利用していたみたいです」

倉庫だけ…ということは、他に母屋の類いがあるのだろう。耳を澄ませても車の騒音などは聞こえず、随分、静かだ。氷川台のアパートからかなり離れたところへ連れて来られている可能性が高く、佐竹は身動《みじろ》ぎしてポケットに携帯が入っているかどうか確かめた。だが、当然ながら抜き取られたようで、内心で舌打ちする。

「ここを見つけられた時、月岡さんが俺を導いてくれたのだと思いました。自分に代わって無念を晴らしてくれと、月岡さんは俺に頼んでるんです」

狂信的な物言いをし、男は椅子を立って再び机に近づいた。先ほど手にしたノートを持ち、感慨に耽《ふけ》るように眺めながらぺらぺらと捲る。

「…これには月岡さんの計画が書かれています。月岡さんは十三人殺すつもりだったのに、五人で止められてしまった」

月岡が更なる殺害計画を立てていたというのは驚く話ではなかった。数少ない月岡の供述からも、その話は出ていた。ただ、計画を記していたノートが存在していたというのは予想外だった。そういう類いのものは全て爆発による火災で燃えてしまったと考えられていたからだ。

佐竹は男が手にしているノートを睨み、眉間に浮かべた皺を深くした。そこにどういう計画が記されているかは読めないが、自分を六人目にしようとしているのは確かだ。

「六番目の殺害計画を実行しようとしているのか…?」

「いえ。月岡さんがなし得なかったことを実現するような力は俺にはありません。…ただ、月岡さんを殺したあなたを罰するのは、俺にしか出来ないことですから。俺にも可能な範囲で、出来ることをしようと考えました」

脅迫状を出し、少しずつエスカレートさせていき、恐怖心を煽《あお》る。月岡が重ねた五件の犯行を順番に再現していった…と言う男に、佐竹は眉を顰めたまま野尻は違うのではないかと指摘した。

「月岡は被害者の同僚を刺すような真似はしなかった」

「あれは…考えていた以上にあなたを見張っている人間が多くて、邪魔だったので…。仕方なく、アドバイスに従ったんです」

「アドバイス？」

どういう意味かと尋ねる佐竹の声は鋭いもので、男はすっと表情を引き締めて開いていたノートを閉じた。男一人の犯行ではなかったのか？　他に共犯者がいるのか？　頭の中で渦巻く疑問を、佐竹は口にする。

「誰に……アドバイスされたんだ？」

「あなたには関係ありません」

「共犯がいるのか？」

「まさか」

とぼけながらも男の顔が硬くなっているのが見て取れた。うっかり口を滑らせたと後悔しているのが窺える。男は野尻を刺すように、誰かからアドバイスされたのだ。野尻を刺せば、自分が監視を振り切って、無謀な行動に出ると男を唆《そそのか》した…人物がいる。

一体、誰が…と佐竹が考え込んだ隙に、男が目の前に立っていた。はっとして顔を上げれば、その手にはナイフが握られていた。反射的に逃げようとしたものの、縛られているから身動きが取れない。

「あなたを殺せば、俺は月岡さんに褒《ほ》めて貰えるんです」

「……よせ…」

「月岡さんはきっと、俺を認めて…今度は友達になってくれます」

月岡の殺害方法は五人とも同じだった。心臓を深く一刺しし、そのまま失血死させる。繰り返し刺したり、他の場所を傷つけることはない。全員が心臓にナイフが刺さったままの状態で見つかっており、かつて何度も目にした殺害現場の被害者の写真が脳裏に浮かんだ。

自分も同じように…六番目の被害者として、写真を撮られるのだろうか。そんな考えと共に身震いがして、全身が強張った。必死で手足に力を込めるが、動けない。男が両手でナイフを握るのを見て、佐竹は大声で制止した。

「やめろ…！」

胸に向けたナイフを男が躊躇《ちゅうちょ》なく突き動かす。もう駄目だ…と思い、反射的に目を閉じた時だ。パシュッという乾いた音が耳に響いた。続いて、何かが崩れ落ちたどさりという音が聞こえる。不思議とナイフで貫かれる痛みは感じなかった。

「……？」

怪訝に思って目を開ければ、目の前に男が倒れていた。男の額には銃痕が見え、目を見開いたまま死んでいるのが分かる。先ほどの音はサイレンサーを装着した拳銃の銃声だ。遅れて理解すると共に、頭の中が疑問でいっぱいになった。一体…誰が…。

誰が、男を撃ったのか。

「………」

ナイフを向けられていた時よりも強い恐怖感が足下から躙《にじ》り寄って来るような錯覚がして、息も出来なくなる。その時、微かな物音が聞こえ、身体がびくりと震えた。背後から足音が近づいてくるのが分かって、極限まで緊張が高まっていく。足音の主が男を撃ったのか？　次に…殺されるのは自分なのか？

恐怖に怯《おび》える佐竹の耳に、想像もしなかった声が届く。

「…無事か？　霜麻《そうま》」

「……!!」

その姿は視界に入っていなかったが、誰の声なのかはすぐに分かった。殺されるかもしれないという恐ろしさで固まっていた身体が更に萎縮し、息も出来なくなる。拘束されているせいではなく、違う恐怖で動けなくなっていた。

足音が止まり、佐竹の視界に声の主が姿を現す。自分を霜麻と呼ぶ人間は限られている。先日、病院で目撃した時には、信じられずに逃げ出した。あり得ない。幻影だ。そう思い込もうとしたけれど、現実である可能性の方が高いと分かっていた。それなのに、敢えて考えないようにしていたのは、どうしても信じたくなかったからだ。

　亡くなった…筈の、叔父《おじ》が目の前にいる事実が理解出来ない上に、彼に対する強い恐怖心があって、佐竹は瞬きも出来なかった。瞳を見開いたまま凝視する佐竹を見据えながら、叔父…佐竹匡和《まさかず》は倒れている男を平然とまたいで、椅子に腰掛ける。

「…元気そうだ」

「……。ど、…うして……。死んだんじゃ…」

　必死で絞り出した声は、佐竹自身にもはっきり分からないほどの弱々しさだった。男と対峙している内にぼんやりしていた思考が戻って来るのを感じていたが、再び、状態が悪くなっていくのが分かる。激しい動悸《どうき》やめまいがして、息をするのも苦しい。

　叔父が…匡和が生きていた。生きていて、自分の目の前に現れた。ということは…また、自分は匡和と暮らさなくてはいけなくなるのだろうか。

　既に三十も過ぎ、とうに自立しているというのに、どうしてそんな怯えを抱くのか。客観的に考えれば不要な心配だと分かるのに、それが出来ない自分は匡和の支配から抜け出せてないのだと痛感する。決して認めたくなくて、目を背けてきた事実。自分には心的外傷後ストレス障害…ＰＴＳＤによる症状が確かにある。こうして怯えているのが確かな証拠だ。

　匡和の何を恐れているのかは具体的には言えない。匡和は暴力や暴言とは無縁だ。声を荒げることも、粗暴な振る舞いを見せることもない。ただ、いつも逆らえないやり方で道を塞ぐ。反論を潰《つぶ》し、反抗心を失わせ、静かに支配する。

　ひどく動揺する佐竹に対し、匡和は表情のない顔で気づいていただろうと指摘した。

「病院で会ったじゃないか。お前はおばけでも見たような顔で逃げ出して行ったけれど」

「…だって……叔父さんは…事故で…」

　死んだじゃないかという言葉は呑み込み、では、あの遺体は何だったのかと考えた。焼け焦げた遺体は判別不能だったが、匡和以外だとは考えられず、本人だと確認して葬儀を出した。あれが匡和ではなかったのなら、誰の遺体だったのか。

そして、十年以上もの間、匡和は何処で何をしていたのか。それに、どうしてここに現れたのか。疑問だらけで、何から確かめればいいのかも分からない佐竹を、匡和はじっと見つめ、呟くように言う。

「…三十一か」

「……」

「よく出来ている」

三十一というのが自分の年齢を指す数字だというのは分かったが、続けられた言葉の意味は不明だった。何が「よく出来ている」のか。疑問だらけでパンクしそうな頭を抱え、佐竹は「叔父さん」と呼びかける。

強い困惑や本能的な恐怖を堪え、問いかけようとする佐竹から、匡和は視線を外して彼の後方へ視線を移した。何かに気づいたようにその目を微かに眇め、椅子から立ち上がる。そのまま去って行こうとする匡和を、佐竹は声を大きくして「叔父さん！」と呼び止めた。

だが、匡和は立ち止まらず、足音は遠ざかって行った。何とかして自由を得ようともがいても、しっかりとした大きめの椅子に拘束されているせいもあって、どうにもならない。その内に背後で扉が開閉する気配がして、しんとなる。

「っ…くそ…」

病院で匡和の姿を目にした時とは違い、幻だとはもう思わなかった。匡和は生きていた。どういう事情や理由が隠されているのかは分からないが、確かに、生きていた。その上、拉致現場に現れ、…この男を殺した…。

「………」

改めて、床に転がっている男を見た佐竹は、怪訝な思いが湧き上がって来て、縛られたままの手で拳を作って握りしめた。匡和がこの男を殺したのだとしたら、彼の色で分かった筈だ。しかし、匡和の周囲は黒く染まっていなかった。では、匡和以外の人間が殺したのか。背後は確認出来なかったが、連れがいたのかもしれない。

そう考えるのと同時に、ある事実を思い出した。物心がついた頃から、人の周囲に見える様々な色を見てきたけれど、匡和の色はいつも見えなかった。それは匡和が常に冷静で、感情的なところがないからだと思っていたが…。

三十一年の人生の中で、色が見えないのは匡和だけだった。改めてその事実に気づいた佐竹は、背中がすっと寒くなるような感覚を覚えた。何処までも恐怖心がついて来るのを苦々しく思い、眉を顰める。

その時、背後で扉が開けられる気配がし、再び足音が近づいて来た。匡和が戻って来たのだと思い、佐竹は「叔父さん！」と声高に呼びかける。

取り敢えず、拘束を解いて貰って、それから詳しく話を聞こう。そう思って、足音の方へぎりぎりまで首を捻って振り返った佐竹は、視界に入った相手が匡和でないのに気づき、息を呑んだ。

「っ…」

佐竹の目に映ったのは匡和ではなく、辺りの様子を窺うように慎重に近づいて来る黒岩だった。どうして黒岩が…と怪訝に思う佐竹に対し、黒岩は安堵の表情を浮かべ、「佐竹！」と名前を呼び、駆けつけて来る。

「大丈夫か…」

佐竹の傍まで近づき、安否を確認しようとした黒岩は、彼の前に転がっている遺体を見つけて、動きを止める。佐竹は黒岩の反応を見て、自分が早急に対応を考えなくてはいけないのに気づかされた。匡和が男を殺したのかどうかは確かめられていない上に、匡和は死亡したことになっている。

十三年前に死亡した叔父が突然現れ、男を撃ったかもしれない…という説明で納得する人間はいないだろうし、匡和については触れたくなかった。となれば、それなりの筋書きを用意しなくてはいけない。

佐竹は硬い表情で男の遺体を見つめている黒岩に、先に拘束を解くように指示した。

「…これ、外してくれる？」

「……あ、…ああ」

　佐竹の声を聞いた黒岩ははっとしたように顔を上げ、彼の手を縛っている縄の結び目を解いた。先に自由になった右手を軽く振っていると、黒岩が左側の縄を外しながら、事情を尋ねて来る。

「この男が…脅迫犯か？」

「……ああ」

「誰が…撃ったんだ？」

　どう答えるのがベストか。続けて自由になった左手を右手で押さえて考え込む佐竹の前に跪《ひざまず》き、黒岩は脚を縛っている縄に手を伸ばす。

「おじさん…というのは…誰のことだ？」

「……」

　背後から近づいて来た黒岩の気配を、匡和だと勘違いして呼びかけてしまった。黒岩がそれをしっかり覚えている様子なのは、佐竹にとっては都合の悪い状況だった。

「……何のこと？」

　ごまかそうとしてとぼける佐竹を、黒岩は真剣な表情で見上げる。縄を解く手の動きは止めずに、再度、同じ問いかけを佐竹に向けた。

「さっき、『おじさん』と呼んでいただろう」

「聞き間違いじゃないの」

「…これと関係があるのか？」

　これ…と黒岩が指すのは、彼の背後にある男の遺体だ。佐竹は顔を顰めて黒岩を睨むように見て、「ないよ」とつっけんどんに切り捨てる。自由になった右脚を二、三度曲げ伸ばしして、後は自分で解くからいいと黒岩を遮《さえぎ》った。

　前屈みになって左脚の縄を外している間も、自分を見つめる黒岩の視線を感じていた。黒岩が次に尋ねて来る内容は予想出来たが、彼を納得させられるだけの説明は思いつかず、佐竹は憮然《ぶぜん》とした顔を上げる。

「…なに？」

「この男を撃ったのは『おじさん』なのか？」

「……」

　おじさんというのが誰を示した言葉か分からずと

も、黒岩がそういう考えに至るのは自然な成り行きだった。本当に匡和が撃ったのかどうかは分からないし、匡和の存在を明らかにするわけにはいかない。何を言ってるのか分からないととぼけるしかなく、答えずにそっぽを向いたが、今後、説明を求めてくるのは黒岩だけではない。

匡和の存在を隠して、この状況を説明するベストな方法は…。左脚の縄を外した佐竹は考えながら立ち上がりかけたが、半分ほど腰を浮かせたところでめまいがして、倒れてしまいそうになる。

「大丈夫か？」

跪いていた黒岩が即座に立ち上がって支えてくれる。眉を顰めてその手を振り払おうとした佐竹は、車のエンジン音に気づいて動きを止めた。黒岩がここに来たということは、井筒たちもこの場所を知っていて、遅れてやって来たに違いない。黒岩を説得する猶予《ゆうよ》はないと判断し、彼の腕にかけた手に力を込め、その目をじっと覗き込んだ。

「余計なことは言うな」

低い声で命じる佐竹を、黒岩は無表情な顔で見返しただけで、何も言わなかった。佐竹を椅子に座り直させ、倉庫の出入り口へ向かって声を上げる。

「井筒さん、江東さん！　こっちです！」

黒岩の呼び声に気づいた井筒たちが倉庫内へ入って来るのが足音で分かる。佐竹は意を決して俯かせていた顔を上げ、井筒たちを振り返った。

「佐竹！　無事だったか！」

「よかった…！」

緊張で強張っていた顔を緩ませ、無事を喜んでくれる井筒と江東に、佐竹はぎこちなく頭を下げて「すみません」と詫びた。駆けて来た井筒と江東は、佐竹の傍まで来ると、床の上の遺体に気づき、再び表情を硬くする。

「こいつは…」

「自分がここへ着いた時、銃声が聞こえ、逃げて行く人影を目撃しました」

撃たれている男の遺体を見て、驚愕する井筒に、佐竹よりも先に黒岩が説明を始める。黒岩が口にしたのは完全なでっち上げで、彼がそのような態度に出るとは思ってもいなかった。佐竹は訝しく思ったものの、顔には出さずに黒岩が続ける話を聞いた。

「追いかけたのですが、すぐに見失い、倉庫内を確認したところ、椅子に縛られていた佐竹と…撃たれていた犯人を発見しました」

「犯人って…これが脅迫犯か？」

「はい」

確認してくる江東に、佐竹は重々しく頷く。黒岩の本意は読めないが、この場では彼の話に合わせておいた方が無難だろうと考え、縛られていた手首を押さえながら、犯人に関する情報を伝える。

「名前は分かりませんが、自宅は…氷川台の、氷川台ハイツB棟…一階の104号室です。そこで拉致されてここへ連れて来られました。薬で眠らされていたので、ここが何処なのかは分かってないんですが…」

「奥多摩《おくたま》だ。秋川渓谷《あきかわけいこく》の手前辺りだよ」

「井筒さんたちはどうしてここが？」

「タレコミがあったんだ」

渋い表情で答えてから、井筒は手にした携帯を開く。応援を呼ぶ為に連絡する井筒に代わって、江東が詳細を補足した。

「お前の居所がちっとも掴めずにお手上げ状態のところへ、五係の奈良井係長の携帯にタレコミが入ったんだよ。ここの住所と、お前がここにいるって内容でね」

「奈良井係長…の携帯ですか」

「奈良井係長は野尻の付き添いで病院にいて、お前が姿をくらましてるのも知らなかったから怪訝そうに連絡をくれたんだ。こっちとしてはわらにも縋《すが》りたい思いだったからね。別行動だった黒岩くんにも急行するように連絡して来てみたら…」

お前が見つかったのはいいけれど、犯人が撃たれているという状況は好ましくない…と江東は溜め息交じりに言う。そんな江東に黒岩は殊勝な様子で頭を下げた。

「申し訳ありません。先に到着出来たのに取り逃がしてしまい…」

「いやいや。黒岩くんが着いてなかったら、こいつも殺されてたかもしれないしね」

「そんな、物騒なことを…」

「実際、殺されそうになってたんだろう？」

淡々と佐竹に尋ねながら、江東は男の傍に落ちているナイフへ視線を向けた。否定することではなく、佐竹は小さく頷く。そこで井筒が電話を終えて、間もなく応援が到着すると伝えてきた。

「金田一さんたちもすぐに来てくれるそうだ。救急車も呼んだから、佐竹は取り敢えず、乗ってけよ」

「要りませんよ。救急車なんて」

「何言ってんだ。どんな薬使われたのかも分かりゃしねえし、手と足も治療して貰え」

勘弁して下さい…と項垂《うなだ》れる佐竹に、井筒はふんと鼻先で笑う。思い切り渋い表情ながらも、救急車を厭がるほど達者でよかった…と呟くように言う井筒の声はしみじみとしたもので、佐竹は今更ながらに申し訳なさを感じて、深く頭を下げた。


「…勝手な行動を取って…すみませんでした」

「全くだ。この落とし前は高くつくからな。覚えておけよ。まず、若槻理事官の長い説教はお前一人で受けろよ」

「ええ〜。マンツーマンはきついっすよ」

「…それに…これは報告書が大変そうだ」

遺体の向こう側にある机に歩み寄った江東は、積まれていたノートを捲って眉を顰める。江東にはそれが何なのか、一目で分かった様子だった。今まで謎《なぞ》だった月岡事件の真相がここには残されている。江東の真剣な横顔を眺めていると、遠くからサイレン音が近づいてくるのが分かり、佐竹は大きく溜め息を吐いた。


井筒が呼んだ救急車で近くの病院に運ばれた佐竹は一通りの検査と、手足に負った傷の治療を受けてから、再び現場へ戻った。既に夜は明けており、辺りは薄明るくなっていた。氷川台のアパートでの記憶を最後に、ここへどのようにして連れて来られたかは覚えていなかったが、改めて訪れた現場は拘束されていた時に想像した通り、トタン葺きの古い納屋だった。周辺の人家からはぽつんと離れた場所に建っている母屋は長い間人が住んでいないらしく、殆《ほとん》ど朽ち果てているように見える。

　井筒からの連絡を受けた若槻が、所轄署である多摩西署の協力を仰ぎ、捜査を開始していた。氷川台のアパートについても同時に捜査が進められており、佐竹が戻った時には新たな事実が幾つも判明していた。

「おう、佐竹。無事だったか」

「金田一さん」

　納屋を覗くと同時くらいに、金田一にめざとく見つけられ、手招きされる。金田一は佐竹が縛りつけられていた椅子の近くにおり、その前にあった男の遺体はなくなっていた。

「…解剖に？」

「ああ。中根が運んでる。その必要もないくらい、死因は明らかだがな。見事に、眉間に一発。弾が出てないから摘出して貰ってから拳銃の特定を行う。お前は撃った男は見てないんだろう？」

「…はい。ここに縛られてて…背後から飛んで来た感じでした」

「犯人の身長や射入口《しゃにゅうこう》から計算すると……あの出入り口近くから撃ったんだろう。詳しくデータを取って分析してみるが…」

　佐竹が金田一と共に出入り口の方を見ると、外にいた井筒と江東が揃って入ってくる。佐竹を見つけた二人は足早に近づいてきて、体調を聞いた。

「大丈夫です。それより、男の身元は分かりましたか？」

「ああ。お前が覚えてたアパートの部屋から身分証が出てきた。名前は伴幸治《ばんこうじ》。今、アパートの方を詳しく調べている最中だが、大したものは出ていない。ここの方が収穫あるだろう」

「ここは十年ほど前まで山辺《やまべ》という名の老人が一人で暮らしていたそうだが、その後は無人だったようだ。月岡とどういう関係があるかは、まだ分かっていない」

「月岡は縁戚関係も複雑でしたからね」

「ああ。でも、何らかの繋がりがあった家だから、ここを使っていたんだろう。詳しい調べはこれからだが、机の上にあったノートには奴が起こした連続殺人の計画が書き込まれていた。筆跡も月岡のものと見て間違いない。一緒にあったワープロの機種も一致しているし、封筒と便箋も出てきた」

　全て燃えてしまったと思われていた証拠が今頃になって発見されるというのは皮肉なものだ。再び、月岡事件と向き合わなくてはいけないのは、伴が残していった罰のように思え、佐竹は重い溜め息を吐いた。

「伴と月岡の繋がりはお前が聞いた通りで間違いないだろう。伴が自販機のメンテナンス会社に勤めていたという確認は取れた。月岡が清掃スタッフとして派遣されていた先と伴の仕事先が重複していたかどうかについても、確認を取っている」

「おおよそ、事件の概要は見えて来たよ。月岡を一方的に信奉していた伴が、お前を逆恨みして起こした犯行なんだろう。…ただ、一番の問題は、伴を殺したのは誰かってことだ」

「……」

　江東が挙げる問題点に、井筒と金田一も深く頷く。佐竹も遅れて頷き、難しげな表情を浮かべて腕組みをした。

「氷川台のアパートに、伴以外の人間はいなかったのか？」

「いませんでした」

「ここには？」

「…分かりません。…拘束されていたので、後ろを向くことも出来なかったんです。でも、足音や人の気配などはしなかったと…思うんですが…」

「共犯者がいて仲間割れ…という種類の事件じゃないしね」

　分からないな…と首を捻る江東に、佐竹は渋面のまま頷く。匡和の存在を明らかに出来ない以上、分からない、心当たりがないと繰り返すしかない。佐竹は井筒たち三人の見立てを聞いているだけだったが、ふと黒岩の姿が見えないのに気がついた。

「……あいつは？」

隣の江東に聞いてみると、倉庫内を見回して首を傾げる。

「さっきまで、その辺にいたんだが…」

その内戻って来るんじゃないかと言う江東に、「ですね」と軽い感じで相槌を打ちながらも、内心では黒岩のことが気になっていた。井筒たちの様子を見る限り、黒岩は芝居を続けているようだ。銃声が聞こえ、逃げていく人影を見かけたという黒岩の芝居は佐竹にとって有り難いものではあったが、その真意が読めないだけに気にかかる。

黒岩の本意を考えていると、井筒の携帯が鳴った。相手は氷川台のアパートを捜索している捜査員らしく、すっと表情を厳しくする。

「…そうか。分かった。…ああ、すぐに回してくれ」

短い会話で電話を切った井筒は、「ナイフが出た」と佐竹たちに簡潔に告げた。

「ナイフって…野尻を刺した凶器か？」

「恐らく。すぐに科捜研で鑑定して貰うよう、指示しました」

伴の部屋で発見されたナイフから野尻を刺したものだという証拠が見つかれば、佐竹が伴本人から聞いた証言の裏が取れる。朗報ではあったが、同時に気にかかることを思い出し、佐竹は眉を顰めた。伴はアドバイスを受けて野尻を刺したと言っていた。あの発言は…やはり共犯がいたという証拠なのだろうか。

「どうした？」

眉間を歪めたままでいる佐竹に気づき、江東がなにげない調子で聞く。佐竹ははっとして「何でもありません」と表情を緩めて首を振った。江東たちにアドバイスについての話をすれば、共犯説が濃くなるだろう。そうなれば事件はまだ続くとして、厄介な方向へ話が行きかねない。伴を殺したのは共犯者の類いでないことを知っているだけに、漏らさない方がいい情報であると判断した。

だが、忘れるわけにはいかない内容だった。伴に野尻を刺すよう、アドバイスした人間は何者なのか。野尻を刺すことで自分をおびき出せると唆したのだから、やはり伴の考えに賛同する人間なのか。全く読めなくて考え込んでいると、井筒がぼやく声が聞こえる。

「しかし、被疑者死亡で不起訴ってのはなあ」

どうにもすっきりしない…と顰めっ面で頭を掻《か》いた井筒は、はっとしたような表情になって佐竹を見る。同じようなケースの原因となった過去のある佐竹は、井筒の視線の意味を悟り、苦笑した。気遣いは無用だと思ったから、黒岩を捜して来ると言い訳をつけて、その場を離れた。

納屋を出た佐竹は、小さく深呼吸して空気を吸い込んだ。都心から随分離れているせいか、空気が新鮮に感じられる。納屋を離れ、ぼろぼろの母屋が眺められる位置で立ち止まり、空を見上げた。病院を出た時はまだ明け切っていないような薄水色をしていた空の色が随分濃くなっている。太陽からの日差しも眩《まぶ》しく、日陰の方へひょいと移動すると誰かにぶつかった。

「っ…す、みません」

所轄署の捜査員だろうと思い、慌てて謝った佐竹は、相手が黒岩だと気づいた時点で顔を顰める。それまで納屋や母屋を見回していたが、黒岩の姿は見当たらなかった。

「…何処行ってたんだ？」

「金田一さんにコーヒーを買って来てくれって頼まれたんだ」

仏頂面の佐竹に答えた黒岩は手に提げているコンビニの袋を持ち上げる。近くに自販機もなく、コンビニまで随分歩いたと黒岩は溜め息交じりに言った。

「金田一さん、何も言ってなかったぞ。……忘れてるのかも」

人に頼み事をして忘れるというのは金田一にはよくあることだ。怪訝な顔つきで言い、佐竹は自分にもコーヒーをくれと黒岩に求める。好きな種類を選べるように、黒岩は佐竹にレジ袋を差し出しながら、怪我《けが》の具合を聞いた。

「怪我ってほどじゃない。擦《す》り剝《む》いた程度だって」

「他は？」

「別に」

平気だと答えた佐竹は無糖のコーヒーを選んで、レジ袋を黒岩へ返す。早速プルトップを開けて一口飲み、周囲に人影がないのを確認してから、声を潜めて黒岩に尋ねた。

「…どういうつもり？」

「協力したつもりだ」

「どうして？」

「何か…事情があるんだろう？」

何故、自分を庇《かば》って嘘《うそ》を吐いたのかと聞く佐竹に、黒岩は真面目な顔で返す。確かに事情はあるが、黒岩がこのような形で協力してくれるとは思っておらず、佐竹には意外な展開だった。

「あんたにあんな芝居が打てるとは」

「嘘を吐くのは好きじゃないが、仕方がない時もある」

「ふうん…。…ま、正直、助かった」

ありがと…と短く礼を言い、佐竹はもう一口コーヒーを飲んだ。冷たくて苦い液体が喉を通って行くのを感じながら、黒岩に確かめたかったことを口にした。

「…あんたが…ここに来た時、誰か見なかった？」

「伴を撃った犯人のことか？」

「…かもしれない」

小さな声で付け加える佐竹をじっと見て、黒岩は首を横に振った。誰もいなかったと先に言ってから、ここまで来た経緯を説明する。

「俺はタクシーで来て…向こうの道で停めて貰ったんだ。そこからは様子を窺いながら歩いて来たが、誰にも出会《でくわ》さなかったし、車も停まっていなかった」

「……」

かつては月岡が使用し、伴が監禁先として使った納屋のある家は、集落から離れた一軒家だった。周囲は藪《やぶ》で囲まれ、母屋の一部が通りから見えるものの、全景は確認出来ない。敷地と通りを繋ぐ小径は細く、車同士が擦れ違えるほどの道幅はない。伴が佐竹を乗せて来た軽自動車は納屋の中まで乗り入れられていた。

黒岩の証言が本当ならば、匡和はどうやってここまで来て、どうやって姿を消したのだろう。だが、それ以前の疑問も山ほどある。自然と舌打ちが漏れ、顔も顰めてしまっていた。

「おじさんというのは…君の知り合いか？」

「……」

黒岩が静かな声で聞いて来るのに答えず、佐竹は溜め息を吐いた。しつこく追及されても答えるつもりはなかったが、彼はそれ以上聞かなかった。藪の中から唐突に蟬の鳴き声が聞こえ始め、それに呼応したように鳴き声が増えていく。梁山泊で耳にする鳴き声よりも、野性的に聞こえる気がするのは環境のせいか。

差し迫っていた危険からは解放された筈なのに、謎が増えるばかりで、ちっとも気分は晴れなかった。

何処に着地点があるのかも見えないまま、後を着いて来る黒岩と共に、井筒たちの元へ戻った。

伴が殺されたことにより、地元の多摩西署に殺人事件の捜査本部が設置されたが、佐竹はそれに加わらず、若槻の指示によって本庁へ呼び戻された。多摩西署からPC《パトカー》で桜田門《さくらだもん》まで送られた佐竹は、渋々、命令に従って若槻の元へ向かった。

「失礼します」

ノックをしてすぐに開けたドアの向こうでは、若槻と捜査一課の管理官が話し込んでいた。しばらく待つように言われた佐竹がつまらなさそうな顔で立っていると、その表情にけちをつけられる。

「なんだ、そのふて腐れた面《つら》は！　もう少し反省した態度を見せろ！」

「理事官、落ち着いて下さい」

声を荒げる若槻を若い管理官が宥め、とばっちりを恐れるように、自分は出直すと言って早々に引き上げていった。佐竹と二人きりになった若槻は、派手な舌打ちをして、座っていたソファの背に音を立てて身体を預ける。若槻が憤慨している理由を一応は理解している佐竹は、空いたソファに座ろうという考えは捨て、神妙に起立の姿勢を続けていた。

「ったく、お前はこっちの立場とか気持ちとか考えずに勝手な真似ばっかしやがって…」

「…すみません」

「伴じゃなくて、お前が殺されていた可能性の方が高かったんだぞ」

口調に険はあっても、若槻が身を案じてくれていたのは分かり、佐竹はもう一度「すみません」と詫びて頭を下げた。殊勝な態度を見せる佐竹を横目で見て、若槻は大きな溜め息を吐き、事件の取り扱いについて説明する。

「伴に関しては月岡との関係は伏せて、警官を狙った傷害犯として立件することになった。野尻に対する傷害容疑と、お前への拉致容疑だ。月岡事件が絡んでいるとなればマスコミが書き立てて、また大騒ぎになる。あの納屋から見つかった月岡事件に関する新たな資料は所轄署の方には触れさせず、全てこちらで処理する」

「…はい」

「井筒たちには向こうで伴殺害事件の捜査に当たって貰うが、お前は謹慎だ」

「……」

やっぱり…と思い、佐竹は溜め息を吐いて項垂れた。自宅謹慎を命じられていようがいまいが、さほど佐竹の生活は変わらないのだけれど、気分的には違う。その上…。

「それと反省文、書いて来い」

「反省文…ですか?」

「始末書を出す立場でさえ、ないだろう。お前は。反省文だ、反省文!」

子供と同じだと続け、若槻は鼻先から息を吐き出す。言い返したいことは山ほどあったけれど、これ以上怒らせてもまずい。憮然としているのがバレないように、意識した無表情で「はい」と返事をした。

すぐに来いと呼びつけたくせに、忙しいから帰れと横暴に命じる若槻に、内心でうんざりしつつも、佐竹は再度深々と頭を下げた。

月岡事件の関与が漏れないように気遣うのは、警察側が抱える事情が大きいせいだろうが、若槻が個人的に自分を心配してくれてのことだとも分かっている。ありがとうございましたと礼を言っても、何のことだとつっけんどんにされるのは確実なので、お辞儀に気持ちを込めた。

若槻の説教が短めに済んだのを有り難く思い、早早に引き上げようとした佐竹は、「それから」という低い声に引き留められた。ドアノブに手をかけた状態で若槻を振り返れば、これ以上はない険相で命じられる。

「伴を殺したホシが挙がるまで、お前の安全は確保されたとは言えないからな。ホシが伴の共犯で、そいつがお前を狙う可能性は捨てきれない。勝手な真似は今度こそ、慎めよ。家から一歩も出るな」

「……」

「お前が動けば、それだけ回りに迷惑かけるって、いい加減に理解しろ」

物言いたげな目で見る佐竹に、若槻は眉間に皺を刻んでぶっきらぼうに返す。さっさと出て行くよう、手で追い払われて、唇を突き出した渋い表情で若槻の部屋を出た。

伴を殺した犯人が自分を狙うことは……ないだろう。誰にも言えないが、佐竹はそう確信していた。伴が殺されたのは、自分を殺そうとしたからだ。

「……」

時間が経つにつれて、伴に打たれた薬剤による影響が抜け、本来の思考を取り戻せていた。匡和がどうしてあの場に現れたのかと考えた時、導き出せる答えは一つだ。匡和は自分を助けに来たに違いない。あの時、伴が撃たれなければ、今頃、自分の方が遺体となって解剖されていた。

助けてくれたのは有り難いが、問題はそれが十三年も前に亡くなった相手だったことだ。匡和は生きていた。その事実を改めて胸に刻み、警視庁をあとにした佐竹は野尻が入院している大塚の病院へ向かった。

ＪＲの大塚駅に着いた時には夕方になっており、沈みかけた太陽が街をオレンジ色に染めていた。記録的な猛暑という言葉を毎年耳にするが、今年も真夏日が途切れない日々が続いている。駅の構内から外へ出た途端、足下から熱気が上がって来て、うんざりしながら病院を目指した。

その日は日曜ということもあり、病院の正面玄関は閉鎖されていた。案内に従い、休日用の出入り口から中へ入り、ＩＣＵのある二階へ上がる。面会室を覗いたが誰もおらず、待合室の方へ向かった。廊下を歩いている途中、前方から「佐竹くん」と呼ぶ声が聞こえて来る。顔を上げれば、ポロシャツ姿の奈良井が歩いてくるのが見えた。

「係長。野尻さんはどうですか？」

「いや、それもそうだけど、佐竹くんの方は…どうなってるんだい？」

野尻の状態を聞く佐竹に、奈良井は困った顔で聞き返した。佐竹の居所に関するタレコミが入ったのは、奈良井の携帯だった。野尻の様子と共にそれについても確認したくて、本庁を出てすぐに病院を訪れた。

佐竹は奈良井の問いには答えず、心配げな表情を浮かべている彼を促して、先ほど覗いた面会室へ戻る。奈良井は毎日野尻を見舞っており、昨日と今日は休日であるから、朝から晩まで病院にいるのだと話した。

「野尻くんは…余りよくなくてね。意識が戻る気配が全然ないんだ。…ほら、あのベッドなんだけど」

面会室とＩＣＵはガラスの壁で仕切られており、中の様子が窺えるようになっている。先日、佐竹が訪れた時とはベッドの位置が変わっており、野尻の全身が見えるようになっていた。だが、奈良井の言う通り意識不明の状態が続いているようで、遠目にも反応がないのが分かる。

「…医者はなんて？」

「輸血量が多かったこともあって、拒絶反応なんかで高熱が続いてたんだよ。けど、それも昨日くらいから落ち着いたから…後は運に任せるしかないみたいなこと言ってた」

「そんな。占い師じゃないんだから」

「でもそんなような感じだったよ。このままずっと意識が戻らないかもしれないし、突然、目覚めるかもしれない。それがいつかは分からないって」

「……」

奈良井の説明に相槌を打てないまま、佐竹は野尻をじっと見つめる。野尻を刺したのは…自分をおびき出せるというアドバイスを受けたからだと、伴は言っていた。つまり、自分のせいで野尻は刺されたのだ。改めて、その事実を思うと、自然と顔が歪んだ。

「野尻くんも心配だけど、佐竹くんの方は…何があったんだい？」

ＩＣＵ内を見つめたまま沈黙していた佐竹に、奈良井が改めて遠慮がちに尋ねる。その声にはっとして、佐竹は握りしめていた拳を解いた。

「…そうだ。係長の携帯に電話があったんですよね。詳しく聞かせて下さい」

「ええと…、昨日の夜だよ。ここの面会時間が八時までなんだけど、そろそろ帰ろうかなと思ってた頃に携帯が鳴ったんだ。公衆電話となっててね。不思議に思いつつ出てみたら、ボイスチェンジャーを通した声で、今から言う住所をメモしろって言われたんだ。何のことか分からなくて、いたずらかと思ったんだけど、言われた通りにメモしたら、そこに佐竹くんがいるって言うんだよ。どういう意味かって聞き返したら、電話が切れちゃって。どうしようかと悩んだんだけど、変な電話だったから気になってね。佐竹くんの携帯に電話したんだけど出てくれないし。何となく…胸騒ぎ的なものもして、井筒くん辺りに知らせておいた方が無難かと思って連絡したんだ」

「正解です。助かりました」

困惑した顔で説明する奈良井に肩を竦《すく》めて礼を言い、携帯を見せてくれるように求めた。休日の為、私服である奈良井はズボンのポケットに入っている携帯を取り出して佐竹に渡す。

奈良井の言う通り、昨夜の午後八時前、公衆電話からの着信がある。この通話記録に関しては井筒が捜査指示を出しているだろうなと考えつつ、携帯を奈良井へ戻した。

「佐竹くんも…何か事件に巻き込まれてたのかい？」

奈良井には腕を切られたことも伝えていないが、脅迫状が送られて来ていたのは知っている。心配げな奈良井に、佐竹は小さな笑みを浮かべて「大丈夫です」とだけ答えた。誰が奈良井の携帯に自分の居場所を知らせたのかを考えるのに精いっぱいで、事情を説明する余力がなかった。

自分を捜していた井筒たちではなく、奈良井を選んだのはガードが緩いからだと考えられる。井筒たちであれば即座に録音するなり、様子を窺うなり、相手を探ろうとする行動に出ただろう。奈良井は捜一の係長とはいえ、名ばかりで、機転が利くタイプとも言いがたい。だが、情報の伝達役としては十分だ。

誰が何のために、自分の居場所を警察サイドに伝えようとしたのか。匡和だとしたら、自ら現れる必要があっただろうか？　井筒たちの到着が間に合いそうになかったから？

「…でも…余り大丈夫そうには見えないんだが…」

考え込んでいた佐竹は、奈良井の控えめな声に気づいて顔を上げる。自分をじっと見つめる奈良井の視線は、手首と足首に巻かれた包帯に注がれている。その上、上着として着ていた長袖のパーカーを伴に脱がされていたから、右の上腕部に巻いた包帯も露《あら》わになっていた。半袖半ズボン姿の、見えているところのほとんどに包帯が巻かれているのだから、痛痛しく見えるのも当然だった。

「…大した怪我じゃないんです。なんか、大げさにされちゃっただけで…」

「ならいいんだけど…。でもね、顔色も悪いし、随分、疲れているように見えるよ。一度、家に帰って寝たらどうだい？」

奈良井に気遣われるのも無理はない状態であるのは佐竹自身、分かっていた。野尻が刺されたという連絡を受けて以降、まともに眠っていない。伴に強制的に眠らされはしたが、薬剤を使用された身体には逆に負担がかかっており、疲れているのを認めざるを得なかった。

佐竹は一つ息を吐き、頭を掻いて「そうします」と奈良井の勧めに頷いた。

「係長は…まだいますか？」

「ああ。八時まではいるよ。何か変化があったら電話するから」

「あー…俺、携帯を押収されてるんで…。こっちから連絡します」

よろしくお願いします…と頭を下げた後、もう一度、ベッドで眠っている野尻を見た。早く目覚めて、思い切り憎まれ口を叩いてくれたらいいのに。そんな願いを残し、佐竹は奈良井に後を任せて面会室をあとにした。

病院を出た佐竹は取り敢えず、梁山泊へ戻って休もうと決め、駅へ向かって歩き始めた。奈良井と話している内に日は沈み、外は薄暗くなりかけている。考え事をしながらぼんやり歩いていると、車道の端に見覚えのある車が停まるのが見えた。有り難いような、有り難くないような、相反する気持ちを抱きながら、車に近づき、後部座席のドアを開ける。

「…すみませんでした」

シートに座ると同時に謝る佐竹に、運転席の桜井が渋い顔で「全くだ」と返す。助手席に成富《なるとみ》の姿はなく、桜井一人だった。すぐに発進した車内で、佐竹はずっと自分を捜していたのかと尋ねた。

「まあな」

「どの辺りで見つけました？」

「お前の携帯の電源が入ったとかで…氷川台に行けって言われたんだが、俺たちが着いた時には携帯の電波が途切れてた。その後、警察に動きがあって…多摩の方にいるって分かった。無事でよかった。お前に何かあったら、高御堂さんにクビを切られるくらいじゃ済まなかったぞ」

「……」

　まさか…と笑うことは出来ず、佐竹は無言で窓の外を見つめた。桜井の話からすると、高御堂たちは警察の情報によって自分の居場所を確認している。ということは、奈良井にたれ込んだのは高御堂サイドではない。もしかすると…と思っていた考えの一つが消える。自分の居場所を…伴の動きを摑んでいたのは誰なのか。

「高御堂さんに謝っておけよ」

「……」

「随分、心配してたぞ」

　桜井の低い声は真剣なもので、身につまされるように感じた。返事は出来なかったが、バックミラー越しに見てくる桜井に、頷いてみせる。佐竹は深い溜め息を吐き、犯人は死亡したので、危険はもうなくなったと告げた。

「誰に殺《や》られたんだ？」

「捜査中です」

「……。高御堂さんはまだお前から目を離すなって言ってるぞ」

　犯人を殺した奴を気にかけてるんじゃないか…と言う桜井の指摘に、どきりとさせられた。高御堂は若槻と同じように、伴を殺したのが共犯者で、まだ狙われる可能性があると考えているのだろうか。それとも…。

　薬の影響が抜け、すっきりしたと感じた頭が今度は疲労による睡魔に襲われる。高級車のシートは座り心地がよくて、エアコンの効いた車内は涼しく、静かだったから余計だ。いつの間にか眠ってしまっていた佐竹が目を覚ました時には、車は築地に着いていた。


　車庫に入ったところで桜井に起こされた。身を震わせて起きた佐竹は、眠ってしまったのを詫びて車を降りる。店へ行くと言う桜井と別れ、離れへ入った佐竹は、上がり框で待っていた羽根に出迎えられた。

「お帰りなさいませ」

「……すみません、羽根さん。ご心配おかけしました」

姿を消したことで羽根にも多大な迷惑をかけたのは分かっていた。殊勝に頭を下げて詫びる佐竹に、羽根は穏やかな笑みを浮かべて、桜井と同じように、自分ではなく高御堂に謝った方がいいと勧める。

「佐竹さんの安否を案じておいでです」

「……たかみさんは？」

「まだ戻られておりません」

高御堂が留守であるのに少しほっとし、帰って来たら謝ると約束して、二階へ上がった。静けさに満ちた寝室の、嗅ぎ慣れた匂いを鼻にした途端、どっと疲れが増すのを感じた。安心出来る場所に帰って来られたことに、身体が反応している。そのままベッドで横になりたかったが、さすがに気が引けた。

「……」

まっさらなシーツに潜り込むには、少々薄汚れているという自覚があり、佐竹は疲れた身体を引きずるようにしてバスルームへ入った。鏡に映った自分を見れば、奈良井が心配するのも無理はない顔をしていて、嘆息する。

シャワーを浴びる為に服を脱ごうとして、自分が包帯だらけなのに気がついた。消毒程度で十分だったのに、過剰な手当てを気に入らなく思いながら、浴槽の縁に腰を下ろす。足首に巻かれた包帯から外そうとして、右脚を持ち上げた時、バタンと寝室のドアが閉まる音が聞こえた。

何気なく顔を上げると同時に、高御堂がバスルームのドアを開けて入って来る。いつもと変わらない無表情な顔だったが、慌てた雰囲気を感じて、佐竹は複雑な気分で高御堂を見つめた。

なんて言うべきか。「ごめん」と最初から謝るべきか。悩む佐竹を見下ろした高御堂は、怪訝そうに眉根を寄せる。

「……フランケンシュタインか？」

「……。大げさに巻かれちゃったんだよ。シャワー浴びる前に外そうと思って」

　厭みっぽい口調でも軽口を叩いてくれたのが有り難く思えて、佐竹はむっとした顔で言い返した。縁に乗せた右脚の包帯に手をかけると、高御堂が近づいて来て目の前に跪く。無言で佐竹の手を退《ど》け、足首に巻かれた包帯を外していった。

　手足を縛っていた縄は納屋にあったらしい古いもので、荒い繊維がむき出しになっていたから、肌が擦れて剝けてしまっていた。包帯を外し、改めて見ると、擦り傷と共にくっきりと赤い痕が残っている。高御堂が微かに眉を顰めるのを見て、佐竹は肩を竦めた。

「やばい趣味があるのかって思われそうだね」

「…興味があるのか？」

「たかみさんはなんでも詳しそうだよね」

　からかうように言う佐竹に失笑し、高御堂は左脚の包帯も外す。両手首や右上腕の包帯も取り去り、Tシャツを脱がせる。後ろを向くように言われ、佐竹が素直に背中を見せると、不機嫌そうな声が聞こえた。

「…ここは？」

「え？」

「何かにぶつけたんだろう。痕になってる」

　背中の左側を高御堂は指先でなぞって指摘する。全く気づいてなくて、佐竹は立ち上がり、鏡に身体を映して確認した。上半身を捻って見れば、高御堂の言う通り、あざになっているのが分かった。

「…本当だ。…揉み合ったりしたからかな」

　伴のアパートで、部屋の中へ引きずり込まれそうになり、狭い場所で抵抗した際にぶつけたのだろうと推測する。探せば他にもありそうだったが、大した痛みはないし、構わないと思って鏡から視線を外す。

「別に痛くないし、平気だよ」

「……」

佐竹を真似て浴槽の縁に腰掛けた高御堂は、不服そうな表情だったが、何も言わなかった。佐竹はその前で下衣を脱ぎ捨て、シャワーブースへ入る。頭からお湯を浴び、シャンプーしてから身体を洗う。ボディソープが傷に染みたが、我慢出来ないほどではなくて、ざっと洗い流してシャワーを止めた。

浴槽の縁に座っていた高御堂の姿は消えており、バスタオルで身体を拭いてから、バスルームを出る。ドアを開けてすぐに煙草《たばこ》の匂いに気がついた。

「……」

高御堂は喫煙者だが、煙草を吸っている姿を見かけることは滅多《めった》にない。高御堂にとっては気に入らない習慣らしく、出来る限り禁煙しているし、吸うところを見せないようにしている。それを知っているから、珍しいなと思い、室内を見回した。

「…たかみさん？」

狭くはない部屋だが、視界を遮るような背の高い家具がないから、全体を見渡せる。ざっと見た感じでは高御堂の姿はなかったものの、窓の方へ向けられている肘掛け椅子から煙が上っているのを見つけ、近づいた。

ひょいと覗けば高御堂がらしくない姿勢で煙草を吸っていた。背凭《せもた》れに身体を深く預けて、足先はオットマンに乗せている。だらしなくも見える体勢は佐竹にとっては普通だが、高御堂には珍しい。ネクタイも緩められており、どことなく疲れているように感じられた。

「たかみさん…」

戸惑いを覚えつつ呼びかけると、庭の方を見ていた目が佐竹に向けられる。咥《くわ》えていた煙草を指先に取った高御堂は、白い煙を吐き出して、サイドテーブルに置いた灰皿にそれを押しつけた。灰皿の横にはウィスキーの入ったグラスがあり、それを手にして口をつける。

「……」

呷《あお》るように酒を飲む高御堂を見下ろしていた佐竹は、ふと浮かんだ考えが気に入らなくて、微かに眉を顰めた。高御堂が堪えている様子なのは自分のせいかもしれない。自分が思っているよりもずっと、高御堂は心配してくれていたのかもしれない。

桜井や羽根に促されるまでもなく、礼は言うつもりだった。普段は余計なお世話だと憎まれ口を叩いているけれど、高御堂を頼っているのは事実だ。伴に拘束される前にも、高御堂に居場所を知らせようと携帯の電源を入れた。高御堂が携帯の電波で居場所を探っているのを知っていたからだ。保険のようなつもりで高御堂に依存しながら、心配は無用だと反抗するのは子供と同じだ。

「……ごめん」

心配をかけてすまなかったと、きちんとした言葉で伝えなくてはいけないと思っていても、一言しか口に出来なかった。佐竹を見ながらグラスを空《から》にした高御堂は、それをテーブルに戻すと、隣に立っている佐竹の腕を掴んだ。

「……」

力強く引き寄せられ、バランスを崩した佐竹は崩れるようにして高御堂の上に覆い被さった。小さく息を吐き、上半身を起こして高御堂の上をまたぐようにして座る。無言で見つめてくる高御堂の肩に手をかけて、唇を重ねた。

「…っ……」

強い酒と煙草の匂いが欲情をかき立てる。唇を吸い上げて、舌を忍ばせるだけで、アルコールが伝染して、酔ってしまいそうだった。一頻《ひとしき》り口付けてから唇を離して顔を上げると、至近距離から高御堂を見つめる。

「……」

真っ直ぐに見返してくる高御堂に、どう言えばいいのか、分からなかった。どうして姿を消したのかを説明して、何があったのかも話すべきだと分かっている。それが迷惑をかけた相手に対する礼儀だ。でも、言葉が出て来ないのは、余計なお世話だという反発心があるせいではなくて、自分に向けられている高御堂の気持ちが大き過ぎると改めて気づかされたからだ。

薄々、分かってはいた。関係は月日によって変化する。互いを探り合い、駆け引きみたいな真似を続けていた時代はとうに終わっている。互いが確実に変わっていると分かっていたのに、認めたくなかった。それは高御堂もきっと同じで、だから、自分たちには言葉がない。

「……俺を…大切に思わなくてもいいよ」

「…思ってない」

低い声で返してくる高御堂にぎこちない笑みを送り、佐竹はそっと彼の眼鏡を外した。再び唇を重ね、今度は深く口付ける。左手に持った眼鏡を高御堂が受け取り、テーブルへ置く。背凭れに沈めていた身体を起こした高御堂は、佐竹の背中に手を回して引き寄せ、彼が求める口付けを与えた。

「っ…ん……」

激しくなっていく口付けを夢中で求めながら、佐竹は高御堂のネクタイを引き抜く。シャツのボタンを外し、上着を脱がせて、シャツをはだける。逞《たくま》しい身体を確かめるように手を這《は》わせ、胸から下腹部へと下ろしていった。

ベルトを外しながらも深く咬《か》み合うのをやめなかった。高御堂の口内を探り、同じように探られる。境界線が分からなくなるくらい熱心に口付け合い、行為に没頭するのをやめられなくなっていく。

「ふ……っ…ん……」

鼻先から甘えた声音を零《こぼ》し、佐竹は高御堂の下衣の中へ手を忍ばせる。存在感のある高御堂自身に触れ、大きさを確かめる。まだ硬くなってもいないそれに触れるだけで、自分の下腹部が重くなるのが分かった。

腰に巻いていたバスタオルは高御堂にまたがったことで外れ、落ちてしまっている。自分自身が既に形を変えているのは分かっていたから、高御堂を早く反応させたかった。

口付けを解き、高御堂の耳元へ唇を寄せる。ねだるように耳殻を舐《ねぶ》ってから、低い声で囁《ささや》いた。

「…たかみさんの、舐めたい」

直接的な欲望を口にする佐竹を嗤《わら》い、高御堂は「好きにしろ」と突き放すような口調で言った。どんな言い方であれ、許してくれたことだけで満足して、佐竹は身体を滑らせて椅子の前に跪く。

高御堂の協力を得て、下衣をずらして彼自身を露わにする。両手でそっと包んで先端にキスをする。口で愛撫すること自体に自分が興奮を覚えているのが分かって、せつなくなる。

「ん…っ……」

指で支えたものを口の中へ含む。唇や舌を使って丹念に愛撫するのに、高御堂を感じさせたいという思いを超えた快楽を覚えて、夢中になった。高御堂のように巧《うま》くは出来ないが、しゃぶっているだけでも十分に感じられる。

初めてした時は、好奇心だけだった。高御堂にはいつもされていたけれど、自分がするのは想像がつかなかった。ふいに興味を覚えてしてみると、されるのとは違う快楽があるのに気づいて、不思議な気持ちになった。

口いっぱいに高御堂を頬張っている自分の姿を想像すると、自虐的な快楽が湧き上がるのに気づいた。こんなことでも感じられるのかと、自分を軽蔑しながらも、愛《いと》おしく思う気持ちがある。

「…っ……ん……」

高御堂を舐めることに陶酔して、ぴちゃぴちゃと音を立てながら舐っていると、次第に形を変えていく。硬くなっていくものがくれる快楽を想像してしまい、佐竹は無意識に腰を揺らす。淫猥《いんわい》な姿を見た高御堂は、揶揄《やゆ》するような口調で指摘した。

「お前の方が舐めて欲しいんじゃないのか?」

「っ…」

どきりとして口を離して顔を上げると、高御堂が冷たい目で見ていた。軽蔑の混じった目つきは佐竹の望むもので、小さな笑みを浮かべる。濡れた口元を拭いもせず、ゆっくりと立ち上がった佐竹は高御堂にしなだれかかるようにして、再び彼の身体をまたいで座った。

高御堂の肩に肘を乗せて、頭を抱える。額や傷痕に愛おしげに唇を這わせ、耳元で淫《みだ》らな願いを告げた。

「…舐めるよりも…早くたかみさんが欲しいから、解《ほぐ》して…」

直接的な欲求を口にして、高御堂の瞳を覗き込む。高御堂が本心から笑っているのを見た覚えはない。見下したような笑みや、嘲笑《ちょうしょう》が高御堂にはよく似合う。優しくなくていい。侮蔑してくれた方がいい。刹那《せつな》的な思いを込め、口付ける佐竹の好きなようにさせながら、高御堂は上に乗っている裸体を引き寄せた。露わになっている秘所を指先で触れると、佐竹の身体が小さく震える。そんな反応を見て、高御堂は潤滑剤を指先に取って孔《あな》に含ませていく。

「っ……ん………っ」

ぬるりとした液体の助けを借り、奥へと進んで来る指を締め付けてしまいそうになるのを堪えて、佐竹は深い場所まで受け入れようと努める。根元まで挿入された指が感じる場所に当たる度《たび》に内壁が反応してしまうのを止められなくて、口付けを解くと、高御堂が苦笑するのが分かった。

「…中をひくひくさせるな」

「だって…」

反論しようと思っても、言葉は熱い吐息に溶けて消えて行く。高御堂の頭を抱え、顔中に口付ける。冷たい目も、醜い傷痕も。全て自分のものだと思える時間は貴重だ。快楽と幸福が同じ意味を持つと、錯覚出来る時間と同じくらいに、短いのだから。

「…っ…あ…っ…」

高御堂が指を増やして奥を突いて来るのが堪らなく悦《よ》くて、身体が竦み上がる。ぎゅっとしがみつくようにして抱きつくと、高御堂が唐突に指を引き抜いた。

「っ…」

もう少し弄《いじ》って貰えると思っていた身体が指を惜しんでせつなく疼《うず》く。それでも指以上に望むものがあって、佐竹は抱きついていた身体を起こす。口で愛撫していた高御堂自身を両手で包み、形を確認するように根元から撫《な》で上げる。

「…いい？」

媚《こ》びた目つきで尋ねる佐竹に、高御堂は嘲笑を返す。それを了承と取り、佐竹は腰を浮かせて、自らを高御堂の上へ導いた。手で支えた高御堂を濡れた孔にあてがい、ゆっくり身を落として含んでいく。

「っ…ふ……ん……ぅ」

潤滑剤で濡らし、多少解したとはいえ、元々は狭い場所で高御堂を受け入れるのは、息苦しさが伴う。けれど、硬くて大きな高御堂に貫かれる悦《よろこ》びの方がずっと大きくて、自ら行為を急いでしまいそうなのを堪えなくてはいけなかった。

「…んっ……あ……はっ…」

慎重に最奥まで高御堂を受け入れた佐竹は、大きく息を吐いて、俯かせていた顔を上げた。自分をじっと見ている高御堂と目が合い、唇を重ねる。淫らに唇を食《は》み、舌を絡ませながら、中にある高御堂の存在をゆっくりと味わった。

繋がっているだけで、身体の内側が全て感じているように思える。熱く熟れた内壁が高御堂自身に纏《まと》わりつき、淫らに求めて、ひくついている。先走りで濡れた前を高御堂に弄られると、内側が強く反応した。

「あっ……やっ…」

「厭か？」

からかうような声音にどう答えればいいか分からず、佐竹は顔を俯かせて首を振る。下腹部へ視線を落とせば、高御堂が濡れた先端を指先で弄っているのが目に入り、思わず瞼《まぶた》を伏せた。

「っ…」

先を弄られる度に液が溢《あふ》れ出すのが分かる。高御堂はそのぬるつきを利用して、佐竹のものを緩く扱《しご》きながら、指を根元の柔らかい部分から、その奥へと忍ばせる。

「あっ…！」

高御堂を含んで、ぎりぎりまで広げられた入り口の皮膚は薄くなり、敏感さを増している。その部分を指先でなぞられるだけで身体が竦み上がって、高い嬌声《きょうせい》が零れた。

「っ…やっ……だめっ…」

これは本当に駄目だと思い、佐竹は眉を顰めて訴える。けれど、高御堂は唇を歪めただけで、指の動きを止めなかった。

「…っん…あっ…」

足の先まで震えるほどの快感を感じて、佐竹は高御堂の身体にしがみつく。そのまま堪えきれなくなったように、自ら腰を動かし始めた。

「ふ…っ……あっ…んっ……あ…っ」

何回か腰を上下させただけで、佐竹はあっけなく自分を解放した。だが、それにも気づかないで、行為を激しくしていく。高御堂を味わうことしか考えられない自分が、素直に幸福だと思える時間を手放したくないというように。一心不乱に腰を揺らめかせながら淫らな行為に没頭する姿には、何もかもから逃げてしまいたいというせつなる願いが込められているように見えた。


高御堂が中で達するのに反応して、佐竹も膨れ上がっていた欲望を破裂させた。高御堂がいくまでの間に三度果てた佐竹は、意識が朦朧としていくのを感じながら、高御堂の上に覆い被さった。

「…寝るな」

耳元で聞こえた低い声にはっとして、肩に埋めていた顔を上げる。瞼を半ば閉じたままの状態で頷き、高御堂の助けを借りて、彼の上から退くと、ふらふらとベッドへ倒れ込んだ。中に出されたものを処理しようと思いつつも、睡魔の方が勝って、寝転んだまま動けなくなる。

元々、車中でも熟睡してしまうくらい、疲れていた。衝動的に抱き合ってしまったけれど、本当はそんな体力は残っていなかった。倒れると同時に寝息を立て始める佐竹を横目に見ながら、高御堂は適当に身なりを整え、バスルームへ向かう。

浴槽に湯を溜めてから裸になり、ベッドで寝ている佐竹の元へ戻った。先ほどと同じ体勢でシーツの上に横たわっていた佐竹は、高御堂に抱き上げられても、ぴくりとも反応しない。高御堂は佐竹をそのままバスルームへと運び、湯を張った浴槽へ落とした。

「っ…！」

完全に熟睡していたとはいえ、突然湯の中へ落とされれば、厭でも目が覚める。その上、高御堂の扱いは決して丁寧ではなかったから、危うく溺《おぼ》れそうになった佐竹は、高い声で非難した。

「…っ…た、かみさんっ…！」

「目が覚めたか？」

じたばたともがいて湯の中から顔を出した佐竹を冷静に見下ろし、高御堂は脚を退けるよう要求する。渋い顔で佐竹が従うと、彼と向かい合うようにして腰を下ろした。ジャグジーつきのバスタブは大きなもので、二人で入っても十分に余裕がある。佐竹は濡れた髪をかき上げ、正面に見える高御堂の平然とした顔に文句をぶつけた。

「たかみさんは乱暴過ぎ。寝てる人間を風呂に放り込む？」

「お前が起きるのを待つ時間がないからだ」

「普通に起こしてくれればいいじゃん」

「殴った方がよかったか？」

「だから、普通に！」

それは普通じゃないと膨れっ面で返し、佐竹は溜め息を吐く。いつもなら自分がどんな状態で寝入っていようが、構わずに出かけて行くのに、今日に限って起こしたのは理由があるのだろう。高御堂の考えは読めないけれど、言われそうなことの心当たりはあった。

「伴という男を殺したのは誰だ？」

「……」

高御堂が伴の名を出したのに驚きはしなかった。高御堂は乾隆会時代から多くの情報網を持ち、警察内部の情報にも詳しかった。今でも警察内に複数の内通者を「飼って」いることも知っている。警察が把握している一連の情報を高御堂は全て入手しているのだろうと予測しながら、「捜査中だよ」と桜井にも答えた台詞を繰り返した。

だが、高御堂は全く信用していない顔つきで、更なる問いを佐竹に向ける。

「お前は分かっているんだろう？」

「…知らないよ。俺は椅子に縛り付けられてて…身動きが取れなかったんだ。伴は俺の前に立ってて……突然、後ろから銃弾が飛んで来て、撃たれた。金田一さんの…鑑識《かんしき》の話では、角度的に出入り口辺りから撃ったんだろうって話だけど…振り返ることなんか、全く出来なかったからね」

「…伴が撃たれた後、最初に現れたのは誰だ？」

「………」

即座に匡和の顔が浮かんだが、高御堂には言えなかった。表情を硬くして黙る佐竹を、高御堂はじっと見つめる。鋭い視線に晒《さら》されながらも佐竹は真っ直ぐに高御堂を見返して答えた。

「黒岩だよ」

「……」

「俺の居場所についてタレコミがあって…あいつが先に来たんだ。その後、井筒さんたちが来て…応援を呼んで…」

匡和については話さずに、黒岩の名を出した佐竹に対し、高御堂は訝しげな表情を見せた。高御堂の顔つきは黒岩への疑念を持っているかのように見え、佐竹は戸惑いながら「まさか」と確認する。

「あいつが撃ったとか…思ってないよね？」

「さあな…」

「さあなって…たかみさん、そんなのあり得ないって。だって…」

伴を撃った銃はサイレンサー付きのもので、警察官が携帯を許されている拳銃とは銃声の響きからして違った。伴の遺体からどんな銃弾が検出されたのかについてはまだ聞いていないが、警察で使用されている口径とは異なっているに違いない。

だが、その事実は高御堂には言えず、佐竹は途中で口を噤《つぐ》む。そんな態度を高御堂は不審げな目で見た。

「だって、なんだ？」

「……」

「どうして隠す？」

どうして…と問われて、一番最初に頭に浮かんだのは、高御堂に迷惑をかけたくないからという答えだった。具体的な理由はないが、高御堂を匡和に関わらせたくはなかった。匡和には秘密がある。それは幼い頃から感じていた違和感や疑念に通じるもので、同時に本能的な危険の匂いも感じていた。

それに匡和の存在に触れれば、どうしても自分の中にある知られたくない部分が関わってくる。匡和に対して抱いている恐怖を、誰にも知られたくなかった。

高御堂には…特に。

何も言えない佐竹を高御堂はしばらく見つめた後、小さく息を吐いた。

「…今更、俺を信用しろと言っても無駄か」

「……。たかみさん…」

信用していないわけじゃない。そうじゃなくて…。逆なのだと言いたくても、うまい言葉が見つからず、佐竹は眉を顰めた。本意を伝えれば、自分の立ち位置を覆すことになる。高御堂との関係が決定的に変わってしまいそうなのが怖くて…何も言えなかった。

無言でいる佐竹に、諦めたような溜め息を向け、高御堂は立ち上がり、浴槽から出る。バスタオルを手にバスルームから出て行く高御堂に、佐竹は声がかけられず、彼がいた場所を凝視したままでいた。

俺を信用しろ。かつて、自分に同じ言葉を向けたのは、市場だった。今になって高御堂に同じ台詞を向けられるとは。

全く成長していない自分が悔しくて、八つ当たりみたいに湯を叩く。跳ね返った湯が顔を濡らし、余計にむかついてやりきれない気分になった。

翌日、夕闇が梁山泊の庭を漆黒に染める頃。佐竹は店に客が入っているのを確認して、一番忙しい時間帯を狙い、密かに離れを抜け出した。前夜、浴室から出て行った高御堂は戻っておらず、険悪な別れ方をしたまま勝手な行動を取るのは気が引けたが、どうしても自分で確かめなければならないことがあった。

目的地までは車を使うのが妥当だろうと考え、尾行がついていないのを確認する為に、細かな移動を繰り返しながら、新橋駅を目指して歩いた。烏森口《からすもりぐち》側にあるレンタカーの営業所で車を借りようと考えていた佐竹は、自分の脇を通り越していった車が減速して停車するのに気づく。記憶にないありふれた国産車だったが、厭な予感ほど当たるもので、運転席から降り立ったのは見慣れた姿だった。

自分の方へ向かって来る相手から逃げるべきかどうか悩んだが、ここで追いかけっこをしたところで得はない。佐竹は立ち止まり、睨むようにして近づいて来た相手…黒岩を、見据えた。

黒岩は井筒たちと共に、多摩西署に置かれた伴殺害事件の捜査本部に加わり、捜査に携わっている筈だった。それがどうしてここにいるのか想像は容易《たやす》い。深く被ったフードの下から鋭い視線を向けたまま、ぶっきらぼうな口調で「何？」と用を聞く。

「話がある」

「俺はない」

「懸命に捜査している井筒さんたちに、情報を提供するべきだ」

「……」

黒岩の言い出しそうなことは予想出来ていたが、余りのストレートな物言いに、つい呆れてしまう。眉間に皺を刻んで大きな溜め息を吐いた佐竹は、暫《ざん》時《じ》思案した後、考えを切り替えて黒岩が乗って来た車を指さした。

「…あんたの？」

「レンタカーだ」

佐竹自身、レンタカーを借りる為に営業所へ向かう途中だった。アシが運転手つきで手に入ったのだからラッキーだと思うことにして、黒岩の横を通り過ぎ、彼が停めた車へ向かう。助手席の横に立ち、ロックを解除するように指示する佐竹に従いながら、黒岩は渋い表情で車へ戻った。

さっさと助手席へ乗り込んだ佐竹は、運転席に座った黒岩に行き先を指示する。

「河口湖《かわぐちこ》まで行って」

「河口湖？　井筒さんたちのところへは行かないのか？」

「いいから」

早く出せよと急《せ》かす佐竹に、不審げな表情を浮かべながらも、黒岩は車を発進させる。佐竹は助手席からナビを操作し、目的地を設定した。音声ガイダンスが案内開始を告げるのを聞いて、運転手の黒岩に「この通りに行って」と命じ、シートを倒して寝に入る。

「おい…！　なんで河口湖くんだりまで行かなきゃいけないんだ？　説明しろ！」

「うるさい。着いたら教えてやるから、黙って運転しろよ」

「俺は捜査を抜け出して来てるんだぞ？」

「あんたなんか、いてもいなくても同じじゃん。井筒さんも江東さんも何とも思っちゃいないから大丈夫だって」

「っ…」

痛いところを突かれた黒岩が押し黙るのに乗じて、佐竹は狸《たぬき》寝入りを決め込んだ。運転席の方へ背を向け、寝ているふりをしながら、薄目を開けて車窓から街を眺める。一度だけ訪れた彼《か》の地の風景を思い出している内に、いつしか眠気に襲われ、本当に寝入ってしまっていた。


身体を揺さぶられる感覚にはっとし、目を開けた佐竹は、自分が何処にいるのかすぐには分からなかった。「大丈夫か？」と聞く声にどきりとして、身体を竦ませる。警戒心を露わにして見上げた先には心配そうな黒岩の顔があった。

「……」

「すまない。随分…うなされていたから」

申し訳なさそうな言葉を聞き、身体が揺れたのは黒岩のせいだと分かる。深く息を吐いて額に手をやると、じっとり汗で滲んでいるのが分かった。車のナビに行き先をセットした後、黒岩に運転を任せて眠ってしまっていた。シートに沈み込んでいた身体を起こし、フロントガラスの向こうを見れば、まだ高速道路を走っているのが分かる。

「…何処？」

場所を聞く声が掠れていて、喉の渇きを覚えた。

ハンドルを握る黒岩はもうすぐ中央道の河口湖I《インター》C《チェンジ》に着くと答える。車の時計を見れば、午後十時を過ぎており、新橋を出てからかなりの時間が経っているのが分かった。

「時間、かかり過ぎじゃない？」

ずっと眠り続けていた身の上で言うのもなんだが、目的地まで二時間もかからないだろうと考えていた。三時間近く経っているのは何故なのかと訝しげに聞く佐竹に、黒岩は溜め息と共に答える。

「君は寝ていたから知らないだろうが、ひどい渋滞だったんだ。帰省ラッシュというやつだろう」

「ああ……そう言えば…そんな時期だね」

黒岩に言われて、初めてお盆の頃なのだと思い出す。季節ごとに長期休暇があるような勤めではない上に、規則正しい生活を送っているわけでもないので、日にちの感覚に弱い。その上に件の一件があったから、余計だ。

よく見れば、都心を離れているのに高速道路上の交通量もかなり多い。今は動いているだけマシだという黒岩の呟きを聞いて、佐竹はナビの案内画面に目をやった。

機械が計算した到着予定時刻は、あと二十分ほどだ。河口湖ICまであと五百メートルという標識が見える。河口湖ICには有名な遊園地が隣接しており、インターから降りる車が集中して混み合うことが多いが、時刻が時刻だけに、順調に高速を下りることが出来た。

目的を知らされていない黒岩が質問攻めにして来ないのに気づいたのは、139号線を走り始めて間もなくの頃だった。その理由はなんとなく予想がついて、佐竹は肩で息を吐いてから、運転席へ問いかける。

「なんか…言ってた？」

「何かって？」

「寝言みたいな」

しばらく無言でいた黒岩は、時間を置いて「ああ」と返事をした。具体的にどういう寝言を口にしていたのか、黒岩は言わなかったが、想像はついて、佐竹はそれ以上聞かなかった。昔から夢に魘《うな》され、苦しくて飛び起きるということがよくあり、そういう時には決まって寝言を口走っていた。

どういう内容であるのか、自分で聞いたことはないものの、夢の内容から想像がつく。黒岩は自分を気の毒に思っているのだろう。そんな考えを頭に浮かべて溜め息を吐くと、「別荘へ行くのか？」と聞く声がした。

寝ている間にナビに設定した行き先を確認したに違いないと思いつつ、「ああ」と答える。

「……君の…じゃないよな？」

「まあね」

「何しに？」

質問を重ねて来る黒岩に、佐竹は苦笑を返す。黒岩に何処まで話すべきか。自分が口にした「叔父さん」という呼びかけを黒岩は忘れるつもりはない様子だ。井筒たちに話すのを躊躇う理由だけでも打ち明けなければ、黒岩を納得させられない…と考えている内に、車は目的の別荘地近辺に着いていた。

河口湖の南、富士山の麓《ふもと》の村に昭和五十年代に造成された古い別荘地には、今の感覚からすると随分簡素な建物が建ち並んでいる。人が住んでいる物件にはリフォームが施され、それなりに見えるが、中には半ば朽ち果てているような建物も窺える。

だが、夏休みの上にメーカー系企業が長期休暇となるお盆の時期でもあることから、平素は寂しげな古い別荘地にも多くの人が訪れているようで、多くの建物に明かりが見えた。黒岩が運転する車はナビの案内に従い、別荘地の通りを奥へ進んで行く。機械から聞こえる女性の声が、案内終了を告げたのは、人気《ひとけ》のないうら寂しい一角だった。

通りから建物の存在は確認出来ず、戸惑いつつブレーキを踏む黒岩に、左側の敷地へ乗り入れるよう、佐竹が指示する。車が三台ほど停められるくらいの敷地が開けていたが、灌木《かんぼく》や雑草に浸食され、その場から建物は確認出来なかった。

「…ここなのか？」

「ああ。懐中電灯ってある？」

「……ああ、ここに」

黒岩がダッシュボードから取り出した非常用の懐中電灯を受け取り、佐竹は車を降りる。近くに落ちていた木の棒を拾うと、それを右手に持ち、左手の懐中電灯で周囲を照らしながら茂みを掻き分けて奥へ向かった。黒岩は慌ててその後を追いかけ、佐竹の背中に問いかける。

「別荘なんて何処にあるんだ？」

「あれ」

歩みを止めずに佐竹は前方を懐中電灯の光で指し示した。通りからは生い茂った木々の茂みが邪魔をして見えなかったが、小さな小屋が建っていた。来る途中にも長い間使用されていないのであろう古い建物を見かけたが、目の前にあるのはそれらを超えた物件だった。長年、人が入っていないのは明らかで、建物自体が相当傷《いた》んでいる。

佐竹が初めてそこを訪れた時も既に同じような状態だった。あれから十三年余りが経つが、その間、誰も立ち入っていないのは間違いない。

「誰か…いるのか？」

背後から疑わしげに聞いて来る黒岩に失笑する。ここに住めると思う？　からかうような台詞を返して、佐竹は建物の前で立ち止まった。

「…北ってどっち？」

「……向こうだろう」

「おお、さすが」

即座に答える黒岩を大げさに感心して、建物から北へ向けて歩いて行く。雑草や灌木で茂みとなっている中を掻き分けて進んだ佐竹は、ある目印を見つけて歩みを止めた。

十三年前、二度と来ることはないと思いながらも、もしもの時を考えて、場所が分かるようにしておいた。あの頃はこんなに草木が茂っていなかったから、建物自体が古びていても管理はされていたのかもしれない。建物から真っ直ぐ北へ、十五歩ほどのところにそれを埋め、目印として石を置いた。

スコップを持って来るのだったと後悔しつつ、手にしている木の棒で地面を突く。石から斜め右方向へ一メートルほどの位置に当たりをつけ、黒岩に懐中電灯を渡して照らすよう命じて、佐竹は地面を棒の先で掘り返し始めた。

「何をしてるんだ？」

「見て分からんものは聞いても分からん…ってなかったっけ？」

「俺が聞きたいのは、何の為にこんなところを掘り返すのかってことだ」

「……ここに埋めたんだよね」

「何を？」

「遺骨」

佐竹からの答えを聞いた黒岩は絶句し、何も言わなくなった。黒岩の強い視線は感じていたが、彼の方は見ずに、佐竹は地面を抉っていく。十三年前。匡和が突然、交通事故で亡くなった際、何をどうすればいいか、十八歳だった佐竹にはさっぱり分からなかった。そんな佐竹を助けたのは、匡和が生前遺言を託していたという弁護士だった。自分の身に何かあった時のことを、匡和は事細かに書き残していた。

弁護士の助けを借りながら、匡和の遺言通りに葬儀を出し、遺物を整理し、自宅を売却処分した上で、新しい生活へ踏み出した。その中で、匡和は自分の遺骨についても希望を残していた。

ざくざくと音を立てて土を掘りながら、佐竹は独り言のように話し始める。

「…俺が十八の時に…一緒に暮らしていた叔父が交通事故で亡くなったんだ。叔父は遺言を残していて……その中で、自分の遺骨はここに埋めて欲しいと書いていた」

「……じゃ…叔父さんの遺骨を…？」

「ああ」

「……。叔父さんって……」

佐竹が口にした響きに心当たりを感じた黒岩は再

び絶句する。黒岩の頭の中はひどく混乱しているだろうなと、佐竹は他人事のように思いながら、土を掘り進めて行く。だが、そろそろ出て来てもいいはずなのに、遺骨を入れた箱の姿はちっとも見えなかった。

そんなに深い場所には埋めなかった。深くまで土を掘るような体力も根気もなかったからだ。おかしいなと思い、場所が違っているのかと考え、場所を移す。

「…この前、君が呼びかけた『おじさん』というのは……」

「死んだ人間って、生き返ると思う？」

「まさか…！」

「だったら、死んでなかったのかな…と思って」

匡和が本当に生きているのだとしたら…伴に拉致された現場に現れたのは、紛れもない匡和だったが…十三年前のあの時、匡和は死んでいなかったことになる。だったら、ここに埋めた骨は誰のものなのか？

それを調べれば何か分かるかもしれないと思った。匡和には関わりたくなかったけれど、放置しておける問題ではない。別に当たりをつけた場所を掘り進めていたが、やはり出て来なくて、佐竹は怪訝な思いで手を止めた。

「………」

ここから遺骨を掘り返し、猿渡に頼んで鑑定して貰おうと考えていた。だが、遺骨がなければ確かめることも出来ない。確かに埋めたはずの遺骨が見つからないのはどうしてなのか。

答えは簡単だ。誰かが掘り返して、持ち去ったからに他ならない。

「どういうことなんだ？　交通事故だったら…君は遺体を確認したんだろう？」

「…車ごと燃えちゃって、黒焦げでね。確認出来たのは身長と体格くらいだった。…でも、疑う必要なんてなかったんだよ。車も所持品も本人のもので、同乗者もいなかった」

「じゃ、君が確認したその遺体は…」

「違う人間のものだったんだろう」

呟くように言い、佐竹は立ち上がって溜め息を吐く。場所を間違えている可能性もないわけじゃない。もう少し周辺を掘った方がいいだろうか？　だが、そんな考えはすぐに無駄だと判断出来て、来た道を引き返し始めた。

「おい！　遺骨は？　いいのか？」

「いいよ。誰かが掘り出したみたい」

「誰かって…」

遺骨を調べられて困るのは、自分が死んだと思わせておきたい人間…匡和だ。それに遺骨を埋めた場所は遺言を残した匡和本人と自分しか知らない。匡和以外の人間が掘り返したとは考えられない。

猿渡に鑑定を頼むまでもなく、遺骨がなくなっていたことで、匡和が生きているのは確実となった。草木の茂り具合からも、匡和は自分がここへ遺骨を埋めて間もなく、掘り返しに来たと考えるべきだ。

黙々と茂みを掻き分け、車を停めた場所まで戻った佐竹は、手にしていた木の棒を投げ捨てた。背後から佐竹を追って来ていた黒岩が懐中電灯を消すと、辺りは闇に包まれる。東京では夜中になっても気温が下がらない日々が続いているが、富士山の麓にある別荘地は肌寒さを覚えるほどだった。

「詳しい話を聞かせてくれ」

低い声で尋ねて来る黒岩を、佐竹はちらりと見て背を向けた。車の横を通り抜け、アスファルトの敷かれた道路まで出て、道の端に置かれた敷石に腰を下ろす。

「…俺は親を亡くして叔父に引き取られた…って話は前にしたよな？」

ああ…と背後に立つ黒岩が低い声で相槌を打つのが聞こえる。一つ息を吐いて空を見上げると、想像もしていなかった満天の星が見えて、ちょっと怖いような心持ちになった。幼い頃から都会暮らしで、夜空と言えば、ちらほらと星や月が見える程度のものが常識だった。煌《きら》めくような星空なんて、今更美しく思えはしない。

「叔父が亡くなったのは…さっきも言った通り、交通事故で……警察から亡くなったという連絡を受けたんだ。俺が警察に駆けつけた時には、霊安室に遺体が安置されてた。確認した遺体は黒焦げで、叔父本人かどうかなんて全く分からなかった。なのに、疑問も抱かずに本人確認を済ませたのは……俺が叔父の死を喜んでいたからなんだ」

「……どういう意味だ？」

「言葉通り『喜んで』たんだよ。叔父は冷たくて厳しい人だった。独身で、古い家に一人で暮らしていた。子供の世話が出来るような人ではなくて、ネグレクトみたいな状況だったんだけど、世間にそう認めさせなかった。俺を庇ったり保護したりしようとする大人は皆すぐにいなくなった。叔父は俺に友達が出来るのも好まなかったし、外で話をすることさえも嫌った。学校には行ってたけど、誰とも話さずに、授業が終わったらすぐに家に帰らなきゃいけなくて…、帰っても窓も電灯もない真っ暗な部屋しか居場所がなくて……、とにかく、叔父との生活は最悪だったんだ。高校を出たら働いて一人暮らししようって決めてたんだけど、大学を出るまでは認めないって言われた。それであと四年、堪えるつもりで大学を受験して、合格して…それから間もなくの頃、交通事故の報せが来た。叔父との暮らしがそういう終わり方をするとは考えてもいなかったから、最初は呆気《あっけ》に取られてたけど、ようやく自由になれたって…嬉《うれ》しかったんだ。俺は」

「……。君が…あの時『おじさん』と呼んだのは…その、亡くなったという…叔父さんのことなのか？」

訝しげな口調で尋ねる黒岩を振り返って仰ぎ見れば、不可解そうな顔があった。佐竹は姿勢を戻し、「ああ」と頷く。死んだと話す叔父にどうして呼びかけたのか。遺骨がなかったことからも、黒岩はおおよその予想をつけているのだろうが、釈然としない表情なのは無理もない。佐竹自身、その事実を口にするのは躊躇いがあった。

「……十三年前に死んだ筈の叔父が……現れたんだ」

「あの…現場にか？」

「……最初は…伴に切られた腕を処置して貰った病

院だった。あの時、逃げないって約束しながらいなくなっただろ？　あれ、叔父さんを見かけて、信じられなくてパニックになったからなんだ」

「……………」

今になって事情を打ち明ける佐竹に対し、黒岩は微かに眉を顰める。本当のことは言いたくても言えなかった。死んだ筈の叔父がいてびっくりして逃げ出したなんて言っても、誰にも信じて貰えなかっただろう。

「そんなことあり得るわけがないんだから、…見間違えたんだって思うようにしてた。見かけただけで話もしなかったしね。…でも…この前は違った」

「…本当に…叔父さんだったのか？」

低い声で確かめてくる黒岩の方は見ないまま、佐竹は「ああ」としっかりした返事をした。

「…俺は伴に刺されようとしてた。もう駄目だって思って、目を瞑《つむ》った瞬間、銃声がした。…サイレンサーつきの…パシュって音で…一瞬、何の音か分からなくて目を開けると、伴が倒れてた。何が起こったのか分からず、固まってると足音が聞こえた。それまで伴に共犯がいる気配はなくて、伴以外の人間も見かけなかったけれど、他にも誰かいたのかと思って恐ろしくなった。次に殺されるのは自分だと怯えていたら……現れたのは叔父さんだったんだ」

「話をしたのか？」

「ああ。無事かって言われて…」

「伴を撃ったのは叔父さんだったのか？」

「分からない。それは確かめられなかった。本当に生きてたんだって、そっちの方が驚きで…何を聞けばいいのかも、何を言えばいいのかも分からなかった。叔父さんは俺を見て…元気そうだって言ったけど…、十三年もの間、死んだと思ってた相手が出て来たら…パニクるだろう。普通」

弁明しながらも、冷静に対応し、匡和に問いかけられなかった自分を後悔していた。伴を撃ったのは匡和なのか。今まで何処で何をしていたのか。どうして自分を死んだことにしなくてはいけなかったのか。様々な質問があったのに、聞けないまま、匡和は姿を消した。

「…叔父さんは…他に何か話したか？」

「いや…。あんたが来る少し前に…何も言わずにいなくなった。拘束されてんのに、縄も解いてくれなくて…何処に行ったのかも、動けなかったから確かめられなかったんだよ。あんたに『おじさん』って呼びかけたのは、戻って来たって勘違いしたからだったんだ」

黒岩の疑問はこれで解消されただろうか。いや、もっと深くなっただろうなと苦笑いを浮かべ、佐竹は立ち上がる。背後を振り返れば、顰めっ面の黒岩がいて、苦笑が深くなる。

「…井筒さんたちに話せない理由、分かって貰えた？」

「……。君はこれからどうするつもりだ？」

「どうするって…」

「叔父さんが本当に生きているのか…調べるつもりなのか？」

黒岩の問いかけに、佐竹は肩を竦めて「まあね」と答える。猿渡のところへ持ち込んで…と考えていた遺骨は埋めた筈の場所から消えていた。事態は自分が考えているよりもずっと複雑で、入り組んだ事情が絡んでいるのかもしれない。どんな真実があるにせよ、伴を殺したのは誰なのかを知るには、何処かにいる匡和を捜し出して確かめる必要がある。

東京へ戻ろうと黒岩に声をかけ、佐竹は車へ向かう。ロックを解除するように求める佐竹に応え、キーのボタンを押した黒岩は「俺もつき合う」と短く言った。

「え？」

「君の叔父さんが生きているのかどうか、調べるのを手伝おう」

「なんであんたが…」

「今のままじゃ、井筒さんたちは骨折り損のくたびれもうけというやつだ。君の言ってることが本当なら、叔父さんという人が、伴を殺したのが誰なのか知ってる可能性が高い。叔父さんを捜そう」

「……」

真剣な顔でそう言った黒岩は、どう言い返そうか悩んでいる佐竹よりも先に車へ乗り込んだ。エンジンがかかった車の横で、佐竹は仏頂面で髪の毛をかき上げる。黒岩に関わらせるのは不本意だが、ここで引けと言ったところで納得するとは思えない。逃げ出そうにも富士山の麓だ。途方に暮れる気分で助手席のドアを開けた佐竹は、ハンドルを握る黒岩の横顔に向けて、あからさまな溜め息を吐いた。

final egg

文京区《ぶんきょう》小石川《こいしかわ》。かつては文豪や文化人が好んで暮らした古くからの街の一角に、佐竹《さたけ》が叔父の匡和《まさかず》と十三年余りの歳月を過ごした家があった。コンクリート製の塀《へい》でぐるりと囲まれた古い洋館は、建てられた当初は立派なものであったのだろうが、佐竹が初めて小石川を訪れた時には既にかなり寂れていた。敷地の中に大きな柳の木が植えられていたこともあって、小学生の頃には口の悪い同級生から「おばけ屋敷」と言われたりもした。

小石川での思い出は暗いものばかりで、意識して忘れようとしていたものの、こうして戻って来てみると、記憶というのはそれなりに残っているものだと分かる。叔父が亡くなってから間もなく、小石川の家は売却され、今はもうその姿はない。十三年ぶりに訪れてみれば、かつて家があった場所にはマンションが建てられていた。

文教地区としても知られ、近くには高級住宅街もある地域であるから、新しく建ったマンションもハイグレードな物件のようだった。エントランスに掲げられた小石川レジデンスという大層な建物名をぼんやり眺めていると、「佐竹」と呼ぶ声が聞こえて来る。ちらりと横目で見れば、車道の端に車を停《と》めた黒岩《くろいわ》が駆けて来るのが見えた。

「待たせたか？」

「来なくてもよかったのに」

開口一番、本音を口にする佐竹を相手にせず、黒岩はその横に並び立ってマンションの入り口に目をやった。昨夜、河口湖《かわぐちこ》近くの別荘地からトンボ帰りで都内へ戻って来た後、半ば強制的な約束をさせられて、一度別れた。匡和を一緒に捜すつもり満々の黒岩は、佐竹にとって迷惑でしかなく、姿をくらましてしまおうかと思ったのだが、井筒《いづつ》や江東《えとう》に全てを話すと言われてしまっては、要求を呑《の》むしかなかった。

仕方なく、小石川の住所と時刻を告げた。待ち合わせとして約束したその時刻と場所に黒岩が現れなければ、大義名分として利用しようと考えていたのだが、黒岩は律儀にも五分前に姿を見せた。

「…ここは？」

「昔、ここに家があったんだ」

「叔父さんの？」

確認するように聞く黒岩に頷《うなず》き、佐竹はその場にしゃがみ込む。叔父と暮らした家だけではなく、隣り合っていた家なども纏《まと》めてマンション用地として買収されたようで、辺り一帯ががらりと様変わりしている。それでも空気感が変わっていないように思えるのは不思議なものだ。

「叔父の死後、遺言書を預かっていた弁護士に処分を任せたんだ。たぶん…あの辺りにあった」

マンションの一角を指して言う佐竹に、黒岩は難しげな表情で頷く。既に家がないと知っていたのならば、どうしてここまで呼び出したのかと聞く黒岩に、佐竹はしゃがんだまま「なんとなく」と曖昧な答えを返した。

「叔父さんの居場所に関する手がかりがこの辺りにあると考えたんじゃないのか？」

「この辺り…というか、ちょっと離れてるんだけど」


歩いて行けないこともないが、黒岩は昨日と同じレンタカーに乗って来ている。それで移動しようと提案し、佐竹はさっと立ち上がって黒岩よりも先に車へ向かった。リモコンキーでロックが解除されたドアを開け、助手席に乗り込みながら、行き先として大学名を告げる。同じ文京区内にある大学に、叔父は講師として勤めていた。

「叔父が遺言書を託していた弁護士が何かを知っているかもと思ったけど、既に亡くなっていた。事務所は廃業していて、奥さんに問い合わせてみたものの、大半の書類はもう処分されていて、叔父に関する記録も残っていなかった」

運転席に乗り込み、エンジンをかける黒岩に佐竹は淡々と説明していく。ナビで大学の場所を確認し、車を発進させた黒岩は遠慮がちな口調で、親戚の類いはいないのかと尋ねた。佐竹はフロントガラスの向こうを見たまま、無表情な顔で首を横に振る。

「いない。叔父は俺の母親の弟で…二人姉弟だった。その両親…つまり俺の祖父母は俺が生まれる前に亡くなってる。祖父母に兄弟姉妹がいたかどうかは調べてないから分からないけど、親戚付き合いなどは一切なかった」

「君の父親の方は？」

「母親は未婚のまま、俺を生んでいる。戸籍上、父親の欄は空欄で…父親が誰なのかは分からない」

黒岩には親が死んで叔父に引き取られたと話していたが、戸籍上、父が不在だった話はしていなかった。佐竹自身、その事実を知ったのは成人した後、自分で戸籍謄本《とうほん》を取り寄せる必要が生じてからだった。幼い頃、叔父に両親の話をして欲しいと求めた際、手ひどい拒絶を受けた経験から、知りたいという気持ちは失われていた。

だから、父が不在であるのはただの事実であり、感傷的な気持ちは一切ない。なのに、黒岩が申し訳なさそうな声で「そうか」と相槌《あいづち》を打つのが、却って煩《わずら》わしく感じられた。

「同情はいらないけど？」

「そういうつもりはないが…」

「とにかく、俺が知る限り、小石川の家を親戚らしき人間が訪ねて来たことは一度もなく、写真の類いも一枚もなかった。俺の母親…叔父にとっては姉だけど、その人の写真さえも、なかったんだ。だから、俺は今でも親の顔を…父親だけでなくて、母親の顔も知らない」

佐竹が淡々とした物言いで話を区切った時、黒岩の運転する車が左折して、目的地である大学の敷地内へと入った。看板を目印に来客用の駐車場へ車を停め、事務所のある建物へ向かう。叔父と暮らしていたのが、五歳から十八歳までという、子供時代だったせいもあり、叔父に関して知っている事実は少ない。その中でも重要だと思われる手がかりから順番に調べていくしかなかった。

「叔父は無口で自分からは必要なこと以外は話さなかったし、聞いても答えてはくれなかった。ここで働いていたのを知ったのも郵便物を見たからだ。死んだ後、書斎に残されていた私物を処分した時は、まさか生き返るなんて思ってなかったから、中身を確認したりしなかった。…あの中に何かヒントがあったのかもしれないけど…叔父のことを早く忘れたかったんだ」

佐竹の言葉に黒岩は神妙な顔で相槌を打ち、事務室のドアを開ける。先に中へ入った佐竹は、受付にいた若い女性職員に身分証を提示し、過去に勤めていたある講師について聞きたいことがあると告げた。女性職員は戸惑い顔で上司らしき中年男性の元へ報告に行き、その男と共に戻って来た。事務課の庶務主任だと名乗った男は、訝《いぶか》しげな顔つきで用件を尋ねる。

「警察の方がどういうご用件ですか？」

「十三年ほど前にこちらの大学で講師をしていた、佐竹匡和という人物について、残っている資料があれば見せて頂きたいんです」

男は佐竹が口にした名前と、十三年前という日付を繰り返し、二人を応接室に案内するように女性職員に命じた。黒岩と共に応接室へ通された佐竹は、ソファにどかりと腰を下ろし、何か糸口はないか、昔を思い出しながら独り言のように話を続ける。

「叔父は毎日、規則正しい生活を送っていた。朝、九時前に出かけて行き、出かける時は必ず、五時前には戻って来ていた。家にいる時は殆《ほとん》ど、自分の部屋に籠《こ》もって本を読んだり、パソコンに向かったりしていた。そのくせ、俺の動きには敏感で、勝手な行動は決して許さなかった」

「外出先はここか？」

「たぶん。働きに来てたんだと」

黒岩に頷くと同時に応接室のドアが開いた。分厚いファイルを抱えた先ほどの男が「お待たせしました」と言いながら入って来る。テーブルの上に置かれたファイルには過去に勤めていた講師の資料が綴《つづ》られているといい、佐竹の向かい側に座った男は「佐竹匡和」という名前を繰り返し呟《つぶや》き、捲《めく》っていく。

「…十年前からコンピュータでのデータ管理を始めたのでそれ以後の情報はすぐに検索出来るのですが…。それ以前のデータを移す作業が進んでおりませんで…すみません。…ええと…あ、これですね」

職員の男が指した先には、匡和の顔写真があった。

履歴書らしきそれを見た佐竹は、どきりとしつつ、

「拝見してもいいですか？」と尋ねる。男は頷き、ファイルから匡和に関する資料だけを抜き取って、佐竹へ差し出した。

「……」

履歴書には、本籍地から生年月日、出身校などの、個人的な情報が細かく記載されていた。本籍は神奈《かな》川《がわ》県となっており、小中高まで横浜市内の学校名が記されている。その後は国立大の最高峰とされる大学の理学部へ進み、大学院まで卒業したとあり、佐竹は叔父の書斎の壁を埋めていた膨大な書籍の数々を思い出していた。

大学院を終えた後はアメリカの大学へ留学し、現地の研究機関で働いていたとあった。履歴書の日付は二十年前のもので、自分が叔父に引き取られてからしばらく後だと分かる。コピーを取らせてくれないかと聞くと、男は頷き、応接室の外へ声をかけた。やって来た女性職員にコピーを頼み、別の資料から分かった事実を佐竹に告げる。

「…この方は二十年前から七年間ほど、週に一度、一般教養の生物学の授業を受け持っておられたようです」

「…週に一度…ですか？」

「ええ。臨時講師という形で雇われていたようですね。そういう先生は多いので…こんな風に関係書類も溜《た》まる一方なんですよ」

困ったように肩を竦《すく》める男の前で、佐竹は怪訝《けげん》な思いでいた。あの頃、叔父は毎日のように出かけていた。ここへは週に一度しか来ていなかったのだとしたら、他の日は何処《どこ》へ行っていたのだろう。ここに勤めるまでの間は？　叔父の生活には謎が多いと昔も思っていたが、改めて調べてみると、再認識させられる。十三年もの間、死んだことにして姿をくらませていたような相手だ。うんざり気分で溜め息を吐《つ》くと、コピーを取りに行っていた女性職員が戻って来た。

他に残っている資料はないというので、それ以上、得られる情報もないと判断し、早々に暇《いとま》を告げた。コピーを手に黒岩と事務室を出て、駐車場の車へ向かう。

「どうする?」

「…上葉《じょうよう》大学へ行ってくれ」

「上葉大学?」

「ここへ叔父を紹介したのは上葉大学の医学部教授らしい」

履歴書と共に残されていた紹介状のコピーを見て、佐竹は運転席の黒岩に命じた。叔父とその教授が個人的な知り合いだった可能性もあると読む佐竹に頷き、黒岩は車を発進させる。履歴書では別の大学の理学部を卒業したとある叔父が、どうして上葉大学の医学部教授を頼って、職を見つけたのか。

そんな疑問を抱いて訪ねたその教授から、佐竹は驚くような事実を耳にすることになった。

品川《しながわ》区にある上葉大学医学部へ向かって黒岩が車を走らせる途中、佐竹は叔父を紹介したという教授がまだ在籍しているかどうかを電話で確かめた。紹介状が書かれたのは履歴書と同じ、二十年前であり、退職している可能性も高い。そんな佐竹の読み通り、訪ねるつもりだった暮林《くればやし》という名の教授は七年ほど前に定年退職していた。その後、別の大学に名誉教授として再就職しているという話を聞き、行き先を変更する。

「…立川《たちかわ》の光《ひかり》女子大に行き先を変更してくれ。今はそっちに勤めているらしい」

「立川だな」

佐竹の指示を聞き、黒岩はバックミラーを確認して車線を変更する。昨夜、渋滞していた高速道路とは逆に、夏期休暇に入っている会社が多いせいか、都内の道路は平日だというのに比較的空《す》いていた。佐竹は三十分ほどで着くだろうという黒岩の声に相槌を打ち、光女子大に電話を入れる。立川まで訪ねて行って空振りするのは避けたい。幸いにも、暮林は在校しているという確認が取れた。

通話を切った後、佐竹は手元に置いた履歴書のコピーを見つめたまま、黙っていた。原本に貼られていた写真自体、古びたものだったせいもあって、コピーしたそれは更に薄ぼんやりしてしまっていた。だが、佐竹の記憶には匡和の面影がはっきりと残っている。それに…最近もその姿を目にしたばかりだ。

「……」

伴《ばん》に拉致された先に現れた匡和は、この写真の匡和と…二十年前の姿と、殆ど変わっていないように見えた。倉庫のような納屋は照明が乏しくて暗かったし、動揺がひどかったから、はっきりと捉えられなかったのか。昔の記憶の方が強くて、錯覚したのかもしれない。二十年も経《た》つのに全然変わっていないなんて…。

「似てるな」

「……え？」

眉を顰《ひそ》めて考え込んでいた佐竹は、黒岩が何を言っているのかすぐに分からず、怪訝な思いで運転席を見た。車は赤信号で停止しており、黒岩は佐竹の膝上に置かれた履歴書を一瞥《いちべつ》してから繰り返す。

「顔の形や…造りなんか、よく似てる」

「……」

改めて気がついた事実に困惑していたから、黒岩に何も返せなかった。信号が青になり、車が発進する。黒岩は佐竹が沈黙しているのを気にかけている様子はなく、運転に集中していた。

ぼやけた写真ではあるが、確かに血縁だと感じさせる似た雰囲気はある。血の繋《つな》がりがある叔父なのだから、当然と言えば当然なのだが…。胸に溜まったもやもやを言葉に出来ないまま、車は立川市に入り、間もなくして光女子大に到着した。駐車場に車を停め、事務室で事情を話して暮林の居場所を聞いた。名誉教授として籍を置いている暮林は自身の研究室にいるとのことで、佐竹と黒岩はそちらを訪ねた。

夏休み期間中であるから人影は少なく、サークル活動などを行っている学生たちにも開放的な雰囲気が見られる。女子大ということもあり、若い女性が目立つ構内を抜けて教えられた建物に着くと、二階にある暮林の部屋へ向かった。誰もいない廊下を進み、暮林という名前が入ったプレートを確認し、ドアをノックする。低い声が「はい」と答えるのを聞き、ドアを開けた。

「…失礼します」

先に部屋へ入った佐竹は、窓の近くに座っている男性と目が合った。その瞬間、部屋の主…暮林と思われる男性が、ひどく驚いた顔で息を呑むのが分かり、不思議に思う。後から部屋に入った黒岩もそれに気づき、「どうかしましたか？」と男性に尋ねた。

「いえ。…あの…事務室から警察の方が訪ねて来ると連絡があったのですが…」

「はい。突然、申し訳ありません。失礼ですが…以前、上葉大学医学部で教授を務めてらした、暮林さんですか？」

「はい」

確認する佐竹に頷き、暮林は二人に座るよう勧めた。天井までの本棚にはびっしり本が詰め込まれており、その前にミーティング用の丸いテーブルが置かれている。その椅子を引いて佐竹と黒岩が腰掛けると、暮林も窓際の自分の机から移動して来た。暮林は手入れされた白髪と髭《ひげ》を蓄えた上品そうな老紳士で、名誉教授という役職がよく似合っていた。

暮林が椅子を引いて腰掛けるのと同時に、佐竹は用件を切り出した。

「二十年ほど前のことで…先生が覚えておいでかどうか分からないのですが、佐竹匡和という人物について聞きたいのです」

「……」

佐竹匡和という名を聞いた暮林は、さっと眉を顰めて小さく息を吐いた。それから、尋ねた佐竹をじっと見つめる。何かを思い出しているかのような、感慨深げにも見える表情で佐竹に視線を向けたまま、静かな声で問い返した。

「…私の方も…聞きたいのですが、あなたは…佐竹百合《ゆり》くんと何か関係があるのですか？」

「……」

匡和について尋ねに来て、その名を聞くとは思っていなかった佐竹は絶句し、しばらく何も返せなかった。その横に座る黒岩が、小さく咳《せき》払いした音ではっと我に返り、佐竹は大きく息を吐き出す。緩く頭を振ってから、暮林を改めて見直し、自分が把握している事実を告げた。

「それは…佐竹百合は、俺の母親です」

「……」

今度は暮林が絶句する番だった。だが、彼にとってはある程度予想していた内容だったらしく、すぐに納得した顔つきになり、「そうですか」と小さく呟いた。それから、佐竹が部屋に入って来た時に驚いた表情になった理由を告げる。

「それなら納得です。匡和くんというよりも、百合くんにそっくりですから。まあ、あの姉弟はよく似ていたので…どちらにも似ていると言えるのでしょうが」

「先生は…佐竹百合と匡和の、両人を知っておいでなのですか？」

「ええ。ただ、匡和くんについては百合くんの弟で、面識があるという程度です」

「百合の方は？」

「百合くんは私と同じゼミにいたんです」

暮林と匡和には何らかの繋がりがあると考えて訪ねてはいたが、まさか、百合と深い関係がある人物だとは予想もしなかった。暮林が言うゼミとは、現在の光女子大ではなく、上葉大学医学部でのゼミだろう。百合については全く情報がなく、戸籍でその名を知っただけだった佐竹は、厳しい表情で暮林に事情を話した。

「先生。俺は母親を幼い頃に亡くし、叔父である匡和に引き取られました。ですから、母のことは名前しか知らないんです。叔父は母の話を全くしてくれなかったので」

「百合くんは…亡くなったのですか」

「はい」

そうですか…と先ほどと同じ相槌を打った暮林は、

百合の死にショックを受けているというよりも、別に考えるところがある様子だった。百合は上葉大学医学部に在籍していたのかと確認する佐竹に、小さく溜め息を吐きながら頷く。

「当時、私はまだ助教授で…真田《さなだ》教授のゼミを手伝っていました。百合くんは三年の時に真田ゼミに入って来て…非常に優秀な学生でした。真田教授も将来を期待しておられたのですが、途中から意見が対立するようになり…百合くんは院生の時にアメリカの大学へ留学して、そのまま向こうへ研究拠点を移しました。その後…しばらくの間は近況を報《しら》せてきたり、学会や研究論文などで百合くんの名前を見かけていたのですが、いつの頃か、ぷっつり消息が途絶えてしまったのです。気になって、一度、大学に問い合わせたところ、返って来たのはとうに大学は辞めており、別の研究機関に移った、その後は分からないという答えでした。なので…亡くなっていたというのは…まあ…薄々予想はしていたのですが…。あれだけ優秀で熱心だった百合くんが研究職を離れたとは考えられませんでしたから」

「…母は何の研究を？」

「遺伝子工学です」

医学部と聞いて、医療関係の研究内容を思い浮かべていた佐竹は、暮林の答えに微《かす》かに首を傾《かし》げた。再生医療とかですか？ というアバウトな質問に、暮林は苦笑して、曖昧に頷く。

「まあ、そんなところです。匡和くんの方は理学部で同じような研究をしていました」

暮林がなにげなく付け加えた話に、佐竹は目つきを鋭くする。匡和が理学部を卒業しているのは履歴書で知ったばかりだ。暮林を訪ねた本来の目的に戻る為《ため》、話題を匡和についてに変える。

「先生が佐竹百合についてご存知だとは知らず、話がそれてしまいましたが、今日お訪ねしたのは、匡和に関して聞きたいことがあるからなのです。先生は二十年ほど前に、匡和を東京朝日《とうきょうあさひ》医科大学へ講師として紹介していますね。それはどういう経緯があってのことだったんですか？」

「ああ。あれは…匡和くんが突然訪ねて来たんです。匡和くんは百合くんと一緒にアメリカへ行って、そのまま向こうにいるものだと思っていたので、驚きましたが…」

「匡和は百合と一緒にアメリカへ行ったんですか？」

「ええ。あの姉弟は仲がよくて…育った家庭に事情があったようで、互いをよく支え合っていました。いや…互いというより…百合くんが匡和くんの面倒をよく見ていたと言った方がいいでしょう。百合くんは美人で社交的な性格でもありましたが、匡和くんの方は無口で、人付き合いを苦手にしていました。それに…彼はどうも独特の影がある男でしたから。なので、あの時も匡和くんが一人で僕を訪ねて来たのには驚きました。百合くんはどうしたのかと聞いたら、アメリカにいると答えていたのですが…」

「……」

佐竹が匡和に引き取られたのは、母親が亡くなったからだと聞いていた。だが、匡和が暮林の紹介で大学に職を得たのは、佐竹が匡和の下で暮らし始めてから六年ほどが経った頃である。その間、母の姿を見るどころか、その存在を感じることすらなく、死んだという話を疑いもしなかった。暮林に対する「アメリカにいる」という匡和の答えは怪しく、その時には既に亡くなっていたのだろうと思われた。

「匡和くんから何か仕事を紹介して欲しいと言われ、知り合いのいた東京朝日医科大に紹介状を書いたんです。匡和くん自身、優秀な男でしたから、その後様子を聞いたところ、真面目に勤めていると聞きました」

「…先生は匡和が亡くなったことは…ご存知ですか？」

「え…」

百合については予想していたらしい暮林だが、匡和の死は想定外だったようだ。驚いた顔で言葉を失い、しばらくして「そうですか」と繰り返す。

「彼は人付き合いを嫌う質《たち》ですから、連絡は取っていなかったのです。…匡和くんはいつ…どうして？」

「十三年前に…交通事故でした」

暮林の問いかけに答えながらも、佐竹は彼から思うような情報は得られないだろうと考えていた。亡くなったことすら知らなかった暮林が、今の匡和が何処にいるかを知っているとは思えない。死んだと話したばかりの匡和が、実は生きていたと打ち明ければ、混乱を招くだけだと思い、その話は伝えなかった。

期待していた情報は見つからなかったが、思いがけない新情報が幾つも入手出来た。それだけでも大きな収穫だ。百合と匡和が一緒に渡米していたとなると、百合の留学先やアメリカでの勤め先などに、匡和の居場所に繋がる情報があるかもしれない。一応、そちらも押さえておこうと、暮林に問いかけた佐竹は逆に窺《うかが》うような目を向けられた。

「それで…百合くんの息子だという君は警察に勤めているのですか？」

「……。…はい。申し遅れました。警視庁捜査一課の佐竹と申します」

警察関係者であることは伝えてあったが、話を早く聞きたかったが為に身分証を提示するのも失念していた。改めて詫《わ》び、頭を下げる佐竹の横から、黒岩も同じように名乗る。暮林は複雑そうな表情を浮かべ、更に問いを重ねた。

「百合くんの息子として話を聞きに来たというのなら分かるのですが…警察として、匡和くんについて聞きに来たというのは…どういうことですか？　しかも、既に亡くなっているのでしょう。彼は」

「申し訳ありません。捜査内容についてはお答え出来ないんです」

「では、何らかの犯罪が絡んでいると…？」

「それもお答え出来ません」

硬い顔つきで返答を拒否する佐竹に、暮林は諦めたような溜め息を吐いた。暮林が疑問に思うのも無理はない。三十年近く前の知り合いについて尋ねに来たのが、警察で、しかも、その血縁者である。戸惑わせてしまったのに対し申し訳ない気分で、再度「すみません」と詫び、百合の留学先について知らないかと尋ねた。暮林はすぐには分からないが、調べられると答える。

「では、大変お手数ですが、こちらまで連絡頂けますか？」

「分かりました。……」

「何か？」

佐竹が差し出した名刺を受け取った暮林は、何か言いたげな顔で動きを止めた。それが気にかかり、窺うように聞くと、はっとした顔を上げる。いえ…と首を振るものの、その表情には迷いが浮かんでいた。

もしかして、何か気にかかることでもあるのだろうか。匡和の居所に繋がる情報かもしれないと期待し、佐竹は些細《ささい》なことでもいいから、何かあるなら教えて欲しいと頼む。暮林は小さく息を吐き、「実は…」と重々しげに口を開いた。

「匡和くんではないのですが…以前、百合くんについて聞きに来られた方がいるのです。百合くんが亡くなっていたのも知らなかったので、万が一、迷惑になっては困ると思い、留学先についてなどは分からないと返答したのですが…」

「いつですか？」

「三年…四年ほど前になりますか。私がこちらの大学に移って間もなくの頃です」

四年前だとしても、暮林が百合と親交があった頃からすると、かなり最近の話だ。暮林が気にかかっていたのも当然だろう。どういう人物ですか？と尋ねる佐竹に、暮林は難しい顔で首を振る。

「名前は名乗らず、どうして百合くんのことを調べているかも話しませんでした。自分たちが百合くんについて聞きに来たのも内密にして欲しいと言い…多額の現金を渡されたのですが、受け取りませんでした」

「……」

口止め料のつもりだったのだろうが、そんなものを用意しなくてはならない理由が見えない。佐竹は眉を顰め、「自分たち」ということは、訪問者は複数だったのかと質問する。

「はい。年配の男性と、三十代後半から四十くらいの男性です。共に身なりはよく、大変紳士的でしたが…ひとつだけ…気になることが」

「何ですか？」

「若い男性の方の…顔に傷があったんです」

暮林はどういう傷で顔の何処にあったのか、詳しいことは言わなかったが、佐竹にはすぐに察しがついた。顔に傷がある男は、自分の周囲には一人しかいない。黒岩も同じ人間を思い浮かべたらしく、

「佐竹」と低い声で呼んで来る。

佐竹は黒岩を手だけで制し、暮林に訪ねて来た男たちが何を聞いていったのかを確認した。大学での研究内容が主で、佐竹のように匡和については尋ねなかったと暮林は答える。それから、表情を曇らせたまま、不安に感じていたと心境を告白する。

「あの時、百合くんが何処でどうしているのかを知らなかったので、厭《いや》な予感がしました。百合くんの研究は……ひとつ間違えば危険な内容になるものだったので…。おかしなトラブルに巻き込まれているのではないかと、心配になったのです」

「危険というのは…どういう意味ですか？」

「百合くんは遺伝子に手を加えることに強く興味を持っていました。それも…ヒトの、です。遺伝子を操作することで、病気などの不安定要素がない人間を作り出せないかと、真剣に考えていました。それには倫理的問題が強く関わって来ますから…それが真田教授の元を去ることになった原因でもあったんです」

「……」

ふいに新たな懸念が加わったように感じ、佐竹は眉を顰めて険相を浮かべた。倫理的に問題のある内容になりかねなかった研究をしていたという母親のことを、高御堂《たかみどう》がどうして調べていたのだろう。高御堂は乾隆会《けんりゅうかい》を抜けたとはいえ、今も闇社会との繋がりを強く持っている。怪しげな取引に加わっているのを知っているだけに、頭の中が疑惑で埋め尽くされていく。

考え込み、無言になった佐竹の腕を黒岩が摑《つか》む。その刺激にはっとして横を見ると、いったん辞しよ

うという合図をされた。佐竹は頷き、暮林に改めて連絡を頼んで、黒岩と共に席を立った。

暮林に見送られ、ゼミ室をあとにした佐竹は、建物を出ても無言だった。それにつき合うように黒岩も沈黙していたが、駐車場に停めた車に乗り込んだところで、「高御堂か」と低い声で佐竹に向かって呟く。高御堂という名を聞いた佐竹は小さく身体を震わせてから黒岩を見て、眉間に刻んだ皺《しわ》を深くした。

「……」

十中八九、暮林を訪ねたのは高御堂だろうと思っている。だが、それを黒岩に認めるのはどうかと思われた。高御堂にどういう思惑があるのかは、自分が一人で調べなくてはいけないことだ。これまで、自ら望んで高御堂と関わって来た自分の責任でもある。

「…この先は…」

一人で調べると言いかけた佐竹は、携帯が鳴る音に遮られた。小さく舌打ちをしてポケットから携帯を取り出すと、奈良井《ならい》係長の名前が表示されている。奈良井には野尻《のじり》に何かがあったらすぐに報せてくれるように頼んでいた。厭な予感を覚えながらも、すぐにボタンを押し、「はい」と答える。

『佐竹くんかい？　よかった。繋がって』

「何かあったんですか？」

『朗報だよ。野尻くんの意識が戻ったって病院から連絡があってね。今、僕も向かっている最中なんだ。佐竹くんもよかったら病院に来たらどうだい？』

「…すぐに行きます」

奈良井の名前を見て浮かべた悪い考えが外れたのにほっとし、礼を言って通話を切った。運転席で様子を窺っていた黒岩が緊張した顔つきでいるのを見て、安心させてやろうと思い、奈良井からの報告を伝える。

「係長だった。野尻さん、意識、戻ったって」

「……」

佐竹の話を聞いた黒岩は驚いたように目を見開いた。いつも同じ顔つきでいる黒岩には珍しい表情で、彼の驚きが大きいのを物語っていたが、意外な印象も受けた。よかったと安堵《あんど》するのではなく、驚くというのは…。

「どうかした？」

「…いや。意識が戻る見込みはないと聞いていたから…驚いて。よかったな」

大きく息を吐き、笑みを浮かべる黒岩が野尻の回復を諦めかけていたというのは佐竹も頷けた。状態がよくなっているという話も聞けないまま、刺されてから一週間を迎えようとしていたのだ。医者も本人次第という話をしていたが、野尻は自分自身の生命力で戻って来たに違いない。

「ま、あの、野尻さんだからさ。こんなことじゃ死なないって思ってたよ」

「…話せるのか？」

「そこまでは分からない。今、奈良井係長が病院に向かってるって。俺たちも行こう」

佐竹が促すのに黒岩は「ああ」と頷き、車を発進させる。野尻が入院している大塚《おおつか》の病院まで、立川からは結構な距離がある。その間、佐竹は暮林から聞いた情報を頭の中で整理しつつ、高御堂が母親について調べていた理由を推測していた。

考えることが多過ぎて、無言だった佐竹は、黒岩が同じく無言だったのを気にかけていなかった。立川から大塚までもあっという間に感じ、病院の車寄せに車を停めた黒岩に「着いたぞ」と言われて、ようやく自分の周囲を見回す。

「…え…もう着いたのか」

「俺は駐車場に車を停めて来る。先に行け」

「ありがと」

野尻を心配している自分を気遣い、黒岩が少しでも早く行かせてくれようとするのに礼を言う。助手席のドアを開けて降り立った佐竹はそのまま病院へ駆け込み、野尻のいるＩＣＵ《集中治療室》へ急いで向かった。

ＩＣＵの面会室へ飛び込み、ガラス窓から中を覗《のぞ》くと、面会者用の白衣を来た奈良井の姿が見えた。

その前にはベッドに横たわった野尻が見える。目が開いているのを確認し、ほっと息を吐いてから、ICUの受付へ向かった。野尻に面会させて欲しいと頼み、所定の手続きを済ませて、中へ入る準備をする。専用のマスクや帽子、白衣を身につけた佐竹は、もどかしい気分で野尻のベッドに近づいた。

「野尻さん」

「……」

野尻に対する様々な思いからむっとした顔になって呼びかける佐竹に対し、野尻はにやりと唇の端を歪《ゆが》めてみせる。傍《そば》にいた奈良井がまだ十分に話せない本人に代わって、状況を説明した。

「医者からはまだ意識が戻ったばかりだから、十分程度で済ませてくれるように言われてるんだ。もう五分くらい経ってるんだけど…一応、野尻くんに事件の概要を説明したよ」

野尻を刺した犯人は佐竹に脅迫状を送りつけていた、月岡《つきおか》の模倣犯で、佐竹を拉致した後、何者かによって射殺された…という経緯は、病院のベッドで眠ったままだった野尻には、解せないところも多かっただろう。いつもなら厭みっぽい口調で、あれこれ突っ込んで来るところだろうが、今は満足に声が出せないらしく、奈良井の話を聞きながらも仏頂面でいる。

そんな野尻らしい表情が見られたのにもほっとしつつ、佐竹はその場で深々と頭を下げた。

「…すみません。俺のせいです」

自分がもっときちんと対処していたなら、野尻が刺されるような事態には陥らなかっただろう。色々と不可解な部分も多い事件だが、伴の部屋から発見されたナイフからは野尻の血液が採取されており、佐竹への自供もあわせて、野尻を刺したのは伴で間違いないとされている。らしくない、殊勝な態度で詫びる佐竹に、野尻は掠《かす》れた声で「バカ」と発した。

「……復帰第一声が、バカですか？」

「フン」

せっかく謝ったのに…とむくれる佐竹に、野尻は鼻息を返す。それから慎重に息を吸い込み、途切れ途切れに野尻っぽい忠告を口にした。

「…俺は、お前の…せいだなんて思ってない。お前は…余計なことを考えるな…。お前が余計なことを考えると…死人が出る…」

野尻はシニカルな笑みを浮かべているつもりなのだろうが、辛《つら》そうにしか見えず、痛々しい印象が強かった。佐竹は苦い気分を味わいながらも、野尻の気持ちを慮《おもんぱか》って、「了解です」と素直に受け取る。

そこへ看護師が医師の説明があると奈良井を呼びに来た。面会時間は限られていることから、そのまま、外で待っていると言い、奈良井は先にＩＣＵを出て行った。

野尻はその動きを目で追い、奈良井と看護師の姿が視界から消えたところで、佐竹を見た。視線で呼びつけられた佐竹は、更に野尻に近づいて、「何ですか？」と用を聞く。野尻は意識が戻ったばかりの重病人とは思えない鋭い目で、「あいつは？」と聞いた。

「……」

野尻が誰のことを気にかけているのか、佐竹にはすぐに分かった。野尻は刺される前、最後に会った雀荘《ジャンそう》で、黒岩への疑いを口にしていた。自宅に戻っておらず、行動の摑めない黒岩を野尻は怪しんでいたのだが、その後、納得出来るような理由が判明していたので、佐竹は戸惑いつつもそれを伝える。

「あいつが…家に帰ってなかったのは、俺を警護しようとして、築地《つきじ》近くのホテルに泊まっていたからみたいです。野尻さんに連絡しようと思ってたんですが、その前に刺されちゃったから…」

「……。…俺は…あいつが絡んでるんじゃないかって思ってる…」

「……」

佐竹の説明に納得するどころか、野尻は更なる疑惑を口にした。絡んでる…と指すのは、自分が刺された傷害事件に他ならない。犯人は伴だと確定しているると話したばかりなのに、野尻の中で黒岩への疑いが消えていないのは何故《なぜ》なのか。明確な理由があるに違いなくて、佐竹は声が小さくなるのを感じながら「どうしてですか？」と尋ねた。

「…俺は…あの後、あいつがいたっていうＳＡＴの特務部隊に所属する人間と接触した。そしたら…驚くような事実が判明した…」

「…どんな…？」

「特務部隊に黒岩が在籍していた記録は…確かに残っていた。だが…実際に黒岩を知る人間は…一人もいなかったんだ」

　意識が戻ったばかりの野尻の声は弱く、様々な医療機器に囲まれているせいもあって、聞き取りやすくはない環境だった。なのに、物音一つない、静寂の中で聞いているような錯覚に囚《とら》われる。

　黒岩を知る人間は誰もいなかった。野尻の台詞《せりふ》を頭の中で繰り返すと同時に、黒岩に初めて会った時のことを思い出す。

　彼を包む色を不審に思った。暗く、黒い色は人を殺《あや》めた者にしか見られない色だ。立派な経歴を持つ、真正直な顔をした黒岩がどうしてそんな色を纏っているのか。行動を共にする内に生まれた答えは、高御堂に揶揄《やゆ》された通りだった。

　自分と同じような事情を抱えているに違いない。同情に似た思いは、密かな親近感に変わり、黒岩への疑いを薄めていった。事件捜査を勉強したいと言って、邪険にしても行動を共にしたり、金田一《きんだいち》や猿《さる》渡《わたり》に頼まれて伴に狙われていた自分を警護したり。黒岩と共に過ごす時間は長く、その中で芽生えた仲間意識が、野尻や高御堂の見方を穿《うが》ったものだと思わせていた。だから、走れない筈《はず》の脚についても、黒岩の説明をそのまま鵜《う》呑《の》みにしていた。

　野尻と同じく、高御堂も黒岩を疑っている節《ふし》があった。あれも…野尻と同じく、理由があってこそ、だったのだろうか。硬直した顔つきで沈黙する佐竹に、野尻は息を落ち着ける為に少し休憩してから、先を続けた。

「…それで…あいつの経歴を一つずつ、調べていった。そしたら…警察学校にも、最初に配属された機動隊にも……何処にも、あいつ個人を知る人間がいなかったんだよ…」

「…どういう…ことなんですか？」

「分からない。それを調べようと…してたら、このざまだ。…お前を脅してたって男よりも…あいつの方がよほど、疑わしいね…」

ふう…と息を吐く野尻を見ながら、佐竹は駐車場へ車を置きに行った黒岩が姿を見せないことに気がついた。はっとして、野尻の傍から駆け出し、看護師詰め所に顔を出す。部屋の端で医師と話していた奈良井に、すぐに駐車場を確認して欲しいと伝えた。

「係長！　駐車場に黒岩がいないか、すぐに見て来て下さい」

「黒岩くんがかい？　どうして？」

「いいから、早く！」

不思議そうな表情を浮かべる奈良井を強引に駐車場へ行かせてから、携帯を取り出した。看護師が注意して来るのを厳しい表情で制し、黒岩の番号にかける。

これで黒岩が普通に出てくれたら、野尻にも何か事情があるのだろうと話せる。だが、佐竹の期待を裏切り、呼び出し音も鳴らないまま、電源が切られている旨を知らせるアナウンスが流れて来た。

「……っ」

車寄せで停車し、先に行けと言ってくれた時には黒岩の気遣いに感謝した。少しでも早く野尻の様子を見たかったのは事実で、そういう気持ちを汲《く》んでくれたのだと、素直に思っていた。だが、こうなってみて思い返せば、奈良井からの報告を伝えた時の黒岩の驚きは、彼らしくない態度だった…。

あれは…野尻が回復してしまったらまずいことになると、分かっていたからなのではないか。繋がらない携帯を握りしめたまま、佐竹は野尻の元へ駆け戻る。恐らく、黒岩は駐車場にいない。そう確信しながら、鋭い目を向けて来る野尻に、現状を報せる。

「ここまであいつと一緒に来たんですが、駐車場に車を停めて来ると言って、玄関前で別れたんです。今、係長に駐車場を見に行って貰《もら》ってますが……」

「…トンズラしたか…」

「携帯も繋がりません」

野尻の呟きに被《かぶ》せるように、黒岩が自ら姿を消したのを示す事実を付け加える。佐竹は真剣な表情で野尻の考えを聞いた。

「野尻さんは前にあいつの動きは潜ってる人間のものだって言ってたでしょう？　野尻さんの昔の仲間とかじゃないんですか？」

「その線も考えて…色々な方面に聞いてみたが、ネタは上がらなかった…。そもそも…前も言ったが、うちに潜る理由が分からねえ…」

「目的…ですか…」

黒岩が五係に来たのには、それなりの目的がある筈だ。だが、野尻が首を捻《ひね》るように、佐竹にもさっぱり見当がつかなかった。五係は問題を起こした人間の島流し先で、重要な事件を捜査しているわけでもない。眉を顰めて考え込む佐竹に、野尻は一つ息を吐いてから、自分の予想を告げる。

「…強いて挙げるなら……お前、だろうな」

「……俺、ですか？」

「ああ。あいつが来てから…ずっと一緒にいたのは……お前だ」

「……」

野尻の指摘を聞いた瞬間、どきりとするのと共に、背中がすっと冷えるような感覚がした。事件捜査について勉強したいから…警護が必要だから…。それなりの理由をつけて、黒岩は自分とずっと行動を共にしていた。

そして……伴に拉致された現場へ、匡和の次に現れたのは…黒岩だった。あの時、黒岩は井筒たちと別行動を取っていたから先に着いたという話だったが、本当にそうだったのだろうか。今まで意識的に無視して来た小さな違和感が一気に吹き出して来るように感じ、佐竹は表情を更に厳しくした。そんな佐竹を見て、野尻はベッドの上から「心当たりでもあるのか？」と聞く。

「…いえ。取り立てては…ないんですが…」

黒岩が目的を持って自分の傍にいたとしても、その理由は全く見当がつかない。自分は何かしらの情報を持っているわけではなく、重職に就《つ》いているわけでもない。首を捻る佐竹は視線を感じて顔を上げる。ガラスで仕切られた面会室に奈良井が立っており、目が合うと、大きくバッテンを示してみせる。

　そのジェスチャーで駐車場に黒岩がいなかったのだと分かり、佐竹は渋面で奈良井に向かって頷いた。それから野尻に視線を移し、奈良井が一人で戻って来ているのと、病院の警備を増強させるようにすると告げた。

「…駐車場にはいなかったようです。野尻さんを刺したのは伴で間違いないとは思うんですが、あいつが関わっている可能性は否定出来ないので、事実がはっきりするまで野尻さんの警備を強化させます」

「雲隠れしたんなら、俺のことはもう狙わないと思うけどどな」

「目的が分からない以上、気をつけるに越したことはありません。それに、野尻さん、その状態じゃ逃げられないでしょ」

　佐竹の指摘を野尻はつまらなさそうな顔で聞き、唇をへの字に曲げて頷く。そこへ痺《しび》れを切らした看護師が怖い顔でやって来て、佐竹に退室を促した。ICUには野尻だけでなく、他の患者もいる。奈良井に指示を出しに走ったり、意識が戻ったばかりの野尻と話し込んだりしている佐竹の心証は、当然のごとく、よくなかった。追い出されようとしている佐竹に、野尻はにやりとした彼らしい笑みを向ける。

「佐竹。お前の方こそ、気をつけろ」

「……。了解です」

　今度は一般病棟に移っておいて下さい…と言い残し、佐竹は追い立てられるようにしてICUを出た。面会者用のマスクや帽子などを脱ぎ捨て、面会室で待っていた奈良井の元へ行くと、困ったような顔で何処にもいなかったという報告を受けた。

「佐竹くんが言ってたレンタカーもなかったし、黒岩くんも何処にもいなかったよ」

「分かりました。係長、しばらく野尻さんについて貰えますか。野尻さんを刺した犯人について新しい展開がありそうなんです」

「えっ…野尻くんを刺したのは佐竹くんに脅迫状を

送って来ていた男で…もう死んだんじゃないのかい」

「ちょっと分からなくなって来ました。井筒さんに頼んで、こっちに警備をつけて貰うようにしますが、何せ身動き取れないじゃないですか、あの人。見てやって下さい」

奈良井は状況がさっぱり分からないようだったが、佐竹が真剣な顔つきで言うのはとても珍しく、それに気圧《けお》されて頷いた。何かあったら連絡して欲しいと言い、急いで面会室を出て行こうとする佐竹を、奈良井は「佐竹くん」と呼び止める。

「何ですか？」

「よく分からないけど、気をつけて」

野尻と同じく気遣ってくれる奈良井に、佐竹は苦笑を浮かべて深々と頭を下げた。市場《いちば》たちが亡くなり、居場所を失い、自分には職場の仲間のような存在は二度と出来ないと思っていた。奈良井と二人で始まった五係は到底居場所とは思えなかったし、佐竹自身、市場班での後悔があって、親しくならないように努めて来た。

親しくなれば…仲間だと思うほどの関係になってしまえば、失った時が辛い。ならば、最初から関わらないようにするのが一番だ。そんな考えでこれまでやって来たのに、いつしか五係が自分の居場所になり、奈良井も野尻も仲間になっていた。

その事実は痛いようでも、悪くないと思えた。悪くない。心の中でそう繰り返して、病院をあとにした佐竹は、高御堂に会う為に築地の梁山泊《りょうざんぱく》を目指した。


佐竹が隠れて梁山泊を抜け出したという報告を高御堂が受けたのは、深夜のことだった。ただ、その報告には佐竹が河口湖近くにいるらしいという、所在地の情報も含まれていた。伴を捜して姿を消した時とは違い、佐竹は高御堂が把握している携帯を、電源が入った状態で所持していたから、その電波で所在地を確認することが出来た。

河口湖という地名に心当たりのあった高御堂は、

佐竹が何をしに行ったのかについても、見当をつけていた。位置情報の確認だけは怠らず、定期的に報告するように指示を出していたのだが、翌日になって立川市の光女子大にいるという話を聞いて、小さな覚悟を決めた。佐竹は自分を問い詰めに来るだろうと分かっていたから、オフィスのある六本木《ろっぽんぎ》のビルから梁山泊へと戻った。

離れの車庫に入ると、高御堂は隣に座っている羽《は》根《ね》に、佐竹と二人で話したいので、仕事に戻るよう命じた。

「大丈夫ですか？」

「ええ。あれも混乱しているでしょうから、二人の方がいいです」

高御堂が答えるのに頷き、羽根はそのまま車に残った。高御堂は一人で車を降り、車庫を出る。羽根を乗せた車が再び出て行く音を聞きながら、離れの玄関へと向かった。

今は光女子大に勤める暮林に高御堂が会ったのは、四年ほど前…佐竹と関係を持ち、しばらく経った頃だった。既に乾隆会とは縁を切り、梁山泊へ居を移しかけていた時分、それ以前から調べていた佐竹の母親について、知るかもしれない人物として暮林の名が浮上した。何十年も前の知り合いについて尋ねに来た人間を暮林が不審に感じるのは無理もなく、口止めをしようとしたが、失敗した。強引なやり方を使えばどうにでもなる話だったが、そこまですることでもないと判断し、放置していた。

よほどのことがない限り、佐竹が暮林に会うことはないだろうと考えていたせいもある。小さく息を吐き、靴を脱いで、玄関ホールからラバトリーへ繋がる廊下を通って、キッチンへ直接入った。佐竹が帰って来ている気配はなく、冷蔵庫を開けてミネラルウオーターのボトルを取り出す。グラスに注いだそれを一口飲み、居間へ出た高御堂は、らしくなく息を呑んだ。

「…っ…」

普段から行動には十分注意を払い、セキュリティシステムにも気を配っている。私邸である離れには店側以上の監視態勢を取っており、僅かな異変でも報せが来るようにしてある。なのに、この男はどうやって忍び込んだのだろうと、眼鏡の奥の目を眇《すが》め、高御堂はソファに座っている相手…黒岩を見つめた。

ソファに浅く腰掛けた黒岩は俯《うつむ》いていたが、ゆっくり顔を上げて高御堂を見る。高御堂が黒岩と対峙《たいじ》するのは三度目だったが、以前とは全く違った顔つきであるのを見て、傷痕によく似合うシニカルな笑みを浮かべた。

「お招きした覚えはありませんが？」

「…聞きたいことがあります」

低い声で返して来る黒岩を注視したまま、高御堂はソファへ近づき、彼の斜め前に腰掛けた。背凭《せもた》れに背中を預け、足を組んで黒岩を観察する。高御堂が黒岩へ直接的な問いを向けた時、彼はとぼけて何も分からないという顔をしてみせた。だが、今は状況が変わったのだろう。高御堂は黒岩に、以前と同じ問いを向けた。

「あなたは何者なんですか？」

「それはお答え出来ません」

「じゃあ、こちらも何も話せません」

「そちらには他にも知りたいことがあるんじゃないですか？」

黒岩の物言いは内容次第では答えられる問いもあるのだと取れるものだった。高御堂はすっと目を細め、懐に手を入れる。煙草《たばこ》を取り出そうとしたのだが、黒岩が反射的な動きを見せたのに気づいて、手を入れたまま確認した。

「煙草ですよ。取り出してもいいですか？」

「…どうぞ」

「よく躾《しつ》けられた犬だ」

ふんと鼻先で笑い、揶揄するような言葉を口にして、取り出したケースから煙草を一本抜く。それを咥《くわ》えて火を点《つ》け、悪い癖が戻ってしまったと嘆いた。

「しばらく禁煙を試みていたのですが、一度吸うと駄目ですね。煙草は？」

「いえ」

「状況次第ではお吸いになるのでしょうね。あなたのような人は」

「……時間もないので、率直に伺います。そちらは佐竹匡和の居所を摑んでいるんですか？」

棘《とげ》のある高御堂の物言いに黒岩は微かに眉を顰め、率直な問いを向けた。聞きながらも窺うような目つきで探って来る黒岩を、高御堂は煙草の煙を吐き出しながら、表情のない顔で見返す。

「やはり、目的は佐竹匡和ですか」

「…佐竹には何も教えていなかったんですね」

「……」

興味なさげな様子で匡和の名を繰り返した高御堂に対し、黒岩は鋭い視線を向けたまま確認するように言った。微かに高御堂の表情が動いたのを見て、黒岩は正直な感想を告げる。

「佐竹は何も知らないようなので驚きました。佐竹自身が調べずとも、あなたから聞いていると思っていたので…」

「話す必要がありませんでした」

「佐竹を思いやって、ですか？」

意味ありげな問いかけをする黒岩に、高御堂は何も答えなかった。無言で煙草を吸う高御堂に明らかな変化は見られないが、彼が纏う空気が冷たくなったのを黒岩も感じていた。高御堂の顔色を注意深く窺いながら、黒岩は先を続ける。

「先日、あなたはファーストエッグプロジェクトは何かと、俺に聞きましたよね。でも、おおよそのところ、分かっているんじゃないですか？　だからこそ、佐竹に話していないのでは…と俺は思っています」

「…あれを思いやって？」

「はい」

真面目な顔で頷く黒岩を見て、高御堂は鼻先で笑って煙草を指先に取った。見当違いですよ…と軽い調子で言い、指先で煙草を捻《ひね》り潰す。テーブルの上に置かれた灰皿に投げ捨てると、佐竹に対して情はないときっぱり言い切る。

「俺は自分の傍に置く人間について徹底的に調べるようにしています。あれについても同じようにしたまでです。当初はこれほど長く、傍に置くつもりもありませんでした。けれど、調べる内に色々興味深い内容が出て来たので、いずれ役に立つ時が来るかもと思い、好きにさせていたまでのことです」

「本当にそうでしょうか」

「どう取るかはあなたの自由です」

疑わしげな発言を向ける黒岩に、高御堂は失笑して返す。互いが出方を窺い、向ける視線は厳しいものので、張り詰めた空気が居間を覆っていた。拮抗《きっこう》していたその場を崩したのは、玄関の方から聞こえて来た物音だった。黒岩と高御堂は同時に気づき、視線を玄関へ続くドアへ向ける。ばたばたと足音が響き、ドアを突き飛ばすようにして開けて入って来たのは佐竹だった。


野尻の元をあとにした佐竹は病院のタクシー乗り場で車を拾い、築地を目指した。途中、高御堂に連絡して梁山泊にいるかどうかを確認しようかと考えたが、顔を見て話したい気持ちが強く、先に戻ろうと決めた。高御堂が出かけているなら、梁山泊から連絡を取ればいい。考えなくてはいけないことが多過ぎて、走り出したタクシー内で優先順位をつけるのに集中した。

匡和の居所を探ろうとして分かった、母親や匡和に関する事実。それを調べていたという高御堂。高御堂が自分に関わる人間を調べ尽くす癖があるのは知っているが、直接自らが赴いて話を聞くほど、重要な何かがあったのか。

姿を消した黒岩についても気にかかっていたが、先に高御堂と話がしたかった。おおよその考えが纏まったところで、井筒に連絡を取った。野尻の意識が戻ったのを報せ、詳しい事情は今は話せないが、病院に警護をつけるよう計らって欲しいと頼む。理由を明かさない佐竹の要求を、井筒は訝しそうにしながらも了承した。その代わり、早い内に連絡するよう約束させられる。

『また勝手な行動を取るんじゃないぞ。お前が先走ると迷惑被《こうむ》るのは俺たちなんだからな』

「そんな、迷惑なんてかけてませんよ」

『どの口が言うって感じだな。あ、それと、黒岩は一緒なのか？』

「……」

今の段階で黒岩が不審な行動を取っている話は井筒には出来なかった。本人に確認を取るか、その目的が判明してからだと考え、適当な答えを返す。

「…はい。何か用ですか？」

『いや。昨夜から姿が見えなくて気になってたんだ。お前と一緒ならその方がいい。こっちの捜査も進展がなさそうだしな』

「ご苦労様です。取《と》り敢《あ》えず、また連絡します」

江東《えとう》にもよろしく伝えて欲しいと頼み、通話を切る。携帯を仕舞って顔を上げると、見慣れた景色が見えて、銀座《ぎんざ》近辺まで来たのが分かった。運転手に指示を出して梁山泊の近くで車を降りた佐竹は、離れの玄関へ向かった。

玄関の鍵は開いており、引き戸を引くと、高御堂の靴が見えた。いるのだと思い、ばたばたと足音を立てて廊下を進む。「たかみさん」と呼びかけながら居間のドアを開けた佐竹は、高御堂だけでなく、黒岩の姿もあるのを見て、硬直した。

「…!?」

姿をくらませたと思われていた黒岩がどうしてここにいるのか。状況が読めないまま、佐竹は説明を求めて高御堂に呼びかける。

「たかみさん…」

高御堂が黒岩を呼びつけたのだろうか。それで連絡が取れない状態になっていたのか。心の中にはまだ黒岩を信じようとする心が残っていて、都合のよい考えを導こうとする。だが、そんな佐竹の思いを裏切るように黒岩が立ち上がった。

「…失礼します」

黒岩は高御堂に向かって軽く頭を下げた後、佐竹とは目も合わせずにその横を通り過ぎ、出入り口のドアへ向かった。佐竹は慌てて黒岩を振り返り、「待てよ」と引き留める。だが、黒岩は佐竹の声が聞こえなかったかのように、そのまま居間を出て行った。

後を追いかけようとした佐竹を高御堂の声が止める。

「やめておけ」

「……。何がどうなってんだよ？」

高御堂は全ての事情を把握しているのか。佐竹は黒岩を追うのを諦め、疑わしげに眉を顰めて高御堂の傍へ近づく。ソファに座る高御堂の横に立った佐竹は、どうして黒岩がいたのかを尋ねた。

「なんであいつがここに？　たかみさんが呼んだわけ？」

「まさか。俺が帰って来たら入り込んでいた」

「…ここに？」

梁山泊で暮らす佐竹自身、その警備が厳しいものであるのを知っている。佐竹は高御堂が出入りを許した人間だから、いつでも自由にしているけれど、その他の人間が勝手に入れる場所ではない。眉を顰めて聞き返す佐竹を冷たい色の浮かぶ目で見上げ、高御堂は前にも言った筈だと口にする。

「あれはその辺の雑種じゃないと」

「……」

高御堂に言われて思い出したのは、野尻から聞いたばかりの情報だった。ＳＡＴの特務部隊に黒岩を知る人間はなく、それまでの経歴も全て嘘《うそ》である可能性が出て来ている。正体は分からないが、少なくとも、さっき見た黒岩は自分が知る黒岩とは別人のように見えた。言い返さず、沈黙する佐竹をじっと見つめ、高御堂は心当たりでもあるのかと聞いた。

「前はＳＡＴだからとか言って庇《かば》ってただろう」

「……。野尻さんの意識が戻ったんだ」

「ほう。さすがハム。しぶといな」

「野尻さんは…たかみさんと同じであいつを疑ってたんだ。それで…調べてる最中に襲われたから、自分が刺されたことにもあいつが関わってるって…言ってる。実際、野尻さんの意識が戻ったって連絡があった時、あいつと一緒にいたんだよ。喜びはしたものの、なんか様子がおかしくて…病院に着いたら

姿を消したんだ。それから携帯も繋がらなくて…。たかみさんとの話が終わったら捜そうと思ってた」

ここで黒岩を捕まえることが出来ていたら、捜す手間も省けていた。だが、さっきの黒岩は自分が捕まえられる相手ではないのは明白だった。元々、身体的な能力の差が大きいのは認めて来たが、それよりも、黒岩が醸し出していた雰囲気は、普通の警察官が放つものではなかった。

「あいつ、何者なの？」

「さあ。何度か聞いたが、答えては貰えなかった」

「たかみさんにも分かんないの？」

怪訝そうに聞く佐竹に肩を竦め、高御堂はソファから立ち上がる。キッチンへ向かう高御堂の後を追いながら、黒岩に対する畏怖が増していくのを感じていた。高御堂は数多《あまた》の情報網と、大抵のことは可能になる財力を持っている。どんな情報も手中に出来る高御堂に正体が摑めないとなると、お手上げのように思える。

「ハムは何処まで調べたんだ？　聞いたか？」

「SATにあいつを実際に知ってる人間はいなかったって。SATだけでなく、経歴にあった…警察学校や、その後の配属先でも、あいつを知ってる人間が一人もいなくて…そんなの、あり得ないじゃないか。だから、あいつの経歴は意図的に偽造されたものなんじゃないかって」

「ハムの読みは正しいだろう。こっちには『黒岩龍《りゅう》平《へい》』という人間自体、存在しないという報告が来てる」

「存在しないって…あいつ、いるじゃん」

「日本人ではない、ってことだ。恐らく、別の国の組織の人間だ」

高御堂が「別の国」と言うのを聞き、佐竹の頭には母親と匡和がアメリカに渡ったという話が浮かんだ。それは高御堂としなくてはいけない話にも繋がっていて、佐竹はキッチンの中へ入って行った高御堂に、カウンターの外側から、「たかみさん」と低い声で呼びかけた。

ゆっくり振り返った高御堂の表情はいつもと変わ

らない。自分が何を聞こうとしているのか、分かっているのだろうと推測をつけながら佐竹は暮林の名を出した。

「光女子大の…暮林教授って知ってる？　前は上葉大学医学部に勤めてた」

「取り調べか？」

「たかみさん」

「回りくどい聞き方をせず、ストレートに聞いたらどうだ。どうして佐竹百合について調べていたのか」

　お前が聞きたいのはそれだろうと続ける高御堂を、佐竹は真《ま》っ直《す》ぐに見つめる。どうして調べたのかは分かっている。高御堂はそういう男だ。理由なんかよりも気になっているのは、結果だ。高御堂が自ら動いたのは、それだけの興味深い内容があったからに違いない。

　自分の母親について、興味がなかったわけじゃない。匡和にも何度か尋ねたことがある。だが、その度《たび》に冷たく拒絶され、次第に知りたいという気持ちは薄れていった。匡和が亡くなった後は、これで束縛される暗黒の時が終わったのだと安堵し、全てを処分したことで、自分の出自とも決別した気分でいた。

　今更、母のことを知ったところで何になるという思いの方が強い。だが、それが匡和の居所に繋がるなら別だ。高御堂は何を知っているのか。無言で高御堂を凝視していた佐竹は、静かに口を開く。

「…たかみさんが…俺のことを調べてるのは分かってた。それがたかみさんのやり方だって、知ってるし、何とも思ってなかったんだ。でも、誰かに調べさせるんじゃなくて、自分で訪ねて行くなんて、それなりの理由があるとしか思えないんだよ。暮林さんは顔に傷のある男と、年配の男が二人で来たって言ってた。年配ってのは羽根さんだよね？　羽根さんだけでもよかったんじゃないの」

「それなりの…理由か」

　佐竹が口にした言葉を繰り返し、高御堂は唇の端を上げて笑う。腕組みをして一つ息を吐くと、佐竹の問いには答えず、別の質問を向けた。

「じゃ、俺も聞くが、お前が今になって、母親のことを調べてる理由はなんだ？」

「……」

高御堂には亡くなった筈だった匡和が現れた話はしていないし、するつもりもなかった。匡和の存在は、彼に対する恐怖心を消せない自分自身の弱みに繋がっている。高御堂には見せられないその弱みは、匡和が生きていると確信した時に、更に重いものになった。

ぐっと唇を噛《か》みしめ、何も言おうとしない佐竹を、高御堂はシニカルな笑みを浮かべたまま見返す。信用しろと言っても無駄な話かと、自嘲気味に言った時の高御堂が思い出され、佐竹は息苦しくなるような感覚に苛《さいな》まれた。そうじゃない。高御堂を全く信用していないわけじゃ…ないのだけど…。

うまく言葉にならなくて…何を言っても言い訳に聞こえてしまうのが分かっていたから、黙っているしかなかった。無言でいる佐竹を見つめていた高御堂は、しばらくして腕組みを解き、背を向けた。使用済みのグラスをシンクへ置き、水を汲《く》んだ薬缶《やかん》を火にかける。コーヒーを入れようとしている高御堂を黙ったまま見ていた佐竹は、このままらちがあかない会話を続けていても仕方ないと判断し、踵《きびす》を返した。

「何処へ行く？」

すぐに呼び止めて来た高御堂を振り返らないまま、佐竹は居間を通って玄関へ向かった。脱ぎ散らかしてあったスニーカーを履《は》こうとすると、高御堂が廊下側から現れる。高御堂が自分の後を追いかけて来るのは初めてで、驚きを内心に秘めながら佐竹は動きを止めて高御堂を見る。高御堂はこれ以上ないくらいの渋面で、吐き捨てるように命じた。

「しばらくうちにいろ」

「…たかみさんは心配しなくていいよ」

すげなく返す佐竹に、高御堂は苦々しげに目を細める。少し迷った素振りを見せた後、低い声で続けた。

「匡和なら、あいつに任せておけ」

「…！」

高御堂の台詞は死んだ筈の匡和が生きていたのを知っているようなものだった。思わず、息を呑む佐竹を、高御堂は探るように見る。

「……匡和に…会ったのか？」

「……たかみさんは…何を…何処まで知ってるんだ？」

今の物言いから判断すると、高御堂は自分が匡和と再会したのを知らなかったと考えられる。とすれば、別のルートから匡和が生存している情報を得ていたことになるのか。疑わしげに見る佐竹の問いを、高御堂は「とにかく」と遮った。

「うちから出るな」

「……」

高御堂は自分の安全を第一に考えてくれている。きっと……誰よりも。けれど、その思いを素直に受け取れなくて、佐竹は高御堂に背を向けて玄関の引き戸に手をかける。からりと音を立てて戸が開き、一歩足を踏み出しかけた時、背後から高御堂の声が聞こえた。

「霜麻《そうま》」

高御堂に名前を呼ばれたことは数えるほどしかない。こんな風に真剣なやりとりをしている時に呼ばれるのは初めてだ。そもそも、高御堂がここまで引き留めて来るとは、以前なら想像もつかなかっただろう。高御堂が…高御堂との関係が、いつしか変わっていたのは分かっていた。互いを探るような時期は終わり、互いを思い合う時期に来ている。

高御堂も自分も、そんな事実を認められる性格ではないから、一見すると平行線のように見えるけれど、実際は既に重なっているのだ。そういう事実を分かっていながら、佐竹は高御堂を振り返らないまま、外へ出て後ろ手に引き戸を閉めた。

「……」

高御堂にとっては最大限の…恐らく、彼にとっては生まれて初めての…思いやりだったに違いない行動を拒絶してしまった。高御堂は自分を許さないかもしれない。それならそれでいいと思った。自分を見限り…自分に関する不穏な情報を全て忘れてくれたら。高御堂に危険が及ぶことはない。そんな考えに救いを求め、佐竹はこれが最後かもしれないと覚悟を決めて、梁山泊をあとにした。

野尻の読みは正しかった。黒岩がＳＡＴの特務部隊から異動してきたというのは虚偽の情報で、実際は高御堂が言った通り、別の組織から何らかの目的を持って潜入して来たに違いない。そう考えればつじつまが合う。そして、その目的というのは…自分、ではなく、匡和だったのではないか。

黒岩は今どこにいるのか。捜し出して話を聞かなくてはいけない。注意深く、銀座方面へ向かって歩きながら、五係の栗原《くりはら》に電話をかけた。

『今、野尻さんの病院に着いたとこなんですけど。係長なら買い物に行ってますよ』

「調べて欲しいことがあるんだ。…あいつの…個人データにアクセスして、改ざんされたところがないか、慎重に見て欲しい」

『あいつって……黒岩さんですか？』

ああ…と低い声で頷く佐竹の真剣さは電話越しにも栗原に伝わっており、いつもなら一頻《ひとしき》り聞かれる文句はなく、分かったらすぐに連絡を入れるという返事で通話が切れた。栗原はいつでも何処にでもパソコンを持ち歩いている。病院にいるとしてもすぐに調べて返事を寄越すだろうと思い、携帯を手にしたまま、歩き続けた。

自分が刺された時、犯人を追いかけて行った黒岩が俊敏な動きを見せたのに不信感を抱いた。脚を怪《け》我《が》し、そのせいでＳＡＴでの勤務に支障を生じ、異動して来た筈の黒岩がどうして駆け出すことが出来たのか。そんな疑問に黒岩自身は、長時間の運動でないならば堪えられるというような返事をし、それで納得していたけれど、あれも嘘だったに違いない。障害など残っていなかったのだから、駆けて行けたのも当然だ。

野尻が住まいを探し当てられなかったのも、自分を警護する為に築地周辺に泊まっていたから…ではない。黒岩は意識的に野尻をまいていた。それだけの能力がある男なのだ。梁山泊の離れで、高御堂と対峙していた黒岩からは、自分が知る彼とは全く違うオーラが漂っていた。

黒岩の色が…高御堂や自分と同じものだったのも、これで合点がいく。黒岩は生真面目で真正直な警官などではない。種類は違うのだろうが、高御堂と同じ側の人間だ。そんな結論に至った時、掌《てのひら》で握りしめている携帯が鳴り始めた。はっとして辺りを見れば、銀座の三越《みつこし》前まで来ていた。横断歩道が赤になっているせいで、多くの歩行者が立ち止まっている。佐竹はそれに紛れるようにして立ち止まり、栗原の名を確認してから携帯のボタンを押した。

「…どうだった?」

『おかしいんです。何度アクセスしても黒岩さんのデータがありません』

「……」

どうなっているのかと、訝しげに聞く栗原に答えようとした時だ。背後に誰かが立つのが分かった。厭な予感がして振り返ろうとしたところ、背中に銃口らしきものを押しつけられて動けなくなる。

「…悪い。また電話する」

『佐竹さん? いいんですか…』

栗原はまだ何か言いかけていたが、それどころではなくて、携帯を閉じながらゆっくり手を下ろした。背後を確認しなくても、誰なのかは予想がついていた。捜す手間が省けたと喜べる状況ではないのが辛いところだった。

信号が青になる。背中を押されて歩くように指示され、佐竹は息を吐いて足を動かす。周囲には大勢の一般市民がいる。下手な行動は出来なくて、様子を見ながら慎重に横断歩道を渡り終えると、向かい側の車道の端に路上駐車されていた車に乗るよう、促された。

「…レンタカーじゃないんだ」

佐竹がぼそりと呟くと、背中を押す力が強まる。渋々助手席のドアを開けて乗り込んだ後、シートベルトをするよう強制された。佐竹が指示に従うのを確認してから、脅して来ていた相手は運転席側へ回って車に乗り込む。

エンジンをかけ、車を発進させた男…黒岩は、佐竹が所持している携帯やスマホを出すよう命じた。厭だと拒絶出来る状況でないのは分かっていたから、あからさまな溜め息を吐いて、黒岩に差し出す。黒岩は佐竹から受け取った携帯とスマホを、躊躇《ためら》いもせず、窓から投げ捨てた。

「…乱暴だな」

「他には？」

「持ってないって」

厳しい口調で確認して来る黒岩に短く返し、窓に肘をついて寄りかかりながら、運転席を観察する。黒岩と別れたのは数時間前のことだ。病院の正面玄関で最後に見たのは自分がよく知る黒岩だったが、梁山泊で再会した時には、全くの別人のように思えた。

今も、隣に座っている男は服装や外見は変わっていなくても、違う人間のように見える。五係にやって来たあの日から、この男はずっと「黒岩龍平」という人物を演じて来たのだろう。

「本当はなんていう名前なんだ？」

「……」

「全部嘘だったんだな？　…うちへ来た時から…俺たちに見せていた顔は全部嘘で……俺のことを…月岡に関する色んなことを知らなかったってのも、全部、ふりだったのか？」

何を話しかけても黒岩と名乗る男は答えない。車はかなりのスピードで車線変更を繰り返しながら進んでいた。赤信号にぶつかりそうな場合はその手前で曲がり、停車しないようにしている。バックミラーを窺う視線は鋭いもので、黒岩が何を気遣っているのかは佐竹にも分かっていた。

興味なさげな顔つきで、体勢を変えてドアミラーを覗き込む。しばらく注意深く見ていると、見覚えのある車が尾《つ》いて来ているのが確認出来た。恐らく、高御堂に命じられた桜井《さくらい》と成富《なるとみ》だ。苦々しい気持ちを抱きながら、運転席に問いかけを続けた。

「最初から…叔父さん…佐竹匡和が目的で、俺に近づいたのか？」

「……」

「俺も居所を捜してるって、あんただって知ってるだろ。俺を拉致ったって仕方がない」

黒岩が自分を拉致する目的は、匡和の他には考えられない。高御堂もそのような発言をしていた。だが、ずっと一緒にいた黒岩は、自分が本当に匡和の居所を知らないのだと分かっている筈だ。

何を言っても黒岩は無言のまま、言葉を発しようとはしない。それならそれでいいと思い、佐竹はドアミラーで後方を窺いながら、独り言のつもりで黒岩に対する疑問を口にしていく。

「脚に障害が残ってるってのも、嘘だったから、走れたわけだ。事件捜査を勉強したいとかって、愚直な態度も全部、演技？　金田一さんたちに頼まれたからって、俺をしつこく警護しようとしたのは、俺を見張って…つまり、叔父さんが俺に接触するのを見張ってなきゃいけなかったからなんだよな。…五係に現れたあんたを見た時から…おかしいとは思ってたんだけどさ」

ぶつぶつ呟く佐竹が始めからおかしいと思っていたと続けるのを聞き、運転席の黒岩はちらりと視線を送った。それまで一切、自分を無視していた黒岩が反応したのを察知し、佐竹はじっと横顔を見つめる。黒岩はどうして犯人が「分かる」のかを随分気にかけていた。

佐竹の「勘」だと理解する人間が多い中、黒岩が拘《こだわ》っていたのは、四角四面な性格だからと思っていたが、違ったのかもしれない。黒岩は何かしらの根拠があって、どうして「分かる」のかを知りたがっていたのではないか。そんな予感がふいに浮かび、佐竹は鎌をかけるような台詞を口にする。

「……あんた、人を殺したことがあるだろう？」

「………」

今度は明確に反応を示し、黒岩は佐竹に視線を送る。目が合っても何も言わなかったが、黒岩が興味を示しているのは明らかだった。佐竹が黙って運転席を見つめていると、しばらくして、硬い声音が小さく呟いた。

「…君の能力はそれか」

「能力？」

「人を殺したかどうかを判断出来るんだろう。…心を読んでる…のとは違うな。君はずっと一緒にいても俺の正体に気づかなかった。…今も分かっていない。ただ、殺したかどうかが分かるだけか」

独り言とも、問いかけともつかない黒岩の呟きは、佐竹を怪訝な気持ちにさせた。確かに、人の周りに色が見えるというのは自分の特殊な「能力」だと言える。だが、特別な力だと認識したことはなく、「能力」だと捉えようとは考えもしなかった。それなのに、黒岩が「能力」と呼んでいるのは…。

どういうことなのか話が見えず、押し黙る佐竹を一瞥し、黒岩はシニカルな笑みを浮かべる。

「…失敗作のファーストエッグらしい」

「ファーストエッグ…？」

黒岩が次に発した言葉は、佐竹を更に混乱させた。初めて聞く単語は全く意味が分からなかったのに、何故か、胸騒ぎを覚えるものだった。

ファーストエッグ…最初の卵という言葉にどういう意味が隠されているのか、見当もつかない。わけもなく不安な思いに駆られて繰り返す佐竹に、黒岩は笑んだまま、「だからこそかもしれないが」と付け加える。言葉の意味は理解出来ずとも、「ファーストエッグ」というのが自分を指していることだけは分かった。

黒岩にはどういう風に人を殺したことが分かるのかは話していない。それを話したことがあるのは高御堂だけだ。信じて貰えないだろうから…気味悪く思われるだけだろうからと、高御堂に出会うまで、誰にも言えずにいた。

だが、高御堂しか知らない筈のそれを、黒岩は端《はな》から能力として認めて話している。それが「ファーストエッグ」という言葉に繋がるのかと考えただけで、ざわざわとした胸騒ぎが湧き上がる。じっと運転席の様子を窺う佐竹に、黒岩は巧みなハンドルさばきで車を操りつつ、問いかけた。

「高御堂から何も聞いてないのか」

「……どういう意味だ？」

「あの男はかなり調べているだろう」

「……」

　高御堂が自分が知らない何かを知っているのは分かっている。本人にも聞いてみたが、答えてくれる様子はなかったので、梁山泊を出て来た。黒岩は高御堂と同等の情報を持っているのか。…いや、それ以上なのだろうと思い直し、佐竹は慎重に口を開く。

「…あんたは……何を知ってるんだ？」

　冷静に聞いたつもりでも、声に怯《おび》えが混じっているのが、佐竹自身にも分かった。自分のことなのに、知るのが怖い気がしている。幼い頃から畏《おそ》れを抱いて来た匡和が絡んでいるからなのか。それよりも、本能的な何かが警鐘を鳴らしているように思えて、自然と拳を握りしめていた。

　佐竹を一瞥した黒岩は、口を開きかけたものの、バックミラーを見てアクセルを踏み込む。一気にスピードを上げた車内で、油断していた佐竹はバランスを崩してシートに押しつけられた。

「っ…なに…っ」

　どうしたのかと慌ててドアミラーを覗き込めば、すごい勢いで近づいて来る車があった。周囲を走る車の数が少なくなったのを見て、勝負をかけに来たようだった。振り返ってリアガラス越しに追って来ている車を確認すれば、案の定、桜井がハンドルを握っており、隣には成富がいる。

　桜井のドライビングテクニックは相当のものだが、黒岩のそれもかなり訓練されたものだと分かる。互いに引かないであろう戦いがどういう結果を生むのかは容易に想像が出来て、佐竹は顰《しか》めっ面《つら》で黒岩を諭そうとした。

「いい加減にしろよ。あんたがどういう目的でこんな真似《まね》してるのかは分からないが…」

「黙れ」

　騒ぎになるだけだ…と続けようとしたのを、銃口で遮られる。右手でハンドルを持ち、左手で銃を突きつけて来る黒岩に、佐竹は何も言えなくなって、口を噤《つぐ》んだ。黒岩が取り出した拳銃は警察官としての携行品ではなかった。改めて、黒岩がどういう素性の人間であるのかを考えながら、何が起こっても対応出来るように身構えて、様子を窺う。

千葉《ちば》へ向かって走る複車線の道路を、車線変更を繰り返して進む黒岩に、桜井はぴったり張り付いて追い越すタイミングを窺っている。桜井が猛追を始めてから、黒岩は信号も無視してスピードを落とさず走っている。危うく事故になりそうな場面もあり、警察が動き出すのも時間の問題だと思われた。

黒岩は逃げ切る自信があって、こういう行動に出ているのか。これまで正体を隠して慎重に潜んでいた黒岩が、なりふり構わない行動に出たのにはわけがあるのだろう。匡和の出現と、野尻が意識を取り戻したこと…が起因しているのは間違いない。佐竹は右へ左へと揺れる車内で、真剣にハンドルを操っている黒岩に、野尻の一件を投げかけた。

「伴に野尻さんを刺させたのは…あんたなのか？」

「……」

黒岩は肯定も否定もしなかった。その代わりに、ハンドルを左へ勢いよく切って車線を変えると、一気にスピードを落とす。後を着いて来ていた桜井の車にわざと近づき、運転席の窓を開けて、後方へ銃を向けた。

乾いた音が二発響く。黒岩の行動に驚愕《きょうがく》し、後ろを振り返っていた佐竹は、銃弾を受けてパンクしたらしい桜井の車が、リアガラス越しにくるくると回って横倒しになるのを目にした。桜井と成富が無事かどうか心配だったが、駆けつけられない状況にある。せめて、二人のしぶとさを信じていようと自分を奮い立たせ、運転席を睨《にら》むように見た。

銃を収めて窓を閉めた黒岩は、再び強くアクセルを踏んで加速した。無表情な横顔は自分の行為を当然だと捉えているもので、高御堂とは異なる、種類の違う畏怖を覚え、佐竹は苦々しげに目を眇める。非難したところで無視されるだけだと思い、何も言

わなかった。

自分が黒岩だと思っていた男は何処へ消えてしまったのだろう。短い間だったが、自分の中には確かな「黒岩」との記憶がある。いつの間にか嚙みしめていた唇が切れていて、厭な血の味が口の中に広がった。


黒岩の運転する車は千葉方面へ向かっていて、そのまま東京を出るのかと思われたが、桜井たちを強引なやり方でまいた後、行き先を変えた。再び東京へ戻り、晴海埠頭《はるみふとう》近くにある倉庫が建ち並ぶエリアへ車を乗り入れた。その頃には時刻は七時近くになっており、日の入りを過ぎた空は色を変え始めていた。

周囲には同じ造りの倉庫が等間隔で並んでおり、それを過ぎると、二階建ての四角い建物が現れた。事務所らしきその建物の前で黒岩は車を停め、佐竹に降りるよう促す。渋々従った佐竹は、外階段を上がって二階へ行くよう、命じられた。

階段の突き当たりには簡素なスチール製のドアがあり、鍵のかかっていないそれを開ける。かつては事務所として使っていたのか、部屋の隅に幾つかの机と椅子が積み上げられていた。が、その埃臭《ほこり》さと蒸し暑さからして、かなり長い間、使われていないのは間違いない。不快感に閉口して黒岩を見ると、窓を開けろと指示される。

佐竹としては命じられるまま動くのは不本意だったのだが、拳銃を持つ黒岩が優位に立っているのは間違いない。のろのろと動き、三方にある窓を開けて回った。窓を開けたところで外も同じように暑いからマシになったとは思えなかったが、埃臭さは少し解消された気がする。日暮れ時に差しかかり、室内は薄暗く感じられたので電気を点けようとしたら、出入り口近くに立つ黒岩に制される。

「点けなくていい」

「……ここでどうする気だ？」

「座りたいなら向こうの椅子を持って来て座ってろ」

ぞんざいな黒岩の口調に肩を竦め、佐竹は隅に寄せられていた回転椅子を一つ、転がして運び、窓際に置いた。しかし、部屋の中央にするよう言われ、渋々従う。椅子に座ったまま、がらがらと音を立てて移動した佐竹は、仏頂面で黒岩を睨むように見た。

佐竹の厳しい視線も気にならない様子で、黒岩はドアの傍に立って外を窺うようにしている。黒岩の目的が匡和にあるのは間違いなく、自分を囮《おとり》にするつもりなのだろうと推測がついた。が、根本的な疑問は全く解決していない。黒岩は何者で、どうして匡和を捜しているのか。匡和をどうするつもりなのか。それに、そもそも、匡和は何故自分を死んだことにしていたのか。

「…あんたは…叔父さんが生き返ったわけを…十三年もの間、自分を死んだことにしていた理由を、知ってるのか?」

「……」

佐竹の問いかけに、黒岩はゆっくり視線を動かす。はかるような目つきでしばらく佐竹を見つめた後、ドアの向こうへ視線を戻した。

「高御堂が君に何も話さなかったのは…彼は認めなかったが、君を思いやってのことだろう」

「思いやる……?」

「君がショックを受けないように」

高御堂が自分を思いやってという内容自体も苦いものだったが、それ以上に、続けられた台詞が気にかかった。ショックを受けないように…ということは、つまり、ショックを受けるような内容なのだ。中身の想像がつかず、眉間に皺を刻んだ佐竹は、掠れた声でどういう意味なのか黒岩に尋ねる。

「ショックって…何のことだ?」

「……高御堂から聞いた方がいいんじゃないのか?」

「いいから、言えよ」

回りくどく勧めて来る黒岩に、佐竹は苛《いら》ついた物言いで返す。黒岩は小さく息を吐き、外を見張る体勢を変えないまま、独り言のように話し始めた。

「…暮林のところを訪ねた時、君が母親について何も知らないようなのに驚いたが…あの話で、大体、分かっただろう。君の母親…佐竹百合は遺伝子工学の研究者だった」

「…それが…何だよ」

「あの暮林という男は話を濁していたし、佐竹百合が日本を去ってからのことも、具体的には何も知らないようだったから、あれだけでは話が見えなかったんだろうが、…佐竹百合が今起きている問題の、全ての元凶だ」

元凶という言葉にプラスのイメージはなく、佐竹は厭な気分が腹の底から湧き出して来るような錯覚に囚《とら》われた。黒いもやもやとした…いつも見る「色」を目にした時のようなどうにもならないやりきれなさを、恐ろしく感じる。高御堂が話さなかったのには、彼の秘密主義だけではなくて、明確な理由があったからなのではないか。

それが「思いやり」という言葉に繫がっているのではないか。そんな考えが頭に浮かんでいたけれど、知りたいという好奇心の方がずっと強くて、声を出すことが出来なかった。

「率直に言えば、佐竹百合は遺伝子工学の分野において、天才的な研究者だった。今も彼女が生きていて、『正しい方向』の研究が続けられていたなら、画期的な成果が上がっていたのかもしれない。問題は…彼女が『間違った方向』の考えに魅せられ、それに取り憑《つ》かれてしまったことだった。佐竹百合は遺伝子を操作し、不安定要素のない…病気などに罹《かか》らないヒトを生み出すことを目指し始めた。ただ、それは倫理的には問題のある研究だ。だから日本を出ざるを得なくなり、アメリカの大学にもいられなくなった。…だが、彼女の研究を歓迎する人間もいて、ある民間の研究機関から援助を受け、彼女はプロジェクトを立ち上げた。それがファーストエッグプロジェクトだ」

「……」

車中で黒岩が口にしていた「ファーストエッグ」という言葉を思い出し、佐竹は息を吞む。自分がそれであるような物言いだったのは…どんな意味を持つのか。

「当時、佐竹百合の研究は誰しもの予測を超えるスピードで進んでいた。その中で彼女は遺伝子を操作することによって、病気などに罹らないだけじゃなく、特別な能力を持つヒトを生み出すことに成功したんだ」

「……能力……」

「佐竹百合が生み出した実験体の殆どは彼女の計算通り、特別な能力を持っていた。知能がずば抜けて優れていたり、身体能力に長《た》けていたり…。中には超能力と呼ばれるような…特殊能力を備えていた者もいた。プロジェクトは順調に進んでいたが、その内容が危険であると政府機関が判断し、中止に追い込まれた。だが、プロジェクトは中断させられても、佐竹百合さえいれば、いつでも復活が可能だ。実際、彼女にはアメリカと敵対する国に研究内容を持ち出そうとしている動きもあった」

「……」

黒岩がどう続けようとしているのか、予想はついたが、まさかという思いの方が強くて、何も言えなかった。身動《みじろ》ぎもせず、じっと見つめる佐竹の方へは視線を向けずに、黒岩は何でもないことのように「だから」と続ける。

「佐竹百合は抹殺され、彼女の死によってファーストエッグプロジェクトには幕が下ろされた。それが…二十六年ほど前の話だ。…だが、続きがあるのは君自身もよく分かっているだろう？」

「…俺が…叔父さんと暮らし始めたのは五歳の時だ…」

つまり、二十六年前だと、黒岩に補足する声は掠れていた。喉の渇きを覚えるけれど、飲み物はない。それに何か飲みたいと要求出来る余裕もなかった。

五歳以前の…小石川の家で匡和と暮らし始める前の記憶は一切ない。五歳といえば、幼いといっても何も覚えていないような年齢でもないのに、母の顔さえ分からないのは何故なのか、分からなかった。

五歳以前の記憶がないのは…特別な理由があったせいなのかもしれない。

「ファーストエッグプロジェクトが進められていた

当時、佐竹百合は匡和の存在を周囲に隠していた。研究自体、彼女が密かに作り上げた施設で行われており、ごく一部の人間しか詳細を知らなかった。佐竹匡和は研究内容を知る人間として当局から認知されず、ノーマークの状態だった。佐竹百合の死後、匡和は君を連れて密かに出国し、日本へ戻った。そのまま、暮らしているだけならば、今になってファーストエッグプロジェクトが問題となることもなかっただろう。だが、…匡和は佐竹百合の遺志を引き継ごうと、画策していたんだ。十三年前、匡和が自分が死んだように見せかけて姿を消したのは、研究を後押ししてくれる機関が見つかったからだ。匡和が主導する形でファーストエッグプロジェクトが再始動し、成果を上げ始めているという情報が入ったのは昨年のことだ。それから研究内容の詳細を調べると共に、匡和の居場所を捜して来た。しかし、匡和はなかなか姿を現さず、君に焦点が当てられた」

「……」

「実際、読みは当たった。君が伴に拉致された時、あと一歩のところで匡和を逃がしてしまったのは痛恨のミスというやつだがな」

黒岩がふんと鼻先を鳴らす音が暗さを増した部屋に響く。先ほど、聞いても答えは得られなかったが、間違いないだろうと確信を持ちつつ、佐竹は野尻に関する問いかけを繰り返した。

「…伴を…唆《そそのか》したのは…やっぱり、あんたか…」

「……」

答えない黒岩は肯定しているのも同然だった。正体を怪しんで周辺を嗅ぎ回っている野尻が鬱陶《うっとう》しかったのと、伴の一件を利用して匡和を誘《おび》き出したかったからに違いない。自分の方を見ない黒岩の横顔を睨みつけながら、続ける。

「ついでに…野尻さんを始末しようとしたのか？」

「…やむを得なかった」

「……。以前…同僚を殺されたことがあるってのも、嘘だったのか？」

機械的に答えを返す黒岩に苛つき、渋面で問いかける。全部、何もかもが嘘だったと分かっているのに、黒岩を見ているだけで、一緒にいた間に出来た思い出が蘇《よみがえ》って来るのが厄介だった。黒岩龍平という存在が嘘だったとしても、話していた全てまでが嘘だったとは思いたくない。そんな気持ちがまだ残っているのが虚《むな》しくて、悔しかった。

絞り出すような佐竹の声を聞いた黒岩は、視線を動かして彼を見た。微かに眉を顰め、口を開こうとしたが、すぐにはっとした顔つきで視線を戻す。佐竹には何も聞こえなかったし、異変も感じられなかったが、黒岩は違ったようだ。

「……ここから動くな」

低い声で命じ、黒岩は慎重にドアを開けて外へ出て行く。ドアが閉まると同時に、佐竹はそっと椅子から立ち上がり、忍び足でドアに近づいた。動くなと言われても、この状況で従うのはバカな話だ。二階の部屋の出入り口は黒岩が出て行ったドアしかなく、その横にある、彼が外の様子を窺うのに使っていた窓を覗き込んだ。

黒岩が辺りに気を配りながら階段を下りていく姿が見える。その他に怪しげな様子は窺えない。何に気づいて黒岩が様子を見に行ったのかは分からないが、このチャンスを使って、逃げ出そうと決めた。

階段を下りきった黒岩の姿が見えなくなる。佐竹はドアノブを慎重に回して開けると息を潜めて外へ出た。閉まる音が響かないように、ドアを戻す。外階段は鉄製で、ともすれば響いてしまいそうな足音を気遣って、一段ずつ慎重に下りて行った。

十五段ほどの階段を三分の一ほど、下った頃だ。外は既に夜の帳《とばり》が落ち、近くに照明がないせいもあり、目をこらさなくては辺りの様子が窺えないほどだった。視界の中で黒い影が動いた気がして、腰を低くして身を潜める。階段の柵《さく》を握って地上の方を見れば、事務所から少し離れた場所に停めた車に、黒岩らしき人影が近づいて行くのが分かった。

黒岩が車のドアに手をかけて開ける。運転席の中を覗き込むようにして身体を屈《かが》めた時だ。突然、爆音が轟《とどろ》いた。

「っ…!!」

予想だにしなかった爆音と、爆風に、反射的に閉じてしまった目を開けると、車が炎に包まれている。佐竹は息を呑み、「黒岩！」と叫びながら、階段を駆け下りた。

「黒岩!!」

炎の中にいる黒岩を助け出したくても、火の勢いがすご過ぎて、全く近づけなかった。ぎりぎりのところに立ち、「黒岩！」と何度か呼びかけたものの、返事も動きもない。絶望的な気分で、それでも何とかして助け出せないかと思い、近づこうとして躙《にじ》り寄るのを、背後から止められる。

乱暴な感じで上着を摑まれたが、悪意は感じられなかった。ある予感を持って振り返れば、真剣な表情を浮かべた高御堂がいた。

「何をしてる！　離れろ！」

「でもっ…黒岩が…っ…」

「まだ爆発する可能性がある！」

炎の中に黒岩がいるのだと訴える佐竹を、高御堂は引きずられるようにして引き離した。事務所の影に隠れると同時に、高御堂が言っていた通り、ボンと二度目の爆発音が低く響いた。

建物の陰から顔を覗かせた佐竹は、悔しげに唇を噛んで炎を見つめる。全部嘘だったとしても、黒岩と過ごした日々は本物だ。野尻を殺させようとしたのが黒岩と知っても、信じられない気持ちが心の中に残っていた。だから、納得がいかずに、目の前の惨事に困惑する佐竹に、高御堂が口早に何があったのかと聞いた。

「…この…二階に連れて行かれたんだけど…話してる途中で、あいつが何かに気づいたみたいで様子を見に行ったんだ。俺はその隙をついて…逃げようと思って階段を下りかけていたら、あいつが車のドアを開けるのが見えた。そしたら、突然爆発音がして…車が燃えていた」

「……。あいつはあの中か…」

厳しい表情で炎を見る高御堂が助からないと考えているのはよく分かっていた。佐竹自身、もう無理だと分かっている。車に爆弾が仕掛けられていたのか。一体、誰が…。

「…まさか…たかみさんじゃないよね？」

「俺があんな真似をすると？」

「…いや…思ってないけど……」

状況が読めなさ過ぎて、思わず疑うような台詞を口走ってしまったのを後悔し、佐竹は首を緩く振って「ごめん」と詫びる。高御堂は黒岩から自分を助けに来てくれたに違いない。桜井と成富が無事かどうかを聞こうとした佐竹は、高御堂がすっと目を眇め、腕を摑んで来るのに緊張を覚えた。

高御堂の視線の先を追うことで、彼が何に気づいたのかはすぐに分かった。暗がりに立つ相手を見ただけで、全身が強張《こわば》り、動けなくなる。高御堂がいてくれてよかったとは思えなかった。逆に、こんな時にという後悔が生まれて、佐竹は眉間に皺を刻んで拳を握りしめる。

そんな後悔は、姿を現した相手…匡和の手にあるものを目にして、更に深まった。

「……叔父さん…」

佐竹が低く呟くのと同時に、匡和が一歩踏み出す。互いの表情が窺えるくらいの位置まで近づいて足を止めると、匡和は手にしていた拳銃を高御堂に向けた。

三度見る匡和の姿はそれまでのどの時よりもはっきりしたものに見えた。一度目は幻だと思ったし、二度目は拉致されていた上に薬の影響もあって、生存を確信しながらも、信じられないという思いの方が強かった。

だが、今は。目の前にいるのが匡和だと、一切の疑念なく、信じられる。黒岩の口から匡和が姿を消していた理由を聞いたせいもある。佐竹は必死に毅《き》然《ぜん》とした態度を保ちながら、自分を見ている匡和を真っ直ぐに見返した。

佐竹をしばし見つめた匡和はその隣に立つ高御堂に視線を移した。無表情な顔つきでいながらも、佐竹の腕を摑み、庇うようにして立っている高御堂を見て小さく笑う。

「霜麻が色々とお世話になったようで…ありがとうございます。…ああ、あなたとは初対面ですね。失礼。霜麻の…叔父の、匡和です」

「……」

匡和はごく普通に自己紹介していたが、彼が握った銃は高御堂に向けられたままだ。何も言わない高御堂に対し、匡和は変わらない調子で続ける。

「あなたの名前を聞く機会が多かったもので、旧知の間柄のように思っていました。霜麻の面倒を見てくれただけでなく、私や姉のことも随分調べてましたね」

「ご存知でしたか」

「霜麻を手懐《てなず》けたのにはどういう目的が？」

匡和に尋ねられた高御堂は失笑し、首を横に振る。

「目的などありませんよ。偶然と…気まぐれです」

高御堂の物言いは平然としたものだったが、佐竹を庇う態度が気まぐれという言葉が真実ではないのを教えていた。匡和もそれが分かっているようで、

「気まぐれですか」と繰り返し、苦笑する。

「気まぐれにしては長いように思えますが」

「…予期せぬことが色々ありまして」

「ああ…、確かに。こんなに面倒なことになるのなら、霜麻が警官になろうとした時に邪魔するんだったと、私も後悔しました」

匡和の話を聞き、佐竹は表情を更に厳しくした。匡和は死んだと見せかけて姿を消してから、ずっと自分の動向を監視していたのだろうか。そうとしか考えられないのに、確認がしたくて、「叔父さんは…」と震えてしまいそうな声で話しかける。

「事故で死んだ……あの後も、ずっと俺のことを何処からか見てたんですか？」

「ああ」

「どうして」

「お前は大事な子だ」

「……」

当然のように返す匡和の答えは、佐竹には納得いかないものだった。大事な子と言うならば、一緒に

暮らしていた間、もう少し愛情を持って接してくれてもよかったのではないか。いや、愛情なんて贅沢《ぜいたく》は言わない。せめて、怯えなくてもいい、普通の暮らしをさせて欲しかった。

だが、匡和には普通の意味が分からないに違いない。こうして…大人になって接する匡和は、子供の頃よりも、そのおかしさがはっきりと感じられた。匡和には何を言っても通じない。子供の頃の教訓を思い出し、佐竹は口から出そうになった言葉を呑み込み、代わりに別の質問を向ける。

「俺が…伴に拉致された時、叔父さんはあの小屋に現れましたよね？　…伴を殺したのは…叔父さんですか？」

確認など取らずとも、そうとしか考えられないと分かってはいたが、「ああ」と即答する匡和を見て、愕然とした思いになった。十八まで一緒に暮らした叔父は、変わった人だったけれど、人殺しをするような人だとは思っていなかった。少なからずショックを受け、何も言えない佐竹に、匡和は淡々と続ける。

「お前を殺されては困る。だから、あんな人間と関わらなきゃいけないような、警官なんて仕事に就くべきじゃなかったんだ」

「…だからって…」

「あの時、ついでにお前を連れて行ければよかったんだが、邪魔が入ったしな」

呟くように匡和が付け加えた内容を耳にした佐竹は眉間の皺を深くする。邪魔というのは黒岩のことだろう。そして…離れた場所ではまだ車が炎を上げている。

「…あの…爆発も…叔父さんが…？　あいつを…殺したんですか…？」

「……」

匡和は笑っただけで明確な返事はしなかったが、間違いないと確信出来た。自分を殺そうとしていた伴はともかく、黒岩まで…。それがまだ、別の目的の為にというならば、話として聞けないわけでもなかった。だが、自分の為にというのが、どうしても納得がいかない。匡和にとっての自分は、殺人という罪を犯してまで守らなくてはいけない存在であるとは考えられなかった。

叔父と甥《おい》という、血縁に裏打ちされた絆《きずな》が、そうさせているとはどうやっても思えない。他に理由があるに違いないが…それが何なのかは想像がつかなかった。

考え込む佐竹に、匡和は時間がないから行こうと促す。

「ぐずぐずしていると面倒な連中が来る」

「行くって…何処へ？」

匡和は答えず、代わりに高御堂に向けた拳銃を構え直した。脅しの意味を込めた仕草に、佐竹は表情を厳しくする。高御堂を殺されたくないならば、一緒に来いという匡和の意図は理解出来たものの、到底従うわけにはいかない指示だった。匡和と一緒に…再び、あんな生活を送らなくてはいけないのかと思っただけで、息が詰まるように感じられて苦しくなる。

思わず、身体を強張らせた佐竹は、自分の腕を摑んでいる高御堂の手に力が込められるのを感じた。はっとして自分の斜め前に立っている高御堂を見上げると、匡和の視線から隠すようにして、彼の背後へ回らされる。庇おうとしているその行動をどう取ればいいのか、悩む佐竹の耳に、匡和に対抗する高御堂の低い声が聞こえた。

「これはあなたと一緒には行きません。あなたの庇《ひ》護《ご》が必要だった頃とは違う」

「霜麻の意志は関係ありません」

「…これが必要な特別な理由でも？」

「……」

意味ありげな問いかけを高御堂が匡和に向ける。匡和は高御堂に答えず、笑みを浮かべたまま、手にした拳銃の引き金を引いた。乾いた音が響き、放たれた銃弾は高御堂の左腕をかすめて飛んで行く。

「っ…たかみさん…！」

「……大丈夫だ」

驚いて前に出ようとする佐竹を押さえ、高御堂は

大きく息を吐いて険相で匡和を見据えた。高御堂の左腕を見れば、スーツが破け、血が滲《にじ》んでいるのが見える。匡和が拳銃を手にしているのは、脅しの為のポーズでないのが十分に分かり、背中が冷たくなるような気分を味わった。

匡和は迷わず、高御堂を殺すだろう。伴を撃った時のように。いつだって誰より優位に立つ高御堂だが、今は明らかに分《ぶ》が悪い。高御堂を傷つけるわけにはいかない。ましてや、…失うわけにはは。

「たかみさん、いいから、離して…っ」

「……」

恐ろしい想像をして焦った佐竹は、全力で高御堂を振り払う。匡和に気を取られていた高御堂は思わず手を離してしまい、自分の前に回った佐竹を、眉を顰めて見た。佐竹は高御堂に負けない真剣な目つきで彼を見ると、潜めた低い声で告げる。

「…たかみさんに迷惑をかけるわけにはいかない」

「あいつはお前を苦しめた奴だろう」

「…だから、言ってるんだ。たかみさんには…あの人に関わって欲しくない」

匡和のおかしさは痛いほど理解していた。だから、極力、匡和の話はしなかった。再び、その姿を見てからは、特に。匡和に関われば不幸になる。そう、分かっていたから…。

「…今まで…色々ごめん。……ありがとう」

「……」

匡和がどういう目的で、自分を何処に連れて行こうとしているのかは分からないが、高御堂とは二度と会えなくなるのは確かだと思った。これが最後になるのだろうから…せめて最後に、素直な礼を伝えておこうと思い、口早に告げる。

高御堂が厭そうに顔を歪めるのを見て、佐竹は苦笑した。高御堂の頭の中では、自分への罵詈雑言《ばりぞうごん》が渦巻いているに違いない。そんな想像に僅かでも助けられながら、佐竹は息を吐いて、匡和を見る。

「……」

視線が合うと、匡和は高御堂に向けて構えていた銃を下ろした。自分が一緒に行けば、高御堂にこれ以上、危害が及ぶことはない。そう信じて、佐竹は匡和の方へゆっくり歩き始めた。匡和の目の前に立つと、仏頂面で肩を竦め、「これでいいですか？」と尋ねる。

「ああ」

匡和は満足げに頷き、佐竹にそのまま歩いて行くように命じる。うんざりした気分で溜め息を吐き、佐竹は言われた通りに歩いた。背後の高御堂が気になったが、振り返ってしまったらお互いの為にならないと思い、後ろは見ないと固く誓っていた。

だが、匡和の横を通り過ぎ、何歩か歩いたところでパンという銃声が響くのを聞いた。信じられない思いで振り返れば、匡和が再び高御堂に銃口を向けていた。匡和が放った二発目の銃弾は、幸い、高御堂を捉えることが出来なかったようで、彼はその場に屈んだ体勢で匡和を睨んでいた。

「っ…叔父さん…っ！」

話が違うという思いで佐竹は匡和の傍へ駆け寄り、銃を下ろすように求める。

「俺は…一緒に行くって言ってるじゃないか！　たかみさんを殺す必要なんて…」

「…あの男はお前を捜そうとするだろう。そうなれば、いずれ邪魔になる」

「っ…」

今ここで殺しておいた方が今後の為だと、平然と言い切る匡和に、佐竹は強い憎しみを覚えた。匡和に対する恐怖心に支配されていたあの頃は、憎むことも出来なかった。新たに覚えた感情は、自分は成長したのだと思わせてくれると同時に、高御堂をどれほど大切に想っているのかを、分からせてくれる。

得体の知れない恐怖に惑わされ、従うしかないのだと諦めていたあの頃は、同時に、戦ってまで守りたいと思える何かもなかった。人からどう見られようと、どう思われようと、高御堂は自分にとって大切な存在で、歪《いびつ》な関係が自分を癒《い》やしてくれたのも事実だ。

高御堂にとどめを刺そうとして、匡和が再び狙いを定める。佐竹は銃を握る匡和の腕を取り、彼の正面へ回り込んだ。

「…霜麻」

「俺を撃てよ」

匡和がどれほどの悪人でも、彼を憎んでいても、殺そうとは思えなかった。月岡と匡和は違う。そう思うこと自体、匡和にいまだ支配されているのかもしれなかったが、それならば余計に、こういう結末の方がいい。

高御堂を殺されて、彼のいない世界に残るくらいなら。

初めて高御堂を見た時、暗い色に包まれた彼を訝しく思った。高御堂が人を殺したのは間違いがなかったのに、証拠がなくて立件出来なかった。いつか尻尾を捕まえてやると思って近づいた高御堂を、こんなにも大切に想うようになる日が来るなんて考えもしなかった。高御堂だけじゃない。高御堂に関わる全ての人を、大切に想うようになっていた。羽根も、桜井も、成富も。梁山泊で働く皆も。いつしか家族のように…家族なんて、いたことがないから、どんなものなのか分からない筈なのに…かけがえのない大切な存在だと思えていた。

帰るとほっと出来る。帰ることを許してくれて、迎えてくれる場所。それを自分にくれたのは高御堂だけだった。高御堂を失う辛さなんて味わいたくはない。桁《けた》外れの絶望感に襲われるのを想像しただけで、おかしくなりそうだ。高御堂は絶対に殺させないと、佐竹は匡和の腕を握る手に力を込める。

「霜麻。離せ」

「俺がいなくなれば、叔父さんだって面倒がなくなるんじゃないの。不肖の甥を…心配する必要がなくなるだろ」

心配という言葉に違和感を覚えつつも、他に言い方が見つからなかった。匡和は自分を心配しているわけじゃない。一緒に来いと言ってるのだって…高御堂が言ったように、何か別の理由があるように思える。

振り払おうとする匡和の抵抗を押さえ込み、自分へ銃口を向けさせていた佐竹は、至近距離でその顔を見ている内に、以前も感じた違和感に気づいた。匡和は変わっていない。十三年前に別れた時から…少しも。

「……」

その事実を恐ろしく感じた時、僅かに力が緩んでしまった。隙を突いた匡和が佐竹の身体を突き飛ばし、高御堂に銃口を向ける。バランスを崩して倒れそうになりながらも、匡和に掴みかかろうとした佐竹は、鈍く響く銃声を聞いて身体を竦ませた。

「っ…!!」

反射的に目を閉じてしまったこともあって、一瞬、何が起こったのか、分からなかった。瞼《まぶた》を開ければ、目の前の地面に、掴みかかろうとしていた匡和の身体が仰向《あおむ》けの状態で横たわっている。状況が把握出来ないまま、高御堂の方を見れば、先ほどと同じ体勢で身を屈めたままでいた。

「……」

撃たれたのではと案じた高御堂が無事でいるのにほっとすると同時に、困惑が強くなる。ということは…先ほどの銃声は、匡和が高御堂に向けて撃ったものではなかったのだ。地面に膝をついていた佐竹は、そのまま這《は》うようにして匡和の元へ近づいた。匡和の眉間には銃痕があり、目を見開いたままの彼は既に息をしていなかった。

「お…じさん……」

さっきまで揉《も》み合っていた相手が死んでいるのを見て、佐竹は息を呑む。高御堂は拳銃を持っていなかった。匡和を撃ったのは高御堂ではない。ならば、誰が匡和を撃ったのか。眉を顰めて困惑していた佐竹は、足音が近づいて来るのに気づき、はっとして振り返った。暗がりの中に現れた人影を驚愕の思いで見る。

「…あ…んた……生きて…」

「……」

拳銃を手にしたまま歩いて来るのは、爆発に巻き込まれて死んだと思っていた黒岩だった。黒岩は格好こそぼろぼろになっていたが、怪我などはしていないようで、無表情な顔で匡和に近づき、死んでいるのを確認した。それから拳銃を仕舞い、代わりに取り出したスマホで電話をかけた。英語で短い会話を交わしてから通話を切り、匡和の横に跪《ひざまず》いたままの佐竹に、「悪いな」とこともなげに言った。

「…叔父さんを…殺すことが目的だったのか？」

「……」

低い声で確認する佐竹に、黒岩は答えない。そこへ高御堂が近づいて来て、佐竹の腕を摑んで立たせた。高御堂も自分も、無事だったのは喜ばしいが、匡和の遺体と、彼を殺した黒岩が目の前にいる状況では、とても安堵出来なかった。

黒岩は何者で、どうして匡和を殺したのか。正面から聞いたところで、答える筈がないとも分かっている。複雑な思いで黒岩を睨むように見ている佐竹に代わり、高御堂が低い声で問いかけた。

「これで任務は完了か？」

「……」

「…こっちに関しては…どういう指示が出てるんだ？」

高御堂が「こっち」と指す佐竹を一瞥した黒岩は、ポケットにスマホを仕舞いながら、大きく肩で息を吐いた。

「…特に、何も。佐竹匡和が彼に拘った理由は、佐竹百合が自ら産んだ唯一の子供…つまり、自分の甥だという意識が強かったからだと考えられています。資料上、実験体《サンプル》としては失敗作と報告されていますから、価値はないと判断されたのでしょう」

「失敗作って……俺のことか？」

ただ単に貶《けな》されているというだけでなく、特別な意味があるのだと思われて、佐竹は険相で黒岩に聞き返す。黒岩は答えるつもりはないようで、地面に倒れている匡和の遺体に視線を落とした。

「間もなく、後始末をしに来ます。その前にここを立ち去って下さい」

黒岩が短く言うのに頷き、高御堂は佐竹を促す。佐竹はすぐには従わず、黒岩を食い入るように見つめた。

「…叔父さんを……どうするんだ？」

「こちらで処分する」

処分という言い方は引っかかったが、どうして欲しいという希望もない。匡和の遺体をもう一度見つめ、やりきれない気分を押し込めて、小さく息を吐いた。十三年前、警察の安置所で焼け焦げた遺体を見た時はもっと呆然《ぼうぜん》としていた。匡和が死ぬなんて思ってもいなかったから、どうしたらいいか分からないという思いの方が強かった。けれど、そんな思いの下には希望もあった。これで自由になれる。人の死を喜んだりしてはいけないという道徳心が邪魔をしていたが、本当はようやく暗闇から抜け出すことが出来たような解放感を味わっていた。

それから十三年後、病院で匡和を見かけた時の衝撃は大きなものだった。匡和が生きていると確信してからは、ずっと心の何処かが落ち着かなかった。再び、匡和との暮らしが蘇るのではないか。そんな恐怖に苦しめられたが、高御堂を殺されるよりはマシだと即座に決断出来た自分は……。

「行くぞ」

促して来る高御堂の声にはっとして顔を上げる。自分の手元に残ったのは匡和ではなく、高御堂だ。匡和は今度こそいなくなったのだと、自分に言い聞かせて、佐竹は足下に横たわる遺体に背を向けた。

その場から離れる高御堂の背中を追って佐竹も歩き始める。事務所のあった場所から、倉庫の裏手へ出ようとする際、一度だけ、背後を振り返った。暗がりの中で立っている黒岩が影のように見え、その足下にある筈の匡和の遺体は様子が窺えなかった。匡和に聞けなかった問いは胸の中にたくさん残っている。でも、もう、どうでもいい。佐竹は微かに目を眇めると、小さく息を吐いて背中を丸めた。


黒岩の運転する車で連れて来られた道とは違う、倉庫の裏手を通る側道に高御堂は車を停めていた。乱暴な感じで乗り捨てられていた車の助手席に座った佐竹は、高御堂がハンドルを握るのを新鮮な思いで見た。

「…たかみさんが運転する車に乗るのって、初めてじゃない？」

高御堂はいつも他の人間に運転をさせて、自分は後部座席に乗る。佐竹はその隣に座ることが多く、助手席に乗った経験も少なければ、高御堂が運転しているのを見た覚えもない。

「不安か？」

「いや」

「正直に言っておくが、俺は運転はうまくない」

車が発進する前から不吉な告白を聞き、厭な予感が浮かぶ。だが、高御堂に苦手なことがあるという方が意外で、まさかという思いが強かった。うまくないと言いながらも、普通くらいなのだろうと思っていたが、遠慮なくアクセルを踏まれた車が急発進し、シートベルトを締めるのが遅れた佐竹は前のめって額をぶつけてしまう。

「っ…いった…」

そのまま、高御堂はアクセルを踏む足を緩めず、必要以上に加速させる。高性能を誇る高級車はあっという間に倉庫が建ち並ぶ区域を抜け、公道へ達した。減速を十分にせず、思い切りハンドルを切って角を曲がるものだから、シートベルトをしていても身体が右へ左へ派手に叩《たた》きつけられる。

「た…たかみさん…、ここ、公道だから…！　そんな運転してると、まずいし…！」

スピードを緩めるよう要求する佐竹に、高御堂は怪訝そうな目を向ける。状況が分かっていないらしい高御堂に啞然《あぜん》としながら、自分が運転を代わるので、道の端に車を寄せるように強く言った。渋々佐竹に従った高御堂は、助手席にふんぞり返るように座って、築地まではすぐなのにと文句を言う。

「その僅かな距離でも何か起きそうで怖いんだよ、たかみさんの運転」

「ふん」

面白くなさそうな高御堂の顔を溜め息交じりに見て、佐竹は車を発進させる。思いがけない出来事で気が紛れたように感じられたが、高御堂には答えて貰わなくてはいけないことがある。高御堂が何を気遣って、自分に話そうとしなかったのか。

勝鬨橋《かちどきばし》を越えると築地で、梁山泊はすぐそこだ。

夜になり、明かりの点《とも》った街はいつもと変わらない顔をしていて、ついさっきまで味わっていた緊張感が、夢だったかのように思えた。右折する為に車線を変えながら、佐竹は助手席に座っている高御堂に、独り言のように話しかけた。

「…たかみさんは…全部知ってたんだね」

「……」

「俺が見えるのは…、色が見えるのには…理由があったんだ。…失敗作らしいけど」

最後に付け加えた言葉を聞いた高御堂が、厭気を覚えたような溜め息を零《こぼ》す。黒岩は高御堂が自分に話さなかったのは、「思いやって」のことだろうと言った。人とは違う余計な能力がある自分に…恵まれなかった子供時代に、今も苦しめられているのを、高御堂は知っている。特殊な生まれがその原因だと知った時、高御堂は自分には言わないと決めたのだろうか。


色んな想像と現実がごっちゃになって頭がパンクしそうだ。角を曲がって見えて来た梁山泊の壁に、身体の方が先に反応して、帰って来たのだとほっとするのが分かる。一度はもう戻れないかもしれないと危惧した。そこへ高御堂と共に戻って来られたのを、心から嬉《うれ》しく思っている。同時に、自分の居場所はここの他にないのだという事実を改めて認識させられるのが、せつなくも感じられた。


離れ側の駐車場へ車を入れようとすると、門の方から羽根が珍しく慌てた様子で飛び出して来た。続けて、怪我の痕が痛々しい桜井と成富が現れ、佐竹は二人のことを高御堂に尋ねられていなかったのを思い出す。

「よかった。二人とも無事だったんだ」

「後は任せるぞ。降りろ」

車庫入れをしかけていた佐竹は高御堂の命《めい》に頷き、シフトをパーキングに入れて運転席から降りた。すると、頭に包帯を巻いた桜井が近づいて来て、「無事だったか」と笑みを浮かべて言う。

「桜井さんこそ」

「俺は不死身よ」

「いやいや。横倒しになった時、かなりやばいと思ったよ、俺は」

ふざけてみせる桜井にあわせて軽口を返し、手足は大丈夫そうな彼に車を任せた。続けて声をかけて来た成富は左腕を包帯で吊っており、申し訳なさが強くなる。

「成富さん…！　大丈夫ですか？　折れた…とか？」

「怪我には慣れてますんで、平気です。ご心配頂くほどではありません」

佐竹の気遣いに恐縮して、成富は「無事で何よりです」と言って深く頭を下げた。高御堂に対して忠誠心を抱く成富は、自分にも同じような気持ちを向けてくれている。心配をかけたのを詫びてから、羽根と話している高御堂の元へ近づいた。

「佐竹さん…、怪我などは？」

「いえ、俺は元気で…。心配かけてすみませんでした」

ほっとした表情で気遣ってくれる羽根にも頭を下げて詫び、高御堂と共に離れへ入った。先に二階へ上がって行った高御堂を追って階段へ向かおうとすると、後から入って来ていた羽根に「佐竹さん」と呼び止められる。

「これを…お持ち下さい」

羽根が急いで居間の方から持ち出して来たのは救急箱で、彼の意図はすぐに読めた。高御堂は匡和に撃たれ、左腕を負傷している。その治療の為のものだと思われた。

「先ほど、病院に行って下さいと申し上げたのですが、断られましたので…。せめて、消毒だけでもするよう、佐竹さんから言って下さいませんか」

「了解です」

高御堂を心配する羽根の頼みを請け負い、佐竹は救急箱を手に二階の寝室へ向かった。間接照明しか点されていない寝室は薄暗かったが、視界が効かないほどではない。室内に高御堂の姿がないのを確認して、バスルームを覗いた。

「たかみさん？」

バスルームには照明が点っており、上着を脱いだ高御堂がネクタイを緩めていた。洗面台の横に羽根から預かって来た救急箱を置き、傷を消毒した方がいいと勧める。

「これくらい、平気だ」

「そんな浅い傷じゃないだろ」

転んで擦《す》り剝《む》いた程度の怪我じゃない。顔を顰《しか》めて高御堂がシャツを脱ぐのを待った。案の定、左腕の傷はかなりの深さに見え、消毒程度の処置では不十分なように思える。

「たかみさん、やっぱ病院行った方がいいよ」

「医者にどうにか出来る怪我じゃない。時間が経てば治る」

「でも……痕になるよ」

眉を顰めて高御堂の腕を見ていた佐竹は顔を上げて、彼の左頰に走る傷痕を見る。ここと同じように。


口にはしなかったが、そういう思いを込めて、指先でこめかみから頰へ走る傷痕に触れた。

高御堂を初めて見た時、この傷痕には少なからず、どきりとさせられた。醜い傷痕は端正な顔立ちには不似合いで、どうして手を施さないのか、不思議に思ったこともある。でも、高御堂の傍にいる内に、彼が傷痕を目にした相手の反応を見ているのが分かった。

それに…傷痕に対して、特別な思いを抱いているらしいのも。それがいつ、どうしてついたのかは、聞いたことがない。周囲の噂《うわさ》話からも聞こえては来なかったから、高御堂に聞いたところで話してはくれないだろうと思っていた。

でも、今は違う。何を聞いても答えてくれるような気がして、傷痕の上で指を止め、「これはどうして？」と小さな声で聞いた。高御堂はつまらなさそうな顔つきで、淡々と答える。

「父親に…飼っていた犬の鎖で殴られたんだ。放っておいたら化膿《かのう》して…傷が広がった」

「…！」

父親に…というくだりは高御堂らしいもので驚きはしなかったが、化膿したという話は聞き捨てならないものだった。ほら…と眉を顰めて言い、佐竹は手当てする為に救急箱を開けようとする。

だが、高御堂に横から制されてかなわなかった。腕を取って佐竹を引き寄せた高御堂は、有無を言わせぬ強引さで口付ける。

「…っ……」

油断していたから息を呑んだものの、応える用意は十分にあって、すぐに高御堂の背に手を回した。滑らかな素肌の感触が気持ちよくて、引き締まった背中に掌《てのひら》を這わせる。最初から濃厚な口付けは、佐竹を夢中にさせ、昂揚《こうよう》するスピードを上げていく。

口内を深い場所まで探られる快感に没頭する。自分も同じだけ、高御堂に快楽を与えたくて、彼の口内へ舌を差し入れた。激しく咬《か》み合うようなキスを交わしながら、高御堂は佐竹の上着を落とし、シャツを脱がせる。

「っ……ん……ふ……」

裸になった身体を高御堂の掌に探られる。強い興奮を覚えている身体は敏感に反応していて、胸の突起もぷくりと盛り上がっていた。それを指で摘ままれると、足先まで痺《しび》れるような快感が走り、口付けを解いて高い声を上げた。

「んっ……やっ…」

バスルームに響く甘い声音を恥じて、高御堂の首元に顔を埋《うず》める。首筋に唇を這わせ、漏れてしまう嬌声《きょうせい》を皮膚に染み込ませる。強く刺激される度に身体がびくびく震え、激しい衝動が腹の底に溜まっていく。

匡和と共に行かなくてはいけないと悟った時、これが最後かもしれないと思って、高御堂に素直な気持ちを告げた。ごめん、ありがとう。迷惑をかけた詫びと、感謝。高御堂が誰よりも自分を心配してくれているのは、とうに分かっていたし、認めなくてはいけないと思っていた。

利用し合うような関係が似合っていると思ってい

た。いつでも終われる関係が、自分たちには一番相応《ふさわ》しいと思っていた。失いたくないと…心から思ってしまうような関係には…なりたくなかった。

失《な》くした時が…怖かったから。

「…っ……ふ……」

あの銃弾が高御堂の命を奪っていたら…自分はどうしただろう？　復讐するよりも…きっと、自らの命を絶っていた。あの時、匡和が高御堂に向けた銃口を…自分に向けさせたように。

甘い吐息を零して、再び高御堂の口付けに応える。背中に回していた手で腰を抱き、自分の欲望を伝えるように身体をくねらせてみせる。高御堂は佐竹の卑猥《ひわい》な態度にキスをしながら苦笑し、耳元で囁《ささや》いた。

「…急《せ》かすな」

「だって……」

早くしたくて堪《たま》らない。繋がって、高御堂自身をリアルに感じたい。溢《あふ》れ出す欲望に歯止めが効かず、佐竹は高御堂のベルトを外し、彼の下衣を下げていく。そのまま、跪いて高御堂のものを口で愛撫《あいぶ》しようとすると、腕を摑まれて引きずり上げられる。

「ん…っ…たかみさん…」

「早くしたいんだろう？」

お前のは時間がかかり過ぎる。苦笑交じりの声で言い、高御堂は佐竹の下衣を脱がせて、裸にした彼をシャワーブースへと連れ込んだ。天井からのミストシャワーに濡れながら、高御堂に壁へ押しつけられる。ひんやりとしたタイルの感触が気持ちよく感じられたのは一瞬で、高御堂に中心を摑まれて、別の快楽に心を奪われた。

「っ…ん……」

身体が昂《たか》ぶるのが速過ぎて、理性などとうに姿を消していた。高御堂の掌に包まれて硬さを増したものは、少し愛撫されただけで先走りを漏らしている。自分も高御堂自身に触れたくて、彼の中心へ手を伸ばした。

大きなそれが反応を示しているのを掌で直接感じるだけで、身体の中心がずくりと疼《うず》いた。前だけじゃなくて後ろも弄《いじ》って欲しくて腰が揺れる。淫猥に身をくねらせる佐竹から唇を離し、高御堂は壁に背をつけていた身体を回転させた。

「…ふ……あ…っ…」

柔らかな肉の狭間《はざま》を探られ、孔《あな》に指先を当てられる。それだけで貪欲な身体が先を想像してきゅっと内側を縮ませる。息を吐けと命じて来る高御堂に従い、大きく口を開けて身体を緩めると、潤滑剤で濡らされた指が中へ入り込んで来る。

奥を弄って欲しくて自ら脚を開いた。顔や手を壁につけて下半身を高御堂に預ける。腰を突き出すようにしてねだるポーズを羞恥する心は残っていなかった。ただ、高御堂と繋がることしか考えられず、早くと口にしてしまわないようにするので、精一杯だった。

「んっ……あ……は…あっ…」

内側を解《ほぐ》す指が感じる場所に当たる度に、吐息に嬌声が混じる。貪欲な身体が、自ら望む場所に導こうとして、細かく腰を揺らす。たかみさん…と掠れた声で名前を呼ぶと、小さな溜め息と共に抱き締められる。

「……ここに…いろ」

「……」

「ここじゃ……厭か？」

背後から聞こえた声は、静かな水音にも負けてしまいそうな小さなものだった。けれど、高御堂が彼なりの決意を込めて口にしたのだろう台詞は、しっかり佐竹の耳に届く。胸がいっぱいになるように感じられて、声が出なかった佐竹は、ぎこちなく頭を動かして答えた。梁山泊に…高御堂と共に眠るこの部屋に戻って来た時に感じる安堵感は、これまでの人生になかったもので、この先も得られるとは思えない貴重なものだ。

高御堂の傍にいれば…いつかきっと。悪い夢を見ることもなくなる。なくならなかったとしても、高御堂がいてくれるなら…生きていける。

「…ふっ……」

力強く腰を抱え直され、意識して息を吐いた。解された孔に高御堂自身の硬さを感じ、中へ入って来

る彼を悦《よろこ》んで受け入れる。背後から最奥まで挿入される刺激に身体が堪えられず、ぎりぎりで我慢していた前が達してしまう。

「っ…んっ…あっ…」

短い声を上げて身体を曲げようとする佐竹の腹を抱え、高御堂は根元まで挿入した自分自身を中で揺らした。達したことで敏感になっている身体が必要以上に刺激を受け取り、全身が熱くなる。強烈な快感が続くのに佐竹は高い声を上げて、壁に爪を立てた。

「あっ…っ…や…あっ…」

辛いように思えても、身体が欲する快楽を拒絶出来ない。崩れそうになる脚を必死で堪え、中にある高御堂を締め付ける。繋がっているという事実がくれる安心感と、梁山泊に帰って来た時に感じた安堵が混じり合って、高御堂への想いに繋がる。

自分の全てを知って…それでも尚《なお》、傍にいるのを許してくれるのは高御堂しかいない。そんな相手を失わずに済んだのに、今更ながらほっとして、佐竹は涙を流して高御堂から与えられる快楽に溺れた。


抱き合うことに夢中になり、何度も果てて意識を失うようにして眠りに落ちたせいか、夢は見なかった。十分に眠って目覚めると、寝室には薄明かりが差し込んでおり、隣には高御堂が眠っていた。

「……」

ぐっすり熟睡している様子の高御堂の顔をじっと見つめる。右腕を下にして眠っていたから、左頬に走る傷痕がよく見えた。高御堂は父親につけられたと言った。乾隆会を立ち上げ、一時代を作りあげた高御堂の父の遺体は見たが、生前、どういう人間だったのかは知らない。ただ、幼い頃から確執のあったらしい父親を、高御堂があの時殺したのは、何かきっかけがあったからに違いない。

知り合った当時は何度尋ねても殺したことさえ、認めなかった。その内にどうでもよくなって聞かなくなったが、それも今ならば、答えてくれるだろうか。そんなことをぼんやり考えながら傷痕を見つめていたら、ふと、重要なことを思い出した。

「…しまった…！」

羽根に頼まれていたのに、高御堂と抱き合う方に夢中になって、すっかり忘れていた。起き上がって、高御堂の左腕を確認すれば、傷がよくない感じに化膿しかけているのが分かって、慌《あわ》ててベッドを下りる。激しくし過ぎたせいで、疼痛《とうつう》の残る身体を後悔しながら、よろよろとバスルームへ入ると、置きっ放しになっていた救急箱を手にベッドへ戻る。

するとと、高御堂が目覚めていて、怪訝そうな顔で「なんだ？」と聞いて来た。

「怪我の消毒。しないまま、寝ちゃったんだって。たかみさん、痛くないの？　膿《う》みかけてるよ、それ」

「……平気だ」

「平気なわけないじゃん。俺には口うるさく言うくせに、自分は言われたくないって、どうなの」

何もしないでいたら、羽根に申し開きが立たない。そのまま寝ているように高御堂に言い、佐竹は救急箱から消毒薬を取り出した。

「ちょっと染みるかも…」

既に時遅しかもとは思ったが、やらないよりはマシだろうと自分を慰め、傷口に消毒液を吹きかけた。そのままではシャツを着るのに不便だという理由で、高御堂は包帯を巻くのを了承する。

「…そのガーゼを半分くらいに折って…違う。半分だ。…そっちのテープで止めろ。…もう少し丁寧に切れないのか」

「十分丁寧だって」

「包帯は…緩いと抜ける。…今度はきつい」

「たかみさん、文句多過ぎ」

「お前が不器用過ぎるんだろう。…もういい。後で羽根さんにやり直して貰う」

その方がいいよ…と仏頂面で言い、佐竹は包帯を切って、ざっくりとテープで留めた。それにも不服そうな顔をしている高御堂にむっとしながらも、再度、痛くはないのかと確認する。

「……お前に心配されるほどじゃない」

「ごめん…」

「殊勝だな」

「たかみさんだけじゃなくて……桜井さんや成富さんにも怪我させちゃって…。本当に申し訳ないって思ってる」

「だったら、今後は人の言うことは素直に聞くんだな」

「……」

それは時と場合による…と思って返事はしなかった。ただ、神妙な顔で黙っている佐竹を一瞥し、高御堂はベッドを下りる。クロゼットに入って行ったところを見ると、着替えてすぐに出かけるのだろうと思い、佐竹はベッドの横に落ちていたバスローブを引っかけて、高御堂の後を追いかけた。

「たかみさん」

クロゼットの中では高御堂がシャツに腕を通していた。自分の方は見ないまま、「なんだ？」と聞いて来る高御堂に、佐竹は「あいつ」と低い声で切り出した。

「何者だったの？」

佐竹が「あいつ」と指すのが黒岩であるのは、高御堂にも分かっていた。高御堂はシャツのボタンを嵌《は》めながら、小さく鼻先から息を吐く。

「昨日も言った通り、はっきりしたところは分からなかった。ただ…匡和を殺すことが目的だったのは確かだろう。匡和の研究を危険視していたのはアメリカだから、あっちの組織の人間だったんじゃないか」

「研究っていうのは…ファーストエッグプロジェクトとかってやつ？」

「……。ああ」

確認する佐竹を高御堂はゆっくり振り返って頷く。黒岩に聞いたのか…と問いかけて来る高御堂に、佐竹は頷き返した。

「たかみさんは…いつからあいつを怪しいと思ってたわけ？」

「お前が…あいつの色の話をした時だ。日本の警察官で人を殺した経験を持つ人間は限られている。たとえ、それが警察内で特別な存在である組織であってもな。それが日本だ」

「…でも…」

「お前は自分のことがあるから、客観的に考えられなかっただけだろう。同情の方が先に立ったんじゃないか」

「……」

「俺はどんな小さな違和感でも放っておけない質だ。調べてみたら、あいつの名前を始めとした経歴が全てでっち上げられたものだと分かった。ここへ入れて様子を窺ったのも正体を探る為だった。…ハムはあいつが？」

「…みたい」

野尻が刺された一件に黒岩が関わっていたのかどうか、確認したのかという問いかけに、佐竹は溜め息交じりに答えた。五係の一員として過ごしていた黒岩は、真面目で頑固で扱いにくかったけれど、厭な人間ではなかった。だからこそ、黒岩がやむを得なかったと答えたのにはショックを受けた。


重い気分でいる佐竹に、上着を羽織った高御堂は、「もう終わったんだ」と強い調子で言った。

「匡和は死んだ。任務を終えたあいつも、何処かへ帰って行っただろう。お前が思い悩むことは、もうない」

「……」

「霜麻」

俯いたまま黙っていると、高御堂が低い声で名前を呼んだ。昨日、玄関先で呼ばれた時とは違う響きで聞こえる自分の名は、特別に感じられて、はっとする。顔を上げた佐竹の頭に手を乗せ、高御堂は寝乱れてくしゃくしゃの髪を優しく撫《な》でた。

自分を案ずる高御堂の気持ちが直接伝わって来て、せつなくなる。全てを素直に受け取れるまでにはまだ時間がかかりそうだと思いながら、佐竹は眉を顰めて高御堂を見上げた。

「……たかみさんは……俺が……怖くないの？」

小さな声で聞く佐竹を、高御堂はじっと見つめて、頭の上から手を退《ど》けた。大きく鼻先から息を吐き、呆《あき》れたように肩を竦める様子は、真面目に取り合っていないのだと思えて、佐竹は「たかみさん」と声を高くして呼んだ。

「俺は…っ…」

「俺に怖いものがあると思うのか？」

「……」

傲慢《ごうまん》な台詞はふざけているようにも聞こえたが、声の調子は違っていた。高御堂は自分が聞いた本当の意味を理解した上で、答えているのだ。そう思うと、辛いような気持ちが増す気がして、顔が歪む。そんな佐竹を見て、高御堂は再度「ふん」と鼻息を吐いた。

「余計なことを気にする前に、自分自身の態度を改めろ。この前のように、ベッドの上で飲み食いしたら、寝室を別にするからな」

「………。…うん」

高御堂らしい説教にぎこちなく頷き、出かけて来ると言ってクロゼットを出て行く彼を見送る。大きな背中が見えなくなり、寝室のドアが閉まる音を聞くと、佐竹は大きく息を吐き出してその場にしゃがみ込んだ。


その日の午後、佐竹が野尻の入院している病院を訪れると、容態の落ち着いた彼は集中治療室から一般病棟へと移っていた。意識が戻ってからの野尻は驚異的な回復を見せ、早々にＩＣＵを出されたと看護師から聞き、ほっとする気分で案内を受けた一般病棟へ向かった。黒岩の目的が見えなかった昨日、井筒に頼んで野尻につけた警備は、一件落着したと考え、朝方に解除して貰った。黒岩に関する一件で、井筒たちと話し合わなくてはいけない佐竹は、野尻の顔を見てから本庁へ赴く予定だった。

「ちーす」

ノックもせずに開けたドアの先では、週刊誌を手にした野尻がベッドに横たわっていた。片方の手にはまだ点滴が繋がれており、つまらなそうな顔で「よお」と挨拶して来る。

「よかったですね。出られて」

「まだよくねえよ。早いとこ、こんなもの外して出してくれって頼んでるんだが、医者ってのは融通が利かない奴ばっかだな」

「死にかけてたのは事実ですからね」

しょうがないんじゃないですか…と適当な感じで返し、佐竹は部屋の隅にあった丸椅子をベッドの横へ運ぶ。ベッド用の簡易テーブルには他にも何誌かの週刊誌が積まれており、奈良井に買いに行かせたのだろうと推測出来た。

「係長は?」

「今朝までいてくれたんだがな。あの人と二人きり、顔を突き合わせてるってのもきついから、出勤してくれって頼んだんだ。退庁後、また寄るって言ってた」

ふうんと頷き、佐竹はテーブルに置かれていた週刊誌を手に取ってぺらぺらと捲る。野尻にどう説明しようか、病院に来るまで悩んでいたが、答えは出なかった。本当のことは絶対に言えない。だが、何でも突き詰めて知りたがる性質の野尻に、下手な嘘は通用しない。

警備が解かれたことと、いつも通りの顔で現れた自分を見て、野尻はある程度察知しているだろう。そんな佐竹の考えは当たり、「捕まりそうにないのか?」と聞いて来る。

「…はい。マルオに調べさせたんですが、あいつが姿を消した直後に、あいつに関するデータは全て消されていました」

「何者なんだ?」

「分かりません。これから本庁で若槻《わかつき》理事官とも会うことになってますから、上層部の方では何か知ってなかったのか、探って来ます」

「フン…」

鼻先から息を吐き、野尻は右手で持っていた週刊誌をテーブルの上へ投げる。難しげな顔で考え込む野尻に、佐竹はわざと苦笑してからかうように言った。

「やっと意識が戻ったばっかなんですから、あんま考えない方がいいですよ。また、頭の動きが停止したらどうするんですか」

「人の頭をポンコツみたいに言うな」

「…あいつが…何者で、どんな目的があったのかは分かりませんが、野尻さんが元気になってくれてよかったです」

「……。本気で言ってるのか？」

「本気に決まってるでしょ」

疑いの目を向ける野尻に、膨れっ面で返し、適当に捲っていただけの週刊誌を元へ戻した。伴に野尻を刺すよう、唆したのは黒岩だ。その目的は自分を通じて、匡和を誘き出すためだった。野尻が死んでいたとしてもやむを得なかったと答えた黒岩の無表情な顔を思い出してしまいそうになるのを堪え、佐竹は深く息を吐いて野尻を見た。

「退院したら快気祝いやらなきゃって係長がうるさいですよ」

「ああ。今朝もそんな話してたぞ」

「一般病棟に移れたばかりなのに？」


奈良井の暢気《のんき》さに呆れてしまうが、それに救われるのもまた事実だ。何か分かったら報告に来ます…と言い残し、野尻の病室をあとにした。

大塚の病院から桜田門《さくらだもん》へ移動する間に井筒に連絡を入れた。多摩《たま》西署に設置された捜査本部に参加していた井筒と江東は、捜査の進展が見込めないのと、黒岩の一件があって、本庁に戻って来ていた。連絡を待っていたと言う井筒と、若槻の元で落ち合おうと約束する。江東にも同様の連絡を入れ、本庁に着くとそのまま若槻の部屋へ足を向けた。

佐竹が到着した時には井筒と江東が既に顔を見せており、若槻の前に立っていた。佐竹もそれに並んで立ち、これ以上はないくらい、眉間に深い皺を刻んだ若槻に軽く頭を下げる。

「野尻の具合はどうだ？」

「ICUから一般病棟に移れまして、結構元気でした」

「最初に黒岩が怪しいって気づいたのは野尻だったんだな？」

一連の流れについて整理しようと、確認する井筒に、佐竹は頷く。昨日、野尻の警護を頼んだ時は慌ただしい状況下にあり、井筒にも満足な説明をしていなかった。公安出身の野尻は何でも調べたがる性質があり、五係に異動して来た黒岩についても、住まいや行動を調べていた。そこで、黒岩が自宅として届けているアパートに戻っていないこと、尾行してもまかれてしまい、何処で寝泊まりしているのか突き止められなかったことから、不信感を抱いたのだと話す。

「それで…あいつの経歴を調べ直したら、SATにも、それまでに配属されていた部署にも、あいつを実際に知っている人間が何処にもいなかったようなんです」

「…で、刺されたのには黒岩が関わってると？」

「野尻さんの意識が戻ったという連絡を受けた時、俺はあいつといたんです。それで…病院まで一緒に行ったんですが、駐車場に車を停めて来ると言うので、正面玄関で別れました。その後、ICUで野尻さんから話を聞き、駐車場を確認したら、何処にもいなかった…というわけで。それで念のため、井筒さんに警護をつけて貰うようにお願いしたんです。あの時、あいつとまだ一緒にいるって話したのは、もう少し確かめてからでないと、状況が混乱するかと思いまして…」

その後、黒岩に関する個人データが全て抹消されているのを知った時、疑惑が確信に変わったと付け加えた佐竹に、憮然とした顔つきの若槻が「こっちでも確認している」と答える。

「誰が削除したのかは分かっていないが、佐竹の前から黒岩が姿を消した直後だ」

「では、意図的に潜入していたってことですか？何の目的で？」

訝しげに江東が口にした問いに、若槻は渋い表情のまま、首を横に振る。

「分からん。…が、上からこの件に関しては不問に付すよう指示があった。黒岩なんて男はいなかったことにしろ、だと」

「では、上層部は黒岩に関して承知していたんですか？」

井筒の問いかけにも若槻は首を振り、「分からん」と繰り返した。若槻自身、非常に不可解だと思っているのに、どうにもならない壁にぶち当たっているのだろうと感じられ、井筒も江東も、重ねて問うことはしなかった。その横で沈黙している佐竹に、若槻は鋭い目を向けて尋ねる。

「お前は黒岩が五係に来てから一緒にいたんだろう？　不審な行動はなかったのか？」

「…分かりません。昨日から考えてるんですが…別に普通の…真面目な奴だったんで…」

「だよな。俺も一緒に捜査に回ったことがあるんですが、熱心な堅物という印象で…それに、理事官。何か目的があって潜入するのに、五係ってのは…」

「俺も悩んでるのはそこだ。もっと重要な…警備局だの、官房だの、そういう部署なら分からないでもない。何でよりによって、五係なんかに…」

「なんかって、何ですか」

自分がバカにされているようで解せないと、仏頂面になる佐竹に若槻はまさにバカにしたような鼻息を向ける。釈然としない顔つきで頬杖をついた若槻は、謎だらけだと溜め息を吐いた。

「伴を殺《や》った奴の目星もつかないし…わけのわからねえことばっかだな。ったく、お前のせいだぞ、佐竹」

「なんで俺のせいなんですか」

「いつだって騒ぎの源はお前だ」

若槻は真面目に言っているわけではなく、八つ当たりしているのだと分かっているから、不満げに唇を突き出して見せた。真実は心の奥に仕舞い、「俺のせいじゃないのに」とぼやいてみせる佐竹を、江東が鷹揚《おうよう》に「まあまあ」と宥《なだ》める。

「気味が悪いのは確かだが、野尻も回復しているようだし、お前も無事だったし、いいじゃないか」

「自分からトンズラしたんなら野尻が狙われることも、もうないだろうしな」

江東の意見に頷き、井筒も頭を掻《か》きながら呟いた。

井筒にも江東にも、黒岩と過ごした時間がある。二人が自分と同じような戸惑いを抱いているのは理解出来て、真実を胸に仕舞っているのが申し訳なく思えた。

若槻は黒岩の正体に関してはおいおい探ってみると約束して、散会した。若槻の部屋を出た井筒は、新たな事件の帳場が立ち、捜査会議に出なくてはいけないと言って、挨拶もそこそこに去って行った。

呼び出しがかかっているという江東ともその場で別れようとしたのだが、「佐竹」と呼び止められる。

「はい？」

「残念だったな。せっかく、お前に教えを請《こ》おうなんて奴が現れたってのに」

「……あそこからおかしかったじゃないすか」

「まあな」

そこは納得するところじゃないとむくれてみせると、江東は笑って「じゃあな」と言った。忙しそうに足を速めて歩いて行く江東の姿をしばし立ち止まって見つめてから、佐竹は小さくお辞儀をして背を向けた。

ついでに五係に寄って行こうかと思いかけたが、奈良井に捕まれば野尻の退院祝いについて相談されるのは目に見えている。それにうるさく言う相手はもういない。梁山泊に帰ってのんびりしようと決め、警視庁を出た佐竹は地下鉄の駅へ向かい、ホームに下りた。タイミング悪く、階段を下りたところで電車が行ってしまい、次を待つ為にベンチへ座る。

いつもなら暇つぶしにスマホを弄るところだが、昨日、黒岩に捨てられてしまった。帰る前に携帯ショップに寄って行こうと考えていると、隣に男が座った。四席あるベンチの他の席は全て空いているのに、すぐ隣に座るなんて…と怪訝に思って横を窺った佐竹は、それが黒岩なのに気づき、息を呑む。

「……あ…んた……」

ついさっきまでその正体について話し合っていた相手が真横にいるのが信じられなくて、すぐに言葉が出て来なかった。しかも、本庁の最寄り駅だ。関係者の利用も多いし、警備も厳重である。それなのに平然とした顔で手にしているコンビニのレジ袋を探る黒岩を呆れた目で見て、聞こえるような大きさで息を吐く。

「…何しに来たんだよ？　もう目的は達成したんだろ？」

まだ何か用があるのかと聞く佐竹に答えず、黒岩はレジ袋からおにぎりを取り出す。パッケージから出したそれを一口食べてから、ぼそりとした物言いで言った。

「…言い忘れたことと…聞きたいことがあって」

「何？」

「同僚を亡くしたという話は本当だ。嘘じゃない」

「……」

危険を冒してまで言いに来る内容とは思えなくて、呆れた気分が強くなる。そんなことよりも、野尻に詫びろという言葉が出かかったが、そうは出来ないのは承知している。佐竹は無言のまま、埃臭い地下鉄のホームという場所を気にする様子もなく、残りのおにぎりを食べ終える黒岩を横目で見ていた。

黒岩は以前も駅のホームで驚くほどの速さでおにぎりを食べ終えたことがある。あの時と同じようなスピードで二つ目のおにぎりに手を伸ばしながら、「それと」と続けた。

「これは個人的に気になっていることで…君の考えが聞きたいんだが…。佐竹匡和はどうして君を心配し、助けたり、連れて行こうとしたりしたんだと思う？」

「……」

黒岩の問いかけは佐竹自身、疑問に思っていたことでもあり、どきりとして何も言えなかった。微かに目を見開いた佐竹を、黒岩はちらりと一瞥してから、おにぎりのフィルムを剝く。

「上は君が唯一、佐竹百合が産んだ子供だから…つまり、匡和にとっては唯一の肉親であるからと考えているようだが、どうも解せない。というのも、君の話によれば、匡和は君を大切に育てたわけではなく、肉親としての情も薄かったようだ。それは匡和の性格のせいだったとしても、自ら君を助けようとしたのが…納得がいかないんだ」

それほど、大切な存在だったとは思えない。黒岩の意見は佐竹も同意出来るもので、沈黙したまま、小さく息を吐いた。匡和はどうして自分を助け、連れて行こうとしたのか。高御堂も匡和に問いかけていた。特別な理由でもあるのかと。

そして、匡和は自分を「大事な子」と呼んだ。到底、大事になど思っていないような口調で。匡和の行動に関する疑問はもやもやとした気持ちになって、佐竹の心の底に溜まっている。

「君はどう思う？」

「……。さあ…分からない。叔父さんの考えてることなんて、昔からちっとも分からなかったんだ。知りたかったのなら生かしておけばよかったじゃないか」

「…発見と同時に射殺という命令が出ていた」

それに従ったまでだと淡々と言い、黒岩はおにぎりを頬張る。話の内容と行動にギャップがあり過ぎる。佐竹は鼻先から息を吐き、眉を顰めて尋ねた。

「腹減ってるのか？」

「食べ収めだから」

短く答え、黒岩は残りのおにぎりを口へ放り込んだ。空になったフィルムをレジ袋へ突っ込み、ペットボトルのお茶を取り出す。それでおにぎりを流し込んでから、「あの時の」と口にした。

「おにぎりはうまかった」

「あの時？」

「梁山泊で…彼女が作ってくれたおにぎり」

黒岩がぼそりと言うのを聞き、水本《みずもと》の顔を思い出す。自分を警護する為に暑い中、外で見張っていた黒岩を気の毒に思い、梁山泊へ招き入れた。腹を空かせている様子の黒岩の為に水本に頼んでおにぎりを握って貰った。二人で並んで食べている途中、野尻が刺されたという一報が入ったのだ。

あの時は黒岩が絡んでいるなどと、微塵《みじん》も思わなかった。黒岩は実にうまく、自分を騙《だま》していた。

「あんたのせいで、俺は人間不信になりそうだ。野尻さんみたいに疑り深い性格になったらどうしてくれるんだ」

「…野尻さんは誤算だった」

「まくの、大変だったろ？」

頷く代わりに、黒岩はペットボトルに残っていたお茶を一息に飲んでしまう。空になったボトルの蓋を閉め、レジ袋に戻してから、少し迷っているような素振りを見せた。何か言いたげな気配を感じた佐竹が「何だよ？」と聞いた時、次の電車がホームへ入って来るというアナウンスが流れて来た。

「…いや」

「……」

何でもないと首を振る黒岩を見ている内に轟音《ごうおん》が近づいて来て、電車が通り過ぎる際の風が髪を揺らす。何も言おうとしない黒岩に溜め息を吐き、佐竹は「じゃあな」と言って立ち上がった。黒岩をベンチに残したまま電車に乗り込み、振り返って見れば、その姿は消えていた。どちらへ歩いて行ったのかも分からない。別れの挨拶もなかった。

全く失礼な奴だと、鼻先から息を吐くと、電車のドアが閉まる。暗い窓に反射している自分の顔を見つめながら、黒岩が言おうとしていた内容を考えた。野尻への詫びと、皆への感謝を伝えてくれと、言いたかったのかもしれない。人のよい考えを抱いてしまうところが、騙されやすい所以《ゆえん》だと反省し、苦々しい表情に見える自分の顔から目を背けた。


黒岩が佐竹の前に姿を現してから一時間ほど後、六本木のオフィスにいた高御堂は、羽根から約束のない客が来たと告げられた。高御堂は都内に幾つかのオフィスを持っているが、そのどれもが個人的なオフィスである。経営している会社には直接関与せず、顔を出すこともない。だから、高御堂がオフィスで会う人間は彼が自ら招いた人物だけで、ふいの来客などはあり得なかった。

その上、事情を全て知る羽根が来客だと告げて来るのには、それなりの理由があると考えられた。パソコンを見ていた視線を上げ、「誰ですか？」と聞く高御堂に、羽根は硬い表情でその名を答える。

「佐竹…匡和様だと…仰《おっしゃ》っているのですが…」

「…？」

高御堂は常に冷静な態度を崩さないが、羽根など、身内の前では特に徹底している。そんな高御堂が眉を顰めるのを見て、羽根は困ったような表情で自身の考えを伝えた。

「来客用の応接室でお待ち頂いておりますが……確かに、ご本人のように見えます」

高御堂の命を受けて匡和のことを探っていた羽根は、彼に直接は会っていないが、写真で顔を認知している。戸惑いの滲んだ口調なのは、匡和は死んだという話を聞いているからに違いない。高御堂はすぐに立ち上がり、無言のまま自室を出て応接室へ向かった。

まさか…という思いでいっぱいで、らしくなく動揺している自分を抑え込むのが難しかった。匡和は昨夜、目の前で黒岩に撃たれて死んだ。倒れていた匡和の遺体はまだはっきりと記憶に残っている。死んだ筈の匡和が何故？　早足で辿《たど》り着《つ》いた応接室のドアを開けた高御堂は、部屋の中央に置かれたソファに座っている男を見て、激しく眉を顰めた。

「……」

羽根の言う通り、そこには匡和にしか見えない男が座っていた。昨夜見た、そのままの姿で、背凭れに身体を預け、足を組み、リラックスした様子で腰掛けている。匡和と思《おぼ》しき男は、部屋へ入って来た高御堂を見ると、組んでいた足を戻し、笑みを浮かべた。

「突然、すみません。あなたと少しお話がしたかったので」

「……。これを…どう考えれば？」

「現実として受け止めて頂ければ」

厳しい表情で聞く高御堂に匡和は笑ったまま返す。高御堂は窺うように匡和を見ながら、彼の向かい側に置かれたソファに腰を下ろした。高御堂の後をついて来ていた羽根は出入り口近くに、いつでも指示を受けられるような体勢で立つ。

　匡和は羽根の方をちらりと一瞥してから、高御堂に視線を戻した。佐竹によく似た面立ちは彼の年齢からすれば、かなり若く見える。それまで写真で確認しただけだった匡和を、高御堂は昨夜初めて見た。最初に匡和について調べ始めた時には、本人に会うことがあるとは想像もしていなかった。

　事故で亡くなったはずの匡和が生きているのではないかという疑いが生まれた後も、まさかという思いの方が強かった。昨日、佐竹が匡和に会っていたのを認めた時には愕然とした。同時に、佐竹の様子がおかしかった理由も納得出来て、頑《かたく》なに話そうとしなかった彼の傷の深さを改めて実感する思いになった。

　関わって欲しくないと、言った時の佐竹は真剣だった。辛そうな表情を思い出し、微かに目を眇める高御堂を、匡和は笑みを浮かべたまま見返す。

「あなたの動きは察知していて、警告を与えようかとも考えたのですが、霜麻の方にも色々あったので、放置していたんです。霜麻がどういうつもりであなたと関係を持ったのかは、理解しかねるところですが、あなたまで失くして自暴自棄になられても困るのでね」

「……。あれが死ぬのは困ると？」

「大事な甥です」

　到底「大事」になど思っているとは感じられない口調で言う匡和を見据え、高御堂は彼が自分の前に現れた理由を考えていた。どういうトリックが存在するのかは分からないが、匡和はまだ生きている。そして、自分の前に現れた…。

「あれにも会ったんですか？」

「いえ。会うつもりはありません。あなたは賢明な方ですから、私と会ったということを霜麻に話すとも思っていません」

「……」

「あなただけに会おうと思ったのは、私の代わりに霜麻の面倒を見て欲しいと頼んでおこうと思いましてね。本当は奴らの邪魔が入っても霜麻を連れて行こうと決めていましたが…どうも面倒な頑固さを身につけたようだ。まあ、十年以上も一人で好きにさせていた私が悪いのですが」

困ったものだと苦笑する匡和からは、叔父と甥という関係に介在すべき、肉親の情などは感じられなかった。肉親というよりもペットの躾けについてでも話しているかのような匡和を、高御堂は沈黙したまま見つめる。

佐竹は自分がどういう育ち方をしたのか、ぽつぽつとは話したが、自ら語りたがらなかった。特に叔父との暮らしについて自分がどう感じていたのかは、決して言わなかった。つまり、それほどに厭な記憶であるのを、度々、夢に魘《うな》される姿を目にしなくてはならなかった高御堂は分かっていた。

佐竹が恐れる、彼の心の中にある闇は、この男の存在が原因となっているのだろう。そして、もっと遡《さかのぼ》って言えば、意図的に作り出されたものでもある。

匡和が答えるかどうかは分からなかったが、彼と話せる機会が今後もある可能性は低い。高御堂は一方的な問いかけに終わってもいいと思いながら、ずっと、心に抱いて来た問いを彼にぶつけた。

「…あなたがあれを大事だと仰るのは…甥、だからですか？」

「何が仰りたいのでしょう？」

「甥ではなく、息子、なのではないですか？」

正面から尋ねる高御堂を、匡和は表情を変えることなく、見返していた。佐竹百合が唯一、自分自身で産んだ子供。彼女に配偶者はなく、恋人もいなかった。手を加えた受精卵を自分自身に着床させ妊娠したとしても、人工授精させる為の精子が必要だ。その精子提供者が弟の佐竹匡和である可能性は、佐竹自身に、百合と匡和以外の面影が見られないことから、かなり高いと言える。

「あれが持つ特別な能力は百合が手を加えたことによるものでしょう。つまり、百合は人工的に作りあげた受精卵を自分自身に戻して妊娠、出産した。それには精子が必要だ。あなたたち姉弟は早くに親を亡くし、ずっと二人で暮らしていた。百合が留学することになった時には、あなたも一緒に渡米している。あなたたち姉弟の間に、特別な関係があったとしてもおかしくないと、俺は考えています」

高御堂が話すのを最後まで聞き、匡和は小さく鼻先から息を吐いた。仕方なさそうな笑みを作って、軽く首を回す。否定しようとしない様子からも、自分の推測は当たっていたのだろうと考え、高御堂は微かに目を眇めた。

「…特別な能力、ですか」

匡和は百合との関係については触れず、高御堂が口にした言葉を繰り返す。匡和が知らないはずはないだろうと思いつつ、「ええ」と相槌を打った。

「ご存知ですよね？」

「人の周りに…色が見えるという、あれですか」

ええ…と繰り返す高御堂を見ていた匡和はそれまで浮かべていた笑みを消し、背凭れに預けていた身体を起こした。姿勢よく背を伸ばし、高御堂をじっと見つめながら低い声で言った。

「…霜麻の傍にいるのが苦しくなったらすぐに捨てて下さって構いません。あとはこちらで引き取ります」

「……。どういう意味ですか？」

「今も、あなたは心の何処かで疑問に思っている筈ですが、気づいてないようです。でも、これから先、その疑問は大きくなっていき、私の言葉の意味がお分かりになる時が来るでしょう。あなただけでなく、霜麻も同じです。いつか…霜麻自身も気づく筈です」

本題に触れない内容は理解不能で、高御堂は眉を顰めた。沈黙したまま考え込む高御堂の前で、匡和はソファから立ち上がる。軽く一礼し、「失礼」と短く言ってドアへ向かって歩き始めた。その背中に高御堂は「もう一つ」と話しかけ、匡和を呼び止める。

「あなたを追っていたあの男は…何者ですか？」

高御堂に背を向けたまま立ち止まった匡和が、ゆっくり振り返る。百合がファーストエッグプロジェクトを立ち上げたのも、その内容を危険視されて殺されたのも、アメリカでのことだ。米政府に関係する機関の人間だろうという予想は立てていたが、実際の素性は摑めていなかった。

匡和は高御堂をじっと見据え、呟くように「ノーネーム」と聞き覚えのない単語を口にする。

「ノーネーム…？」

「アメリカ政府や、関係する各機関が邪魔だと思う人間を殺す為の集団です。組織として存在しているわけではなく、名前もないので、ノーネームと呼ばれています」

「……」

だから、何処を調べても存在が確認出来なかったのかと納得する高御堂に、匡和は再び背を向ける。開け放してあったドアから出て行く後ろ姿を見ていた高御堂は、羽根に目線だけで後を追うように指示を出す。一人になった部屋で、匡和が残していった謎かけのような言葉について、考え込んでいた。

気づいていないとは…どういう意味か。何に気づいていないと言うのか。

「……」

それに気づいた時、自分は苦しくなるのだろうかと考えていると、懐に入れていたスマホが鳴り始める。個人用のもので、連絡してくる相手は限られている。訝しく思いながら取り出したスマホの画面には佐竹の名が表示されていた。ついさっきまで匡和と対峙していただけに、厭な予感を覚えながら画面に触れた。

「どうした？」

開口一番、尋ねた声には緊張が混じっていた。電話の向こうから佐竹が困ったような調子で「いや」と返して来るのを聞き、高御堂は自分らしくない対応だったと反省する。

『スマホを新しいのにしてさ、データは預けてあったので復旧出来たんだけど…ちゃんと繋がるかなって…試してみただけ』

「……」

たかみさんこそ、どうかしたの？　怪訝そうに問いかけて来る佐竹に、異変を悟られないよう意識して低めた声で「いや」と返す。匡和は佐竹に会うつもりはないと言っていた。匡和の意に沿うわけではないが、佐竹に彼と会った話をするつもりはない。全て、自分の胸の内へ収めておくつもりで、佐竹が納得するような言い訳を伝える。

「お前が電話して来るなんて珍しいから、何事かと思ってな。また、拉致でもされたのかと」

『まさか。ごめん、忙しいのに』

じゃあね…と言って、佐竹は通話を切る。いつもと変わらない様子に溜め息を吐き、スマホを仕舞うと、羽根が戻って来た。匡和に尾行をつけ、行動を監視しているという報告を聞いて、高御堂は自室へ戻る為に立ち上がる。

恐らく、匡和につけた監視はすぐにまかれてしまうだろう。彼が何処から来て、何処へ帰って行くのか。そもそも、あの男は「匡和」なのか。疑問は多く残っているが、佐竹には何も知られてはいけない。全ては終わったこととして、忘れさせてやらなければいけないと、高御堂は密かな決意を胸の奥へ刻んだ。


高御堂との短い通話を終え、新品のスマホを仕舞った佐竹は、梁山泊の板場へ通じる出入り口のドアを開けた。客の予定があるらしく、調理場では忙しそうに料理人たちが仕込みをしている。それを横目に見ながら、離れへ向かおうとすると、「ちょっと」と聞き慣れた声に呼び止められた。

振り返れば水本がいて、怖い顔で出入り口の土間を指さしている。靴を脱ぎっ放しにしていくなという意味なのは分かっていて、佐竹は神妙な顔で頷いてみせた。叱られるのはかなわないから、素直に靴を取りに行こうとしたが、その前に…と勧められる。

「おにぎり、食べない？　余ってるんだけど」

「……」

空腹だったのは事実だし、思うところもあって、水本の誘いに頷く。廊下の端に置かれている長椅子に腰掛けると、水本が大皿を持って来た。余ってるという言葉通り、最初は大皿を埋めていたのであろうおにぎりの大半は売れ、五つほどが隅に残っている。

「たらこ、ある？」

「右端」

好物のたらこ入りは残っているのかと聞く佐竹に、水本は愛想のない口調で答え、お茶を注《つ》ぎに行った。グラスに注いだ麦茶を皿の横に置くと、佐竹の隣へ腰を下ろす。

「忙しそうだね。お客さん、多いの？」

「三組、入るんだって。一組目の始まりが早くて」

ふうんと相槌を打ち、水本が作ったおにぎりを食べる。期待を裏切らない美味《おい》しさは満足のいくもので、地下鉄のホームでコンビニのおにぎりを飲み込むように食べていた黒岩を思い出す。食べ収めだったのなら、これを食べさせてやりたかった…と、人のよい考えを浮かべた自分に苦笑する。佐竹が笑っているのに気づいた水本は、怪訝そうな顔で「何よ？」と聞いた。

「…いや。この前さ。ここに連れて来たあいつ…」

「ああ、背の高い…」

「あいつが……遠くに行っちゃったんだけど、最後に水本さんのおにぎりが美味しかったって言ってたのを思い出して。…これ、食わせてやったら喜んだかなって」

「遠くって…転勤かなんか？」

「そんなとこ」

警察も大変ねえ…と呟く水本に、「そうだね」と返す。何処から来た何者だったのかと頭を悩ませるよりも、遠くへ転勤して行ったのだと考えた方がすっきりする。黒岩に対する蟠《わだかま》りは多々あるが、彼と過ごした思い出は本物だ。

二度と会うこともないだろう。おにぎりの中から出て来た薄紅色のたらこを見ながら考えていると、隣に座る水本が「そうだ」と声を上げた。

「この前、撮《と》り溜めてた写真を整理してたら懐かしいのがあって…」

ちょっと待ってと言い、水本は立ち上がって従業員用の更衣室へ入って行った。しばらくして、小さなアルバムを手に戻って来る。ピンク色の可愛《かわい》らしいアルバムには、プリントアウトしたという写真が綴られていた。

「…あかりちゃん？」

「そう。大きくなったでしょ」

水本が開いて見せたアルバムには、彼女が愛娘《まなむすめ》と一緒に写っている写真があった。佐竹も面識があるが、このところ会っていない。子供の成長は早いもので、今年の春、小学校に上がったという水本の娘は、記憶の中にある姿よりもずっと大きくなっていた。

「やっぱ似てるね」

「うん。段々似て来るって言われてる」

「性格も？」

余計な一言だと思いつつ、つい突っ込みを入れてしまうと、怖い顔で睨まれる。冗談だと慌てて撤回し、懐かしいというのはどういう意味かと聞いた。

水本が見せてくれたのは最近の写真に見える。

「そうそう。これじゃなくて……これなんだけど」

ぺらぺらとページを捲っていくと、以前、水本が娘を連れて来た時に撮った写真が出て来た。板場の皆で記念に撮った写真には、偶々《たまたま》居合わせた佐竹も写っている。確かに懐かしい写真だと、佐竹は頷いて残りのおにぎりを食べ終えた。

「…ほんほ…」

「食べてから話しなさいよ。これって…高御堂さんがここを買って…ちょっと経ったくらいよね？　あかり、保育園のスモック着てるし…これ、りんご組さんのバッジだし」

「……そうだね」

おにぎりを飲み込み、お茶で口の中を流してから水本に相槌を打つ。五年くらい前の写真だと話しながら、水本は次のページを捲った。

「三人で撮ったのもあるのよ。これ見て驚いて」

「何が」

「あんた、変わらないわよねえ」

心底、感心しているというように言い、水本は写真と隣にいる佐竹を見比べる。先ほどの集合写真よりも水本とその娘と三人で撮ったその写真の方が近影で、顔の細かなところまではっきりと写っていた。まじまじと見てくる水本に、佐竹は怪訝な表情を返して、そんなことはないと否定した。

「俺だって歳食ってるって」

「いや。全然変わってないわ。私なんか、ほら、頬がこけた感じがするでしょ？」

「苦労が足りないって？」

以前にも同じような指摘をされた覚えがある。言われる前にと思い、仏頂面で先手を打った佐竹は、二つ目のおにぎりに手を伸ばした。たらこはどれだったっけ？　と再度聞く佐竹に、水本はさっきのが最後だと興味なさげに言い放つ。

「会った頃から、とても年上には見えなかったけど……こんなに変わってないと、怖いわ。実際」

「たらこ、多めに作っておいてよ。皆、好きだって分かってんだから」

「そうそうたらこって余らないのよ。それより、聞いてる？」

「聞いてるって。だから、何？　俺が童顔だってバカにしてるの？」

変わらずに若いと言われて喜ぶのは女性だけだろう。佐竹にとっては到底褒《ほ》め言葉には思えず、唇を尖《とが》らせて聞き返す。水本はそういうわけじゃないと肩を竦め、アルバムから三人で写っている写真を抜いた。多くプリントしたからあげると言われ、礼を言って受け取る。

「この時さ、垣内《かきうち》さんが『お似合いじゃない』とか言って撮ってくれたんだけど、ないわよねえ。姉と弟と姪《めい》にしか見えないわ。これ」

「だから。どう聞いてもバカにしてる感、いっぱいだよ？」

「バカにはしてないって言ってるじゃない。料理長なんか、絶対あんたのこと、うらやましいわよ。……ほら。全然変わっちゃってるでしょ」

この五年ですっかり頭頂部が寂しくなったと声を潜める水本に、佐竹も神妙な顔で頷く。子供は成長を喜べるものだが、大人になって明らかな変化が見られるのは逆なのかもしれない。確かに…と頷いた佐竹は、写真を懐に仕舞って立ち上がった。

　たらこのおにぎりがないのなら、二つ目を食べる気にはなれなかった。ごちそうさまと礼を言い、調理場をあとにして離れへ向かう。半ばくらいまで進んだところで、靴を持って来るのを忘れたのに気づいたが、面倒で取りには戻らなかった。

　離れに高御堂の姿はなく、二階の寝室に上がってクロゼットで服を着替えた。上着を脱ぐ時、水本に貰った写真を思い出し、それを手に部屋へ戻ってベッドに寝転んだ。水本と彼女の娘と写真を撮ったことなど、とうに忘れていた。

「……」

　水本が変わっていないと力説していた自分の顔を見ながら、この頃はまだ…と考えて、小さく息を吐く。仕方のない自分に苦笑して目を閉じると、いつしか眠ってしまっていた。


　浅い眠りの中で人の気配を感じ、はっとして目を開けると、部屋は薄暗くなっていた。何処からか話し声が聞こえる。ベッドに起き上がり、目を擦《こす》って外を見れば、空が橙色《だいだい》に染まっていた。気づかぬ内に夏は行き、秋の気配が訪れる。話し声は高御堂のもので、バスルームから携帯を手にした高御堂が姿を見せた。

「……分かりました。…はい、…ええ、それで構いません。お願いします」

　丁寧な口調で話を終え、携帯を閉じた高御堂は「起きたのか？」と聞いて来た。

「寝てたわけじゃないんだ。ちょっと…うつらうつらしてて…」

「飯は？」

　食べてないという意味で首を横に振ると、高御堂は用意をするから下へ行けと命じる。素直に頷いた佐竹がベッドを下りようとすると、弾みで水本に貰った写真が床に落ちた。傍に立っていた高御堂がそれに気づき、「何か落ちたぞ」と言って拾ってくれる。

手に取った写真を見て、高御堂は微かに眉を顰めて「水本さん？」と呟いた。

「そう。撮り溜めてた写真をプリントアウトしたとかで…俺にもくれたんだ。それ、彼女の娘さんだよ」

「子供がいるとは聞いていたが…こんなに小さいのか」

「ううん。それは五年くらい前の写真で…、もう今年の春から小学生でさ。最近の写真見たら、大きくなっててびっくりした」

高御堂から渡された写真を見ながら説明し、佐竹はそれをコンソールの上へ置いた。置きっ放しにするなと早速注意してくる高御堂に、後で片付けると適当に答え、一階へ下りる。キッチンの冷蔵庫から水を取り出そうとすると、遅れて下りて来た高御堂にリクエストを聞かれる。

「そんなにはお腹空いてないんだよね。水本さんにおにぎり、貰ったし…」

水本のおにぎりを思い出すと同時に、地下鉄のホームに現れた黒岩の姿が頭に浮かぶ。高御堂に話すべきかどうか迷うところもあったが、彼の方が先に異変に気づき、「どうした？」と聞いて来る。

再び会う可能性はない相手だ。佐竹は小さく肩を竦めて、黒岩が現れたのだと高御堂に告げた。高御堂はすっと表情を厳しくし、何処で会ったのかと尋ねる。

「野尻さんの病院に行ってから本庁に寄ったんだけど…その帰りに。地下鉄で電車待ってたら、声かけて来た」

「何しに現れたんだ？」

「言い忘れたことがあったって…。前にあいつから、同僚を亡くしてるって話を聞いたんだ。あいつが…黒岩じゃなかったって分かった時に、それも嘘だったのかって聞いたから…」

「それだけか？」

高御堂の口調は詰問するようなもので、佐竹はその表情の厳しさに戸惑いを覚えながら、首を横に振る。もう一つ。黒岩は自分の疑問をぶつけてきていた。佐竹自身にも分からず、答えることは出来なかった。

「…叔父さんが…俺を助けたり…連れて行こうとしたりしたのが気になってたみたいで…」

「……」

「俺、あいつに叔父さんからどういう扱いを受けてたのか、話してたんだよ。だから…大切に思っているわけじゃないのに…助けるような真似をしたのが納得いかなかったみたいで…。でも、それは俺も不思議だったことで、理由なんて想像もつかないからさ」

匡和の考えていることなど、昔から少しも分からなかった。黒岩の出現により、様々な事実が判明したけれど、匡和自身の考えや思いなどは相変わらず見えないまま、彼は黒岩に殺されてしまった。意見を聞かれても答えようがなかったと言って、唇を尖らせる佐竹を見ながら、高御堂は静かに思考を巡らせていた。

黒岩が佐竹にそんな問いを向けに来たのは、彼に匡和の抹殺を命じた者たちも、匡和の思惑を把握しきれていなかったからだと言える。匡和は明らかに佐竹を特別な存在だと考えている。死んだ筈の匡和に会い、彼と話をした高御堂はそう確信していた。

佐竹が特別である理由…。匡和と百合という姉弟の子供である他に…、明確な理由があるに違いない。

「たかみさん?」

「……」

「どうかした?」

カウンターに凭れかかって不思議そうに聞いて来る佐竹に「何でもない」と答えて、高御堂は冷蔵庫を開けた。料理に使う食材を選んで取り出し、まな板や包丁を用意する。鍋に水を張って火にかけようとすると、じっと見られている視線を感じ、カウンターの佐竹を振り返った。

「なんだ?」

「…たかみさんも…変わらないよね」

「…どういう意味だ?」

「さっきの写真をくれた時にさ。水本さんが全然変わってないって力説するんだ。女の人なら嬉しいかもしれないけど…」

「お前は童顔だからな」

「気にしてるんだけど？」

ふんと鼻先で笑って指摘して来る高御堂に、佐竹は膨れっ面を返す。そのまま頬杖をついて憮然としていたが、突然はっとした顔つきになり、「そうだ」と言って手を叩いた。

「血筋とか？」

「血筋？」

どういう意味かと怪訝そうに問い返す高御堂に、佐竹は微かに眉を顰めて自分の考えを説明した。童顔なのは生まれつきだから仕方がないと考えていた中で、十三年前、亡くなった筈の匡和に再会した時、感じた違和感を思い出した。十三年ぶりに会った匡和をすぐにそうと分かったのは、記憶にあるままの姿形だったせいもある。

「だって。叔父さんも全然変わってなかったし」

「……」

だから、余り歳を取らない血筋なんじゃないかと思って。佐竹は自信なさげに言って、頭を掻く。そういうのってないのかな…と呟く佐竹に、高御堂は何も返せなかった。それまで頭の隅に溜めてあった疑問が、ふいに生まれた仮説によって答えを得る。あり得ないと思いながらも、考えることを止められなかった。

匡和は意味深な謎かけを残していった。心の何処かで疑問に思いながら、気づいてはいない。その疑問が明確になった時、佐竹の傍にいるのが苦しくなる筈だと…匡和がそう言ったのは…。

佐竹に隠されている、彼の本当の「能力」は…。

「たかみさん」

恐ろしい答えに行き着くと同時に、佐竹の声が大きく聞こえた。はっとして目線を上げると、心配そうな目が自分を見ている。確かに…五年前に撮ったというあの写真と、今の佐竹は少しも変わっていない。高御堂は密かに息を逃し、鍋をかけていたガスの火を止めた。

「なんか変じゃない？」

「…少し、疲れてるのかもしれない」

「たかみさんが？」

「人を何だと思ってる」

　驚いたように聞いて来る佐竹に、高御堂は憮然とした物言いで返し、外へ食事に行こうと誘った。食材を冷蔵庫へ戻し、包丁やまな板も仕舞う。様子のおかしさに気づき、困惑した表情を浮かべている佐竹の傍に寄ると、何が食べたいと聞いた。

「……たかみさんと俺じゃ、一生、意見が合わないと思うよ？」

「たまには合わせてもいい」

「嘘だ」

　絶対嘘だね…と息巻く佐竹を促し、玄関へ向かわせる。携帯で羽根に車の用意を頼みながら、居間を歩いて行く佐竹の背中を見つめた。今更、佐竹を捨てるなどあり得ない。匡和に渡すくらいなら…。静かな決意を胸に仕舞い、小さな息を零して、高御堂は佐竹の後を追った。

刑事の矜持

茨城《いばらき》県鹿嶋《かしま》市。一連の連続殺人事件の最初の被害者だと目《もく》されている寺島美佐《てらじまみさ》の実家がある町を、佐竹《さたけ》が江東《えとう》と共に訪ねたのは一月も半ばになった頃だった。東京駅から鹿島神宮《かしまじんぐう》駅行きの高速バスに乗り、二時間余り。鹿嶋市のシンボル的存在である鹿島神宮近くの駅に着くと、近くのレンタカー店で車を借りた。寺島美佐の実家は鹿島臨海鉄道大洗《おおあらい》鹿島線の鹿島大野駅近くにあるが、交通網の発達していない地方では車は必要不可欠である。

鹿嶋市までは東京からも車で移動出来る距離だったが、江東も佐竹も運転を得意としていない。

「安全運転で頼むよ」

「俺はいつも安全運転ですよ。土肥《どい》さんと一緒にしないで下さい」

「お前は脇見が多いからねえ」

助手席に座った江東はナビに寺島美佐の住所を入れて、案内に従って行くように指示する。真面目な面持ちで車を発進させた佐竹は、鹿島灘《なだ》沿いを走る国道五十一号を目指した。

「寺島美佐の両親は健在なんですよね？」

「ああ。姉が一人いて、事件後に嫁いだそうで今は二人暮らしだそうだ。母親は家にいると言っていたので、話を聞かせて貰《もら》えるだろう」

市場《いちば》から茨城行きの許可を得た後、江東は寺島美佐の実家に連絡を入れていた。鴨下《かもした》と市場からは、寺島美佐の一件が連続殺人事件に関与していると特《とく》捜《そう》本部が見越していることについては、伏せておくようにとの指示が出ていた。最初の被害者である寺島美佐に関しては、足首の傷も確認出来ていないし、他にもあった筈《はず》の共通点を見落としてしまっている可能性が高い。

「それとなく俺が話をするから、お前は様子を見ておいてくれ」

「了解です。江東さんは…面識があるんですよね？」

窺《うかが》うように聞く佐竹に、江東は低い声で「ああ」と頷《うなず》いた。寺島美佐が殺害された事件の現場には、市場班が臨場《りんじょう》している。当時、佐竹はまだ市場班に配属されていなかったが、茨城から娘の遺体を迎えに来た両親と、江東は顔を合わせていた。

「早いもんだ。あれからもうすぐ二年だ」

呟《つぶや》くように言い、江東は渋い表情で窓の向こうを見る。一月らしい冬の曇り空が、高いビルなどない、田舎の町の上に広がっている。被害者の遺族に会うというのは、いつでも緊張を伴うものだ。犯人を確保出来ていない案件ならば、特に。次の信号を曲がるようにと指示してくるナビの音声が、静かな車内で必要以上に響いて感じられた。


寺島美佐の実家は信号のない交差点を北浦《きたうら》側に入り、幾つか筋を入ったところにあった。鹿島灘と北浦に挟まれた、畑の多い地域でもあり、住宅と住宅の間にも距離がある。ナビの案内する番地に着くと、細い公道から敷地内へ車を乗り入れ、江東が寺島家であるかどうかを確認しに行った。

間もなくして戻って来た江東から間違いないと聞き、そのまま敷地の奥まで車で進んだ。母屋に車庫、納屋のある昔ながらの広い家で、寺島美佐の母親は玄関先まで迎えに出て来ていた。江東と佐竹は車を降り、丁寧に挨拶する。

「自分は一度お目にかかっているのですが、警視庁捜査一課の江東です。こちらは佐竹です」

「佐竹です」

「覚えています。その節はお世話になりまして、ありがとうございました。こんなところまで…ご苦労様です。どうぞお入り下さい」

硬い表情の母親に勧められるまま、二人は母屋に入り、縁側のある座敷に通された。襖《ふすま》が開け放たれた奥の座敷には仏壇があり、老人の写真と共に、まだ若い女性の写真が飾られている。母親が台所からお茶を運んで来ると、江東は話の前に仏壇に参らせて欲しいと頼んだ。

「ありがとうございます。どうぞ」

微《かす》かに笑みを浮かべた母親は奥の部屋の明かりを点《つ》け、仏壇の前で膝を折ると、線香を点《とも》す。江東が上着のポケットから数珠を取り出すのを見て、佐竹は神妙な顔つきで耳打ちした。

「…俺、持って来てません」

「後で貸してやる」

低い声で返して、江東は先に仏壇の前で手を合わせる。佐竹に数珠を渡して参らせながら、横で見ている母親にいまだ犯人を検挙出来ていないのを改めて詫《わ》びた。

「お嬢さんの無念を晴らせずにおりまして、すみません。さぞ、お腹立ちでいらしたかと…、申し訳ない限りです」

「いえ。…本当は諦めかけていたんです。毎日のように人が殺されたってニュースが流れているでしょう。うちみたいに犯人が捕まらないままの事件も多いのだろうと思ってまして…。だから、刑事さんからお電話を頂いて…驚いたというか…」

戸惑いの方が大きいのだと言い、母親は二年も経《た》った今になって、どうして訪ねて来たのかと聞く。昨日、電話でも向けられた問いかけだったが、江東は会って話したいと答えていた。

諦めかけていた…と言いながらも、警察が訪ねて来たことに希望を抱いていいのかどうか、困惑している様子も母親には見えた。江東は出来る限り、失望させないよう、気遣いながら話を進める。

「実は…現段階では詳しいお話は出来ないのですが、お嬢さんの事件と別の事件に共通点があるのではないかという見方が浮上しています。その別の事件というのも犯人の目星はついておらず…、何か共通点のようなものは見つからないかと…そこから、犯人に辿《たど》り着《つ》けないかと考えまして、こちらまで越させて頂いた次第です」

「共通点…ですか…」

「都内での捜査も引き続き行っておりますが、お嬢さんが育ったこちらでも話を聞かせて頂こうと思いまして…。お嬢さんの幼馴染《おさなじ》みの方や…通われていた学校の関係者などに話を伺ってもよろしいでしょうか」

江東の申し出に母親はぎこちない仕草で頷いた。硬い顔つきから戸惑いは消えていなかったが、犯人に結びつく手がかりに繋《つな》がるような可能性が僅《わず》かでもあるのなら…と、了承する。

「美佐のお友達もいまだに犯人が捕まっていないのを気にかけて下さっていますから。協力してくれると思います」

「引き続き、ご心労をおかけすることになり、申し訳ありません。全力を尽くして、何とか犯人確保に結びつけられるよう、努力しますので」

よろしくお願いします…と頭を下げた後、江東は佐竹に指示し、寺島美佐の資料を元に出身校や交友関係などを母親に確認させた。小一時間ほど話を聞いた後、進展があったらすぐに連絡すると約束し、二人は寺島家をあとにした。

車まで見送りに来た母親は、別れ際も深々とお辞儀をしたままだった。遺族の思いを痛切に感じながら、改めて気を引き締め、次の行き先を決める。

「小学校が一番近いみたいですね。行きますか?」

「そうだな。一番話が聞けそうなのは高校だろうが、取《と》り敢《あ》えず、行っておくか。地元に残っている幼馴染みにもアポを取ろう」

出身校を順番に訪ね、寺島美佐を知る人物を捜して、話を聞く。遺族や特に親しかった人間以外にとっては、二年も前の事件である。今になってどうして…と訝《いぶか》しがる関係者に話を聞いて回り、日が暮れると、鹿嶋市の中心部へ戻ってビジネスホテルに宿を取った。

翌日も同じように回ったが、芳しい情報は得られなかった。そもそも、特徴的な出来事が過去にあったのだとしたら、二年前の時点で何らかの話が挙がっていたはずである。

空振りに終わる可能性が高いのは佐竹と江東も分かっていて、三日で切り上げる予定にしていた。ダメ元で訪ねた先で、思いがけない話を聞いたのは、諦めて東京へ戻ろうとしかけていた、三日目の午後のことだった。


地元で会える寺島美佐の関係者を当たり尽くした

後、佐竹たちは実家近くの家々を聞き込みに回っていた。寺島美佐に関して、何か覚えはないかと聞いていく内に、実家近くの住宅に住む主婦が、関係ないかもしれないけれど…と前置きして、不審者に関する情報を挙げた。

「寺島さんのお嬢さんが亡くなったのは…確か…」

「二月です。一昨年の二月のことです」

首を傾《かし》げて思いだそうとする主婦に、佐竹は時期を伝える。寺島美佐の母親と同年代と思《おぼ》しき、六十前後の主婦は、そうそうと相槌《あいづち》を打って手を叩《たた》いた。

「寒い頃だったわ。お気の毒な話で…お葬式にも伺ったんだけど、寺島さんのおうちの皆さんが憔悴《しょうすい》しきってらして、かける言葉もなかったのを覚えてるわ。…それから…一月《ひとつき》…経った頃だったのかしら。ちょっと気味の悪い人を見かけたの」

気味の悪い人…と言いながら、主婦は微かに眉を顰《ひそ》める。二年近く前のことを今でも覚えているのだから、相当に強烈な思い出なのだろう。佐竹と江東はしばし顔を見合ってから、慎重に話を聞いた。

「男性ですか？」

「ええ。三十…とか、四十とか。余り若くは見えなかったけど、歳《とし》にも見えなかった。この辺りはご覧の通り、田舎でしょう。住んでる人の顔なんて、互いが覚えてるから、よそから来た人はすぐに分かるの。田舎と言っても、セールスの人や…宗教とかね、そういう勧誘目的の人は見かけるのよ。でも、ちょっと違って…」

「どういう風にでしょう？」

「具体的に…どうっていうわけじゃなかったんだけど…とにかく、気味の悪い感じだったの」

曖昧な説明ではあるが、女性の直感というのは侮れないものだと、佐竹も江東も経験上知っている。具体的な特徴を挙げろと問い詰め、主婦の機嫌を損ねたりしないように気遣いながら、続けて話を聞いた。

「その男を見たのはどの辺りですか？」

「寺島さんの家の近くよ。写真を撮《と》ってたの。それで…変な人だったし、厭《いや》だなと思って声をかけたの。

寺島さんのおうちに何か用なんですかって。そしたら…不動産会社の人間で、この辺りの調査をしてるんだって…言うんだけど…。スーツも着てなかったし、名刺もくれなかったの。私が怪訝《けげん》に思ったのが分かったんでしょうね。そそくさと逃げるようにいなくなったわ」

「写真…ですか」

繰り返す江東の横から、佐竹が確かに寺島家を撮っていたのかと確認する。主婦は肩を竦《すく》め、他には何もないでしょうと答えた。確かに、寺島家は周囲を畑に囲まれており、隣接しあっている家はない。それに写真を撮ろうと思うような、取り立てた魅力のある風景があるわけでもない。

男が本当に不動産会社の人間だったのなら、家屋調査などの目的だったとも考えられるが、主婦が受けた印象や、逃げるように立ち去ったことからも、嘘《うそ》であった可能性が高い。そして、主婦が男を見かけた時期が、寺島美佐の事件後しばらくしての頃だというのが、最も重要だと考えられた。

主婦もそう考え、佐竹たちにその情報を伝えようと思いついたらしかった。

「寺島さんのところはお嬢さんの一件があったばかりだったでしょう。だから、記者とか…そういうのかなとも思ったんだけど、何か違うような気がして…。その後、記事とかになった様子もなかったし」

自分が気づかなかっただけかもしれないが…と付け加える主婦に、佐竹は再度、男の容貌を尋ねた。三十代から四十代。身長はさほど高くなく、痩《や》せ気味だった。眼鏡はかけておらず、顔立ちは普通だったが、視線を忙《せわ》しなく動かすのが癖だったようだと、主婦は答える。

「…あと…紺色のウィンドブレーカーみたいなのを着ていたわ。…いえ…黒だったかしら…」

覚えているのはそれだけだと言う主婦に、他に思い出したことがあれば連絡が欲しいと言って、名刺を渡した。協力に対する感謝を伝え、車に戻る。シートベルトを締めてエンジンをかけた佐竹は、大収穫ですよねと、江東に同意を求めた。江東は佐竹のように喜んではおらず、どちらかと言えば、渋い表情で腕組みをする。

「うーん…どうだろうな。あの人が言ってたみたいに、記者だったのかもしれないぞ」

「寺島美佐の一件は記者が実家まで訪ねるほどの大きなネタじゃなかった筈ですよ。犯人が訪ねたんだと思います。俺は」

「何の為に？」

「記念……撮影…とか」

江東に問われた佐竹は反射的に答えたものの、内容的には非情に不謹慎だという思いが生まれて、途中から声を潜めた。殺した相手の実家を訪ね、写真を撮る。あり得ない話のようにも思えるが、寺島美佐を殺害した犯人が、連続殺人事件の犯人と同一犯だと考えるならば、おかしくはない。殺害前に脅迫状で予告することや、殺害方法などからしても、犯人には自分の犯行に酔っている倒錯傾向があるのが見て取れる。

佐竹が挙げた記念撮影という線を、江東も反対はしなかった。

「確かに…あり得るかもしれないが…。だったら、犯人は被害者の実家の住所まで知っていたことになるぞ。どうやって調べたんだ？」

「…それは…分かりませんが、犯人が寺島家の写真を撮りに来たのだとしたら、他の被害者の実家にも行ってる可能性が出て来るんじゃありませんか」

佐竹が低い声で言うのに、江東は返事をせずに深く息を吐く。東京へ戻ろうという指示に頷き、佐竹はレンタカーを返す為《ため》に、鹿島神宮方面へ車を走らせた。もしも、他の被害者の実家近辺で、同じような男が見かけられていたら…それが犯人だ。全く姿の見えなかった犯人にようやく一歩近づいたような確信を得て、ハンドルを握る手に力を込めた。

東京に戻った佐竹と江東は寺島美佐の実家の、近隣住人から摑《つか》んだ不審者の目撃情報を市場に報告し、他の被害者の実家近辺でも同様の目撃情報がないかどうか、確認させて欲しいと頼んだ。都内での捜査状況は行き詰まっており、佐竹たちが摑んだ情報は不確定なものでも、捨て置くべき内容ではないと判断された。市場は理解を示しながらも、翌日まで返事を待てと答えた。

「明日、係長と相談してみる。行くとすれば次は…」

「二人目の奥野恵《おくのめぐみ》の実家ですね。兵庫《ひょうご》県の…明石《あかし》市です」

資料を読み込んでいる佐竹が空で口にするのを聞き、市場は微かに眉を動かして「分かった」と返事をする。茨城を出たのは午後五時を過ぎた頃で、帰りの高速バスが渋滞に巻き込まれたこともあって、既に時刻は八時を回っていた。捜査会議も終了しており、市場は江東に今日はひとまず帰って休むように勧めた。

「お疲れ様です。今日は帰ってゆっくりして下さい。…佐竹も。ちゃんと着替えて来いよ」

江東のことは労《ねぎら》うのに、自分には怪訝な目つきを向けて来る市場に、佐竹は唇を尖《とが》らせて適当な返事をした。江東と共に特捜本部のある中野《なかの》北署を出ると、駅へ向かって歩き始める。明日、鴨下係長の許可が出たら、そのまま兵庫へ向かえるよう、用意しておかなきゃいけないな…と言う江東に、佐竹は頷き、兵庫までの交通手段について話そうとしたのだが、何気なく目を向けた方向に思いがけない光景を見つけて、続けられなかった。

そんな佐竹の異変に気づいた江東が、「どうした？」と聞く。

「え…っ…」

まずい場面を見てしまった気がして、佐竹はすぐに答えられなかった。珍しく動揺している佐竹を、江東は不思議に思い、周囲を見回す。すると、すぐに理由が見つかって、「ああ」と声を上げた。

「土肥じゃないか。……隣にいるのは…」

通りの向こうの歩道を歩いている土肥は一人ではなかった。横にいるのが誰なのか、佐竹はすぐに分かったからこそ、戸惑いを覚えて言葉を詰まらせたのだ。一人であれば、土肥がいると江東に告げていた。江東も土肥が誰と歩いているのか気づいたらしく、神妙な顔つきになる。

「…笠井《かさい》…さんかな？」

「ですね」

土肥と並んで歩いているのは、中野北署の婦警で、以前、佐竹たちと共に四人目の被害者となった野村《のむら》綾《あや》を警護していた笠井だった。犯人に隙をつかれ、野村綾を殺害されてしまった責任を感じた笠井は、内勤への転属願いを出したと市場に聞いていたが、その後、彼女の姿はほとんど見かけていなかった。

「親しそうに見えるのは…気のせいじゃないよな？」

確認するように聞いて来る江東に、佐竹は無言で頷く。ずっと女っ気のなかった土肥が、このところ怪しげな動きを見せているのに、佐竹は気づいていた。しかし、まさか相手が笠井だったとは。そこまでは考えが及ばなかったと驚いている佐竹の隣で、江東が声をかけてみようと言い出した。

それはやめた方がいいんじゃないかと止めようとする佐竹に構わず、江東は車通りがないのを確かめて、反対側へと渡る。江東さん…と呼びかけながら、佐竹も慌てて後を追った。

江東が「土肥」と呼びかけると、はっとしたような顔で二人が揃《そろ》って振り返る。佐竹は江東の背後に隠れ、恐る恐るといった気分で様子を窺っていた。

「江東さん。佐竹も。戻って来てたんですか？」

「さっきな。…笠井さん、元気そうだね」

にこやかな笑みを浮かべて話しかける江東に、笠井は「お疲れ様です」と言って丁寧に頭を下げた。江東の得なところは、穏やかな口調と物腰のお陰で、下世話な好奇心とは感じられない点だ。土肥と二人でいるなんて珍しいね…と江東に話しかけられた笠井は、困ったように土肥を見る。

土肥は笠井に小さく頷いてみせてから、江東に「実は…」と打ち明けた。

「つき合ってるんです」

そういう答えが返って来るのは、佐竹も江東も予想していた。通りを挟んだ向かい側からでも、二人の親しげな様子は確認出来ていた。いつの間に…と驚きながらも、野村綾の事件後、落ち込んでいた笠井を土肥がフォローして来ていたのも知っているから、なるほどと納得もする。無表情で話を聞いていた佐竹とは違い、江東は嬉《うれ》しそうな笑みを浮かべて「そうか」と言う。

「そりゃよかった。土肥は真面目で、仕事も出来る。笠井さんは見る目があるよ」

よかったと繰り返す江東に、土肥はそれよりも茨城での捜査はどうだったのかと聞く。不審者の目撃情報があり、他の被害者についても実家近辺での同じような目撃情報がないか、捜査する許可を貰うよう、市場に頼んであると聞いた土肥は、すっと表情を引き締めた。

「その不審者が…被疑者かもしれないと?」

「まだ分からないけどね。でも、他にも目撃情報があれば、可能性は高くなるだろう」

その為にも、明日は兵庫へ向かうかもしれないので、よろしく頼むと言う江東に、土肥は了解ですと返す。土肥と笠井は食事に行くところだったらしく、江東と佐竹も一緒にどうかと誘われたのだが、出張帰りということもあり、またの機会と辞退した。

別方向へ去って行く二人を見送り、佐竹は江東と共に再び駅へ向かい始める。歩きかけてすぐに、江東は「なんだい？」と佐竹に問いかけた。

「え？」

「お前にしては口数が少ないじゃないか。土肥と笠井さんがつき合ってるのに反対なのか？」

江東から問いかけられた佐竹は、とんでもないと首を横に振る。ただ単に、色恋沙汰が苦手なのだと、正直に告げた佐竹に、江東は目を丸くした。

「へえ。驚いた。お前にも苦手なものが」

「人を何だと思ってるんですか。江東さんは」

「だって。お前はどんな上役に叱られたって仏頂面でいるような度胸の据わった男だからさ。へえ」

「その『へえ』ってやめて下さい」

バカにされてるみたいでむかつくと、膨れっ面になって、佐竹は肩で息を吐く。本当は人と関わりを持つことさえ、苦手なのだ。恋愛をベースに誰かとつき合うなんて、自分には生涯あり得ないだろう。
そう思って、心の中で深い溜《た》め息《いき》を吐《つ》いた。

恋愛という二文字が妙に頭に引っかかっていたせいなのか。新宿《しんじゅく》で電車を乗り換える際、自然と足が築地《つきじ》へ向かっていた。築地を訪れるのは年末以来になる。十二月。五人目の被害者を出してしまった後、毎日が目まぐるしく過ぎて、梁山泊《りょうざんぱく》へ足を向ける余裕もなかった。

大晦日《おおみそか》と元日の間。半日にも満たない僅かな休みを、市場班の皆は家族と過ごしていた。独り者の土肥は恐らく、笠井と。近い将来には笠井が土肥の家族になっていたりするのかもしれない。

土肥と笠井の形は、市場の言った「家族」そのものだ。だが、自分にはやはり遠い。同じ大晦日に自分が会っていたのは高御堂《たかみどう》だった。高御堂は家族などという言葉とかけ離れた男だ。自分と高御堂との関係をどう呼べばいいのか、きっと死ぬまで分からないだろう。

梁山泊に着いて離れの門に手をかけるとするりと開いた。鍵がかかっているかもしれないと思っていたから、拍子抜けした気分で中へ入る。玄関で靴を脱ぎ、上がり框《かまち》から居間の方へ向かおうとすると、待ち構えていたかのように羽根《はね》の声がした。

「佐竹さん」

「っ…びっくりした…。お邪魔します」

誰もいないと思っていた佐竹は息を呑《の》み、慌てて挨拶した。羽根は驚かせたのを詫び、高御堂は店の方で客と会っているのだと告げる。

「しばらくこちらでお待ち頂ければ」

「あ…はい」

取り立てた用があって訪ねて来たわけではないが、いるのに会わないで帰るのもおかしな話だ。適当に待っていると答えた佐竹に、羽根は丁寧にお辞儀をして姿を消した。

佐竹は居間を通ってキッチンへ向かい、冷蔵庫を開けて水を取り出した。ペットボトルの蓋を開け、直接口をつけて飲む。三分の一ほど飲んだそれを冷蔵庫へ戻し、一つ息を吐いた。

「……」

二階へ上がって寝転んでテレビでも見ようか。けれど、薄汚れた格好でベッドに寝転がれば高御堂の叱責を受ける。居間のソファで…とも思ったが、何となく、高御堂が店で会っている客というのが気にかかった。

梁山泊の客であるなら、羽根が敢えて断りはしないだろう。高御堂が個人的な客を招いてもてなすという話は聞いた覚えがない。好奇心が湧いてそっと様子を見に向かった。

静けさの漂う梁山泊の廊下を足音を立てないように気遣いながら歩き、人の気配を捜した。改築と増築を重ねた梁山泊の屋敷は広く、客用に使う座敷もその時によって違う。ただ、庭の見える南側であることが多いと知っていたので、そちらの方へ向かって行くと間もなくして、前方に明かりの点っている障子を見つけた。話し声も微かに聞こえる。高御堂か、それとも他の客か。歩みを佐竹が緩めかけた時、障子が開けられる気配がした。

さっと柱の陰に身を隠して窺い見れば、スーツ姿の男が座敷から出て来た。酒が入っているのか、ご機嫌で話す言葉は中国語だ。続いて、同じようなスーツの男が二名続き、宴席が終わったのだろうと考えていると、少し遅れて女性が出て来た。

濃鼠《こいねず》色のジャケットに光沢のある白のスカートという落ち着いた格好の女性は、三十代半ばほどの年齢に見え、黒髪を一つに束ねていた。凛《りん》とした印象のある知的な美女だ。彼女は廊下に出たところで誰かを待つように立ち止まった。その後から出て来たのは高御堂で、佐竹はどきりとして二人を注視する。

女性が高御堂を待っていたことからも、何となく予感があった。先に出て来た男たちは廊下の向こうへ消えており、それを確認するように見てから、女性は高御堂の首に手をかけた。慣れたやり方でキスをして、熱い視線で見る女性に、高御堂は中国語で話しかける。

何を話しているのか、その内容は佐竹には分からなかったが、女性の方が高御堂に媚《こ》びているのは明らかだった。彼女が何を求めているのか。リアルな想像が浮かんでしまい、佐竹は眉を顰める。何とも言えない複雑な気持ちが胸の底から湧き上がる。すぐにでもその場から逃げ出したかったが、不用意な物音を立てて、高御堂たちに気づかれるわけにはいかない。息を潜めて二人が立ち去るのを待ち、親しげに寄り添う姿が廊下の向こうに消えると、すぐに離れへ引き返した。

母屋と離れを繋ぐ渡り廊下を通り、離れ側の玄関の三和土《たたき》に脱ぎ捨てたスニーカーを履こうとしたところで、携帯の着信音に邪魔された。緊急の連絡の場合もある。無視するわけにはいかず、携帯を取り出して見ると、覚えのない番号が表示されていた。

「……」

不審に思いつつ、通話ボタンを押す。佐竹が返事をする前に、「もう少し待ってろ」と命じて来たのは高御堂の声だった。

「……。急用が入ったんで、帰ります」

咄嗟《とっさ》に口から嘘が出たのは、高御堂に余計な勘ぐりをされたくなかったからだ。高御堂だって自分がいない方がいいだろう。女性の顔を思い浮かべてそんなことを考える佐竹に、高御堂は「聞きたいことがある」と続けた。

「聞きたいこと？」

何だろうと不思議に思い繰り返す佐竹に、高御堂は何も言わずに通話を切る。声のしなくなった携帯を溜め息と共に仕舞い、佐竹は上がり框に座り込んだ。高御堂の用件は何かと考えながらも、脳裏からは親しげにしていた女性の姿が消えなかった。

高御堂と自分は似たもの同士だと考えたことがある。お互い、家族はなく、守るべき存在もない。だが、実際には違って、高御堂は選択肢を持っていながら敢えて選ばないだけだ。自分には選択肢すらない。女性とつき合うことなど頭から無理だと思っているし、高御堂と肉体関係を持っているのだって、いまだに信じられなくなる時がある。

快楽や行為には慣れて来ている。けれど、肉体的な慣れと、心のあり方は別物だ。どう捉えればいいのか分からない関係は、この先、自分を追い詰める存在になっていくのかもしれない。そんな今更なことを考えた時、渡り廊下の方から足音が聞こえて来た。

佐竹がはっとして振り返るのと同時に、高御堂が姿を見せる。

「……」

上がり框に座り込んでいる佐竹に、何をしているのかと聞くこともなく、高御堂は素通りしてキッチンへ向かった。佐竹はのろのろと立ち上がり、その後を追う。冷蔵庫を開けた高御堂が、飲みかけで戻したペットボトルを怪訝そうに眉を顰めて取り出すのを見て、しまったと慌てる。

「あ…それは…」

「直《じか》に口をつけて飲んだのか？」

高御堂にはグラスを使って飲むように言われている。冷たいで目で睨《にら》まれた佐竹が苦笑いで頷くと、高御堂はペットボトルの蓋を開けて、中身をシンクへ捨てた。もったいない…と言おうとした佐竹に、高御堂は低い声で聞いた。

「見てただろう？」

「……」

何を見ていたと聞かれているのかはすぐに分かった。高御堂は女性の相手をしながらも、隠れて見ていた自分に気づいていたのだろう。高御堂は空《から》になったペットボトルをゴミ箱に捨ててから、無言で見つめる佐竹に、更に問いかける。

「先に出た…三人の男。どう見えた？」

高御堂の聞きたいことというのはそれかと、佐竹は内心で溜め息を吐いた。ほっとしたような、肩すかしを食らったような。どちらともつかない気分で、自分の目に映った男たちの「色」を答える。

「…全員、明るい色でした。思惑があるような感じの人は見受けられませんでしたけど…」

「女は？」

「……」

少し間を置き、「同じです」と答える佐竹を、高御堂は微かに目を眇《すが》めて見る。僅かな躊躇《ためら》いを深読みしようとしているのが分かって、佐竹は眉を顰めた。すぐに答えられなかったのは、高御堂にキスしていた姿を思い出したからだ…とは言えず、代わりの言い訳を仏頂面で口にした。

「綺麗《きれい》な人だと…思ったので」

「お前でもそんなことを？」

「たかみさんと一緒にしないで下さい」

俺は普通です…と言いながら、女性が媚びるようなまなざしを高御堂に向けていたのを思い出す。高御堂は彼女を完全にコントロールしているように見えた。たぶん、彼女も高御堂にとっては駒の一つなのだろう。自分と同じように。

高御堂が自分を構うのは、自分の能力が有益だと見なしているからだ。他に意味はない。他人の目には、きっと自分も高御堂にコントロールされているように映っているに違いない。

そう考えると、ざわざわとしていた心が少し落ち着くような気がした。彼女が求めるものを、自分も高御堂に求めている。高御堂だけがくれる、肉体的な快楽。それを望んでいるからここへ来るのだと、そう考えることが救いに繋がるように思い、佐竹は名付けようのない不快な気持ちを奥底へと押し込めた。

翌日、市場から兵庫行きの許可が下り、佐竹と江東は新幹線で新大阪《しんおおさか》へ向かい、乗り換えて明石市を目指した。二番目の被害者である奥野恵の実家は、山陽本線の朝霧《あさぎり》駅から歩いてほどなくという便利な立地にあったが、佐竹たちにとっては都合が悪くもあった。

「いっぱい並んでますねえ」

「こりゃ、無理そうじゃないか」

朝霧駅で電車を降り、歩いて五分も経たない内に団地が建ち並んでいる光景が目に入って来た。奥野恵の実家が団地にあると知った時、浮かんだ厭な予感が当たってしまったのに、佐竹は溜め息を吐く。

「Bの…13棟ですって。それが何処《どこ》にあるかが、もう分かりませんね」

「やっぱり奥野さんの親御さんに迎えに来て貰うんだったか」

兵庫行きが決まった後、江東は奥野恵の実家に電話を入れていた。その際、団地の多い地域なので、迷うといけないから、駅まで迎えに行きましょうかという申し出を受けたのだが、遠慮していた。これだったら素直にお願いするのだったと後悔する江東と共に、佐竹は案内地図で目当ての建物を探す。幸いにもすぐに見つかり、それを目指して歩き始めた二人は、読みが外れたと肩を落としていた。

「団地だけじゃなくて、マンションや住宅も多いですね。相当な人口密度がありそう…」

「つまり、目撃情報を得るのは果てしなく難しいってことだな」

茨城の寺島美佐の実家と、兵庫の奥野恵の実家では、環境が大きく違った。一軒一軒の住宅が畑に囲まれているような長閑《のどか》な地域であれば、不審者を覚えている人を見つけるのも可能だろうが、マンモス団地を抱えたベッドタウンでは無謀な話だ。しかも、佐竹と江東の二人きりで、期限は三日と決められている。

奥野家を訪ねる前から弱音が漏れてしまうような状況でも、何とかして今後に繋がる目撃情報を得ようと、努力を尽くした。奥野恵の両親から了解を得て、近隣住民に聞き込みを行いながらも、出身校を当たり、幼馴染みなどからも話を聞いた。

近くのビジネスホテルに泊まり、三日間、足を棒にして聞き込みに当たったものの、結局、めぼしい結果は得られなかった。茨城で聞いた不審人物の目撃情報は誰からも得られず、佐竹と江東は意気消沈して東京へ戻ることとなった。

新大阪から乗ったのぞみが東京駅に着いたのは、午後九時を回る頃だった。江東は新幹線内で駅弁とビールで疲れを癒《い》やしていたものの、三日間の苦労が顔に滲《にじ》み出ており、佐竹は直帰するように勧めた。

「主任には俺が報告しておきますから。まだ本部に残ってるみたいなんで」

「そうさせて貰おうかな。厭だね。歳ってのは」

申し訳ないと詫びる江東と、新宿で別れ、佐竹は一人で中野北署へ向かった。市場には新大阪から連絡を入れており、本部で会って話そうと言われていた。佐竹も疲れてはいたが、それよりも、奥野恵の実家近くで目撃情報が見つからなかったことで、他の被害者を当たらせて貰えないのではという恐れの方が強くて、身体の疲れは二の次だった。

人気《ひとけ》の少なくなっている署内を歩き、本部のある二階へ階段で上がる。大会議室の扉を開けると、すぐに市場の背中が見え、「主任」と声をかけた。

「……どうしたんですか？」

佐竹に呼ばれて振り返った市場は、似合わないマスク姿だった。アレルギーや風邪などで、マスクをしている人間は多いが、市場のマスク姿は初めて見る。どんなウィルスもはね除《の》けてしまいそうな頑強な肉体を持つ市場らしからぬ姿を見て、目を丸くする佐竹に対し、市場は眉を顰めて理由を答えた。

「嫁と娘たちがインフルエンザに罹《かか》ったんだ」

「えっ。主任も？」

「いや。俺は今のところ大丈夫みたいなんだが…もしかすると…と思ってな。皆に伝染《うつ》しちゃまずいから、予防策だ」

「そうなんですか。鬼の霍乱《かくらん》かと思った」

鬼呼ばわりする佐竹に、市場は顔を顰《しか》めて江東はどうしたのかと聞く。疲れ果てていたので直帰するように勧めたと佐竹が答えると、心配そうに首を傾げた。

「大丈夫かな。江東さん」

「歳ですからね。帰りの新幹線でもビール飲んで高いびきでしたよ」

肩を竦めて呆《あき》れたように言ってから、佐竹は奥野恵の実家近辺での捜査について詳しく報告した。新たな情報も、茨城のような不審者情報も見つからなかったが、仕方のない環境だったと訴える。

「同じ建物がいっぱいあって、迷っちゃうくらいの大きな団地なんですよ。だから、人口も多くて…。あそこで目撃者を探すのは残念ながら無理だと思います」

「分からないぞ。茨城の不審者ってのが、見当違いだって可能性もある」

「違いますって。絶対、他でも同じことをやってるって思うんです。今度は鳥取ですから…」

「また行く気か？」

三人目の被害者である、小山理絵《こやまりえ》の実家も訪ねるつもりだと言う佐竹に、市場は怪訝そうに眉間の皺《しわ》を深くした。兵庫で結果が出なかった以上、市場がいい顔をしないのは予想済みで、佐竹は懸命に食い下がった。今回は市街地だったから条件が悪かった。郊外であれば不審者を覚えている人間もいるだろうし、見つけやすい。

今度こそ、何か持ち帰って来ますから…と鼻息荒く説得してくる佐竹に、市場は渋面で「分かった」と返した。

「係長に相談してみる。だが、今度駄目だったら、その後はないぞ。何か策を考えろ」

「…分かりました」

「それに…江東さんの身体も気遣え。また腰痛で寝込んだりしたら気の毒だ」

「分かってますって」

十分に気を遣ってるつもりだと答える佐竹に眇めた目を向けてから、市場は腕時計を見る。お前も早く帰れよ…と言って立ち上がった市場に、佐竹ははっとさせられた。嫁と娘たちがインフルエンザ…と聞いたばかりなのに、気遣いが出来ていなかった自分を反省する。

「すみません。奥さんたち…大変なんでしたね。大丈夫ですか？」

「今更か」

ふんとマスク越しに鼻息を吐いてみせる市場に、佐竹は肩身の狭い思いで「すみません」と詫びた。江東を気遣えと説教されるのも仕方のない話だ。神妙な表情を浮かべる佐竹に、市場は妻と娘たちは妻の実家へ預けてあるのだと説明する。

「三人とも重症ではないが、寝込んでる。嫁まで倒れたのは予定外だった。俺が休んで看病するわけにもいかないし」

「奥さんの実家って…近くなんですか？」

「うちから歩いて百メートルくらいかな」

「近所なんですね」

「こんな仕事だ。嫁の実家には世話になりっ放しだ」

マスクをしていても渋いと分かる表情で、市場は小さな溜め息を吐く。現場ではどんな時にも動じない剛胆さと、信念を曲げない精神力の強さが際立つ市場だが、家では誰にも頭が上がらないのかもしれない。そんな想像をしたら少しおかしくて、唇の端が微かに上がってしまった。

それを目敏《めざと》く見つけた市場は、佐竹の頭を拳で殴る。

「っ…いたっ…！　何するんですか？」

「ほくそ笑んでないで、お前は自分の生活を顧みろ」

「真面目に仕事してますよ？」

「私生活だ。お前、寮に全然帰ってないそうじゃないか」

眉を顰めた市場が指摘して来たのは佐竹にとってどきりとする内容で、思わず顔が強張《こわば》った。確かに、捜査に没頭する余り署に泊まり込むことが多く、寮に帰ることは少ない。だが、佐竹の頭に浮かんだのは、梁山泊に出入りしているのを知られたのではないかという恐れだった。寮に帰れる日も、敢えて梁山泊へ足を向けることが多くなっているのは事実だ。もしや…と思い、一瞬身構えたものの、それにしては市場の雰囲気が重いものではないのに気づく。窺うように見る佐竹に、市場は溜め息交じりに説教した。

「余り根を詰めるな。身体を壊すぞ」

「…あー…大丈夫です。主任と違う感じで、丈夫なんで…」

「確かに。ゴキブリ並ではあるな」

ふんと鼻先で笑う市場にあわせ、ごまかすような苦笑を浮かべる。今日は寮に帰って寝ろよ…と言われた佐竹は、かくかくと頭を動かして頷いた。市場は仕事に没頭し過ぎる自分を純粋に心配してくれているだけなのだと分かり、少しほっとする。お疲れ様でした…と帰って行く市場を見送った佐竹は、深い溜め息を吐いて目を閉じた。

もしも、市場が高御堂との関係を知ったら、どう思うだろうか。元暴力団関係者と繋がりを持っているだけでも問題視されることなのに、肉体関係まで存在している。きっと軽蔑して絶縁されるに違いない。

決して市場には知られてはいけないと思うのに、高御堂との縁を切ろうという考えは浮かばなかった。それがどうしてなのかは考えたくなくて、自虐的な想像をするのをやめた。

三人目の被害者である小山理絵の実家は鳥取県鳥取市にあった。市場が鴨下を説得し、小山理絵の実家を訪ねる許可が下りたのだが、もし、鳥取で似たような目撃証言が出なかったら、茨城の件は誤情報だったと結論付けられる恐れがあった。それを分かっていた佐竹は、すぐに動くことはせず、残り三名の被害者について一番効率がよさそうなのは誰か、検討することにした。

「小山理絵が鳥取県…次の野村綾が秋田《あきた》県…次の辻《つじ》桃子《ももこ》は山梨《やまなし》県…。一番人口が少ないのは鳥取県ですかね？」

大会議室の隅っこを陣取り、被害者の資料を睨むように見て頬杖をつく佐竹に、江東はボールペンで背中を掻《か》きながら首を捻《ひね》る。

「けど、鳥取市と言えば県庁所在地じゃないか」

「県庁所在地って言っても小さな街ですよ。少し行けばすぐに鳥取砂丘ですしね」

江東の横で説明を付け加えるのは、鳥取に行ったことがあるという平沼《ひらぬま》だ。先月、殺害された辻桃子の地取《じど》り捜査に当たっている平沼は、面会を頼んでいた相手から急遽《きゅうきょ》キャンセルされたとのことで、一

度、本部のある中野北署に戻って来ていた。そこで、顔を突き合わせて相談している佐竹と江東を見つけ、話に加わったのである。

「じゃ、秋田の方がいいかな。…秋田県秋田市…。こっちも県庁所在地じゃないですか。平沼さん、秋田はどんな感じですか？」

「秋田は行ったことないなあ」

実際に足を運んだことはないが、鳥取と似たようなものじゃないかと言いながら、平沼は缶コーヒーを飲む。順番で言ったら次は鳥取なんじゃないかという江東の意見に、佐竹は首を縦に振らないまま、次の資料に目を向けた。

「…辻桃子は…山梨県ですか…」

「鳥取と秋田と山梨だったら、山梨が一番都会じゃないのか。何より東京に近い」

「中央本線で行けるんじゃないですか」

飛行機にも新幹線にも乗る必要がないのだから、人口も多い筈だという二人の意見を、佐竹は難しい顔つきで「でも」と遮った。確かに山梨は関東地方に含まれており、三つの選択肢の中で一番東京に近い。だが、距離だけで判断するのは短絡的だろう。

「山梨でも…西八代《にしやつしろ》郡とかって、聞いたこともないようなとこですよ。郡ですよ、郡。絶対、田舎に決まってます」

「お前ね。その言い方は失礼だよ」

「でも、鳥取や秋田よりはよさそうじゃないですか」

佐竹の決めつけに眉を顰める江東を宥《なだ》めながら、平沼は地図を取り出した。佐竹の読み上げる住所を調べてみると、富士山の麓に当たる町で、同じ山梨でも甲府《こうふ》市などよりは確実に人口が少なそうだと考えられる。順番は違ってしまうが、確実に目撃情報を得る為にも、人口の少ない町から攻めようと、兵庫での教訓を挙げて、佐竹は江東を説得した。

「団地とか、マンションとかないところから行くべきですって」

「まあねえ。確かにもう団地は勘弁して欲しいな」

兵庫行きで江東が疲れ切ってしまったのは、団地内での階段の上り下りが多かったせいでもある。田舎の方が何処へも車で移動出来て楽なのは事実だ。山梨行きに同意しかけた江東に、佐竹は更なる後押しをする。

「それに…辻桃子の事件からは余り日が経ってませんから、不審者を覚えてる人も多いかと」

「けど、それを言うなら、まだ犯人が訪れていないかもしれないじゃないか。茨城の目撃者は事件後から一月くらい後だって言ってただろ。辻桃子の事件からは一月経ってないぞ」

江東の指摘は鋭いもので、佐竹は一瞬口籠もったが、同じ失敗を繰り返すのはごめんだった。それでも山梨の方が可能性が高いと言い張り、江東を無理矢理同意させる。どれも問題があるなら、近場から手を着けた方が楽かと言って頷いた江東に、平沼は「確かに」と同意した。

「甲府ならあずさで一時間半ですよ」

「そこからが長いんじゃないのか」

「まあまあ。山梨なら信玄餅《しんげんもち》が買えますし。お土産に頼みます」

長距離の移動続きでうんざり顔の江東を慰める平沼から、聞き慣れない単語を耳にした佐竹は、不思議そうに信玄餅とは何かと尋ねる。土産にと頼んだ平沼は呆れた顔で佐竹を見た。

「知らないのか。有名じゃないか」

「きなこの餅に黒蜜をかけて食べるやつだよ」

「それが信玄餅…？　…ああ、武田《たけだ》信玄だから」

山梨は戦国武将でもある武田信玄に縁《ゆかり》のある地だ。だからそういう名なのかと納得する佐竹の横で、江東は平沼に好物だったのかと聞いた。平沼は小さく笑って首を横に振り、自分じゃないのだと答える。

「うちのかみさんが好きで」

「そうか。細君の調子はどうだい？」

「ぼちぼちってところです。このヤマが終わったら温泉にでも連れて行ってやろうかなって思ってるんですがね」

このままだと夏が来ちゃいますかねえ…と溜め息交じりに呟く平沼に、江東は苦笑したが、佐竹は違った。今、自分たちが追っている目撃情報は、絶対犯人に繋がるものだからと鼻息を荒くし、必ず手がかりを得て来ると宣言する。

「信玄餅も買って来ますから！」

「信玄餅は期待してる」

張り切り過ぎて江東を疲れさせないようにと忠告し、平沼はいい報せを待っていると付け加える。机の上に広げられた山梨の地図を再度確認した佐竹は、地図上を大きく占めている富士山を見て、最後に富士山を見たのはいつだったろうかと考えていた。


一月二十三日の午前八時前。佐竹と江東は新宿駅で落ち合って、特急あずさに乗り、甲府を目指した。甲府からJR身延《みのぶ》線に乗り換えて、四十分ほどかかる甲斐上野《かいうえの》駅が、辻桃子の実家から一番近い駅だった。

身延線に乗って十分もしない段階で、佐竹は自分の予想が当たったと喜んだ。先日訪ねた兵庫とは、車窓から見える風景が全く違う。

「江東さん、これいけますよ。茨城と同じ匂いがします」

「日本の田舎は何処もこんな感じだからねえ。茨城は海辺でここは山間って違いがあるけど」

そう言って江東は車窓の向こうを目を細めて眺める。身延線は富士山をぐるりと半周するようにして、山梨の甲府から静岡《しずおか》の富士まで繋がっている。地図を見ると、身延線の何処からも富士山を望めるのではないかと考えがちだが、残念ながら、山梨側からはその姿を拝めることは殆《ほとん》どない。

「富士山の近くだから、でーんとした姿が拝めると思ったんですが」

「あの山の向こうなんだろうね。冬だし、余計に雲で隠れてしまうんじゃないか」

つまらなそうな顔で呟く佐竹に、江東は渋い顔のままで返して外を見ていた。江東が不機嫌とまではいかずとも、浮かない顔をしているのは天候に原因があった。東京でも朝の冷え込みが厳しかったが、盆地にある甲府は更にで、駅に降りた時点で身体の芯から凍えるような気温に感じられた。今から訪ねる先は山に近いからもっとだろう。

寒いと腰に響く…と嘆く江東を適当に慰めながら、佐竹は富士山に登ったことがあるかと聞いた。

「俺かい？　あるよ。…確か、娘が中学生の時かな。五合目から頂上まで家族で登ったことがある」

「さすが、江東さん。伊達《だて》に長く生きてませんね」

「お前は？」

「あると思いますか？」

ふっと鼻先で笑う佐竹に、江東は肩を竦める。佐竹にそんな健康的な趣味があるとは到底思えなかった。登ってみたいとは思わないかという江東の問いに、佐竹は大げさに首を振る。

「まさか。わざわざ山に登りたいって人間の気持ちが理解出来ません」

「そこにあるから、登るんだよ」

「そこにあるだけのものですよ」

佐竹がしたり顔で江東に言い返した時、目的地である甲斐上野には次に停車するという車内アナウンスが聞こえ、二人は揃って表情を厳しくする。辻桃子の実家に連絡を入れた際、駅からは車で二十分ほどかかると聞いている。着いたらタクシーを呼ぶかと話している内に、電車が減速を始めた。


甲斐上野の駅に着いたのは十時半を回った頃だった。都心では見られない、半自動式のドアを開けて電車を降りると、他の車両から四、五名ほどの乗客が降り立つのが見えた。誰もが地元の利用客で、スーツ姿の二人連れなど、佐竹たちだけだ。屋外にあるホームは寒く、江東の顔が渋いものになる。

「随分冷えてるなあ。雪でも降って来るんじゃないのか」

「山が近いからじゃないですか」

甲斐上野駅は無人で、待合所があるだけの、簡素な駅舎だった。そこで帰りの電車の時刻を確認する。一時間に一本、ないし二本という僅かな便しかないので、逃すと大変だ。

「田舎はこういうところが不便ですね。やっぱり甲府でレンタカーを借りて来るんでしたね」

「そうだな。…あれ？　バス停があるみたいだよ」

駅舎を出て周辺の様子を窺っていた江東が言うのを聞き、佐竹は彼が指さす方向へ目を向けた。バス路線があるとは知らなかったし、昨日、連絡を入れた辻桃子の遺族もそんな話はしていなかった。タクシーを呼ぶつもりだったが、バスがあるのなら、それで近くまで行けないかと考え、佐竹と江東は連れ立って歩いて行く。

「でも、電車が一時間に一、二本なんですよ。バスはもっと少ないんじゃ…」

「分からないよ」

バスの方が利用客が多くて、本数もあるのかもしれないと、江東が希望的観測を口にするのに、佐竹は眉を顰める。それはないでしょ…と言って、バス停に向かう足を速めかけてすぐに、どきりとする人影を見つけた。

「………」

バス停から少し離れたところに一人の男が立っていた。歳は四十前後。紺色のウィンドブレーカーを着ており、バスを待っているのか、道の向こうを眺めている。身なりだけなら何の変哲もない、普通の男だ。

けれど、その男が纏《まと》っている「色」は、佐竹がそれまでに見た、誰の色よりも…どす黒く濁っていた。身体が総毛立ち、背筋に冷たいものが流れるような錯覚がする。あれは…。息を呑んで足を止めた佐竹を不思議に思った江東が、「どうした？」と声をかけて来るのにも、何も答えられなかった。

間違いない。あの男だ。佐竹がそう確信するのに時間はかからなかった。瞬きもせずに硬直している佐竹の異変に気づいた江東が、怪訝そうに呼びかける。

「佐竹？」

気分でも悪いのかい？　江東が心配する声を聞いた佐竹は、それまで詰めていた息を一気に吐き出した。どくんどくんと勢いよく鳴っている鼓動を抑えるように意識して、「江東さん」と掠《かす》れた声で返す。

「…あいつです…」

バス停の傍《そば》に立っている男を凝視したまま、佐竹が言うのを聞き、江東はさっと表情を変えた。佐竹が見ている方向を目で追い、男の姿を確認する。

「……。どうする?」

男の外見も様子にも不審な点は見られなかったが、佐竹が何を感じ取ったのかは、それまでのつき合いで江東は理解していた。佐竹が直感で犯人を見つけ出す瞬間を、何度も目撃している。ついさっきまで、バスの本数について暢気《のんき》に言い合っていた佐竹が、緊張した雰囲気を漲《みなぎ》らせているのは、男が「犯人」だと分かったからなのだろう。

佐竹がそう確信する理由は分からずとも、その目に間違いはないと信じていた。江東がどう対応するつもりなのかと聞くのに、佐竹は声を潜めて答えた。

「…職質をかけて…身元を聞き出します」

小さく息を吐いてから、佐竹は止めていた歩みを再開した。男の動きを見逃さないよう、じっと注視したまま近づいて行く。男は鞄《かばん》の類いは持っておらず、手ぶらだった。近づく佐竹の気配に気づき、通りの向こうを窺っていた男が振り返る。

「……」

男は佐竹を見たが、正確には見ていなかった。視線が微妙にずれている。忙しなく眼球を動かす男の様子は、茨城で聞いた目撃情報に合致するものだ。紺色のウィンドブレーカーも。それに、何とも言えない気味の悪さという曖昧な表現も、男を前にすると頷ける。

佐竹は「色」が見えていたから、男が犯人だと確信出来たが、特別な能力がなくても不審さを感じ取ることが出来ただろう。短く刈られた髪に、微かに皺の浮かんだ平凡な顔立ち。目立つ容姿ではないのに、歪《いびつ》な狂気の片鱗《へんりん》が内側から滲み出ている。佐竹は微かに目を眇め、上着の内ポケットから身分証を取り出した。

「…警察の者です。少しお話を聞きたいのですが、よろしいですか?」

「……」

「どちらへ行かれるんですか？」

佐竹の問いかけに、男は黙ったままだった。顔は俯《うつむ》き、視線は宙に浮いている。佐竹は自分の身分証を仕舞い、男に次の問いを向ける。

「…どちらから来られました？」

「……」

「身分を証明するようなものはお持ちですか？」

丁寧に問いを重ねる佐竹の横から、江東は逃亡を防ぐ為に、さりげなく男の斜め後ろへ移動した。囲まれるような態勢に緊張を覚えたのか、男が視線をきょろきょろさせる。佐竹は江東に目で油断しないように合図して、再度、身分証の提示を求める。

「免許証などで結構です。お名前を確認出来るものをお持ちではありませんか？」

重ねて問いかけられても、男は黙ったままで、答えそうな気配はなかった。視線は忙しなく動いていているものの、顔の表情自体はなく、何を考えているのかは読めない。目の前の男が犯人であると確信していた佐竹は、黙っていれば逃れられるというものではないと、説明した。

「この場でお答え頂けないのであれば、近くの警察署までご同行頂くことになります」

「……」

何も答えようとしない男の相手には時間がかかりそうだった。佐竹は江東に、近くの警察署に応援を頼むよう伝える。江東が携帯を取り出して連絡している間も男はその場に立ち尽くしたままで、微動だにしなかった。そんな男をじっと見ていた佐竹は、揺さぶりをかける目的で、自分が何をしに来たのか教える。

「自分は警視庁の者で、殺人事件の被害に遭われた方の実家へ話を聞きに来たんです。ご存知ですか？世間を騒がせている、連続殺人事件の…」

被害者です…と言いかけたところで、男がぴくりと頬を震わせた。落ち着きなく瞬きを繰り返す様は動揺しているようにも見える。佐竹は冷静に男を観察しながら、自分には分かっているのだと続けた。

「犯人は…あんただ」

江東にも聞こえないような、潜めた声で男に告げると、無表情だった顔に変化が生まれる。怪訝そうに眉を顰めた男は、何を言われているのか分からないととぼけるのだろうと、思っていた。これまでも問いかけには一切応じていない。しらを切ってごまかすつもりだと考えていた佐竹は、男の口から漏れた呟きに少なからず驚いた。

「……どうして…、分かったんですか…？」

初めて耳にする男の声は、想像よりも高く、か細いものだった。視線を宙に彷徨《さまよ》わせたまま佐竹に尋ねる男からは、一瞬見えた変化は消え、元の無表情に戻っていた。目の動きはともかく、状態としてはとても落ち着いているように見える。男が自分の犯行を認めたとも受け取れる発言をしたのは意外だったが、チャンスでもある。

「認めるのか？」

鋭い声で聞いた佐竹に、男は何も言わなかった。

そこへ江東が所轄署へ連絡を取ったと告げて来る。

「すぐにPC《パトカー》を寄越してくれるそうだ」

携帯で話していた江東には男の声は聞こえていなかっただろう。今、男は犯行を認めるような発言をした…と話したかったが、目の前に本人がいる状況では、不用意なやりとりをするのは避けたかった。男がどういう思考パターンの持ち主かも分かっていない。その上、男の名前さえも聞けていない現状では、署へ同行し、ゆっくり話を聞く環境を作ることの方が先決だと考えた。

間もなくして、遠くからPCのサイレン音が聞こえて来た。人気の少ない田舎町には不似合いなけたたましい音と共に、赤色灯を点滅させた車が見えて来る。江東が手を挙げて知らせると、PCはサイレン音を消し、減速して近づいて来た。

目の前に停車したPCから制服警官が二名降りて来る。硬い表情の警官たちに江東が事情を説明する為、歩み寄ろうとした時だ。

男が唐突に口を開いた。

「俺が殺しました」

どうしてと訝しくなるタイミングで男は罪を告白し、更に続ける。

「五人、殺しました」

少年のような高い声に感情はない。江東の耳にも届いた自白は、二人を驚かせるだけでなく、得体の知れない不穏な気持ちを植え付けた。数多くの犯罪者を相手にして来ている江東と佐竹であっても、自分の常識に当てはまらない存在には恐怖を覚える。その男には茨城で出会った目撃者が言った通り、具体的な言葉に出来ない気味の悪さがあった。

形の見えない不安が押し寄せて来るような錯覚を追いやり、佐竹は眉を顰める。あんなやり方で五人もの命を奪った男だ。気味が悪いのも当たり前だと自分の中で整理し、男を警察署へ連行しようと、江東に声をかけた。


甲斐上野駅からその地域を管轄する市川南《いちかわみなみ》署までは二十分ほどを要した。江東が応援を頼んだＰＣは偶々《たまたま》近くを巡回中のものだった。急遽《きゅうきょ》、重大事件に関わることになった二人の制服警官は緊張した面持ちで、運転席と助手席に座っていた。江東と佐竹は男を中央に挟む形で後部座席に座り、サイレンを鳴らして警察署へ急行する車内で、それぞれが難しい顔で沈黙していた。

突発的な自白をした後、男は一言も発していなかった。ＰＣに乗せる前、再度名前を聞いてみたものの、答えはなかった。市川南署に着くと、男を取調べ室へ入れ、監視役として複数の警官を配置した。男が何か言葉を発したら、すぐに連絡するよう指示し、江東と佐竹はいったん取り調べ室を出る。

説明を求めて来る市川南署の人間にしばらく待ってくれるよう頼み、刑事課の電話を借りて市場に連絡を取った。受話器を握る江東の横で佐竹は神妙な顔つきで様子を窺う。

「……ええ、甲斐上野駅を出てすぐです。佐竹が男を見て怪しいと言いまして…職質をかけたところ、返答が全くなく、一度、署で話を聞こうと思いまして…ええ、先ほどの電話です。……いえ、ところが、PCに乗せる前に…突然、自分が五人を殺したと自白しました」

　自白？　と市場が大声で繰り返すのが、受話器から漏れ聞こえる。耳に堪《こた》える大声に江東は顔を顰め、受話器を佐竹に差し出した。説明するよう促す江東から、佐竹は困り顔で受話器を受け取る。市場が何を聞いて来るのかは分かっていて、江東はそれを予想して交代を求めたに違いなかった。

「…佐竹です。それで…今、取り調べ室に入れてるんですけど、緊急逮捕ってことでいいですか？」

『待て。そもそも、どうしてお前はその男を怪しいって思ったんだ？』

「……なんか、変な感じがして」

『……。そいつが犯人だと…「分かった」んだな？』

「……」

　断定的な物言いで聞いて来る市場に、佐竹は大きく息を吸い込んでから、「はい」と答えた。市場もこれまでの経験で、佐竹の直感が外れないのを知っている。今はどうしてと理由を問い詰めるよりも、男が自白したことを利用して、これまでの犯行を立証していく方が重要だと考えたようだった。電話越しにも聞こえる鼻息を漏らし、改めて、男の犯行かどうかを確認するように求める。

『任意での取り調べという形で記録に残せ。逮捕状の請求はこっちで進める。男は身分を示すようなものを持っていそうか？』

「荷物はなく、手ぶらですが、恐らく電車で移動して来ていると思うので、財布と携帯くらいは持っているかと」

『身体検査は？』

「まだしてません」

　任意で応じるようなら、所持品から名前や現住所などを探せと市場は命じる。応じなければ逮捕状を待てと言い、同時にすぐに移送出来るよう、準備すると佐竹に伝えた。

『お前の直感とやらを信じるぞ』

「そこは信じて貰って大丈夫です」

低い声で断言する佐竹に、市場は「ふん」と鼻息を向けた。お互いがまた連絡すると言い合って通話を切る。江東には市場からの指示が全て分かっているようで、取り調べ室へ行こうと佐竹を促した。

「あっちは蜂の巣を突《つつ》いたような騒ぎだろうねえ」

特捜本部を設置し、大勢で追って来た犯人に、裏をかかれるような真似をされたのは、まだ先月のことだ。それからも捜査に進展は見えず、このまま六人目の被害者を出すことになるのではと悲観する向きも多かった。そこへ唐突に、その片鱗さえ見えていなかった犯人が現れたのである。

連絡を受けた本部がどれほどの騒ぎになっているのか想像し、溜め息交じりに呟く江東に、佐竹は真剣な顔で「これからです」と言った。

「犯行を立証出来なきゃ、有罪に出来ません」

犯人はあの男で間違いなくとも、証拠がなければ罪が認められない可能性もある。これまでの現場では、犯人に結びつく物証は一切出ていない。慎重な捜査が要求されるのは当然で、気分を引き締める佐竹に江東も渋面で頷いた。


駅前での自白を翻す可能性だってある。そういう考えもあったが、取り調べ室におとなしく座っていた男は、江東が本当に五人を殺したのかと確認するのに、間違いないと返事をした。

所持品の検査にも素直に応じ、ズボンとウィンドブレーカーのポケットから財布と自宅のものと思しき鍵、工作用のカッターナイフを取り出した。男がカッターナイフを所持していたのにはひやりとさせられた。PCに乗せる前に身体検査をするべきだったと反省すると共に、五人目の被害者にカッターナイフの刃が送られて来たことを佐竹たちに思い出させた。

財布から見つかった運転免許証から、男が月岡《つきおか》秀三《しゅうぞう》という名であるのが分かった。免許証に記載されていた住所は板橋《いたばし》区のもので、佐竹は市場に連絡を取る為、それを手に取り調べ室を出る。市川南署の関係者たちが緊張した面持ちで見る中、本部へ電話をかけると、市場は席を外しており、鴨下が応対に出た。

『どうだ？　名前は分かったか？』

「はい。所持品に運転免許証がありました。これが偽造でないとするなら、本人のもので間違いないかと思われます。氏名は月岡秀三、住所は板橋区…」

佐竹が読み上げる名前や住所を鴨下は大声で繰り返す。傍で控えている捜査員がすぐに身元を洗うに違いない。鴨下の背後は騒然としているように思われ、本人の声にも普段とは違う張りがあった。

『…分かった。こっちですぐに当たる。具体的な自供は取れそうか？』

「殺したのは認めているんですが、他は反応の鈍い男で…時間がかかるかもしれません」

『取り敢えず、こっちで逮捕状の手続きを行ってる。出たらすぐにファックスするから、逮捕してから本部まで移送してこい。市川南署とは管理官が話をつけてる」

『了解です』

それまでの間、少しでも情報を聞き出すよう努力すると付け加え、佐竹は受話器を置いた。すぐに取り調べ室へ戻ろうとしたところ、携帯が鳴り始める。相手は平沼で、足を止めてボタンを押した。

『大金星だな』

通話状態になると同時に聞こえて来た平沼の声に苦笑し、廊下の壁際によって「そうでもありませんよ」と返す。どうだと様子を聞かれ、取り調べには時間がかかると思うと返した。

「見たら分かると思うんですけど、独特な感じの奴なんで…」

『だろうな。あんなふざけたヤマ起こすような奴がまともだとは思えない』

厭気の滲んだ声で言う平沼の後ろで、土肥の声が「まともじゃないと困りますよ」と言うのが聞こえる。精神状態を問題にして罰を科さないというのは、被害者遺族に対して余りにも不公平であるというのが、土肥の持論でもある。土肥が一緒なのかと聞くと、平沼は笑って、電話を代わった。

『早くこっちへ連れて来い。どんな面してやがるか、拝んでやる』

「期待に添えるような顔ではないですけどね。係長も手続きを急いでるようでしたから、今日中には移送出来ると思います。ここから車だったら…二時間くらいですよね？」

『そうだな。…佐竹』

「はい？」

『ありがとう』

突然、礼を言われたのに面食らい、すぐに反応出来なかった。土肥は真面目で、ふざけている様子もない。軽く返すのは失礼な気がして、「はい」と低い声で答えるのが精一杯だった。土肥の方も気恥ずかしさがあるのか、忙しいと思うから切るぞ…と口早に言って、一方的に通話を終えてしまう。

土肥にとっては思い入れの深い事件でもある。四人目の被害者の警護に当たりながら、隙をつかれて殺された土肥は、犯人検挙に執念を燃やしていた。普段は横暴なところもあるけれど、義理堅く、礼儀正しい人間でもある。そんな土肥の礼は面はゆいもので、小さく息を吐いてから携帯を仕舞った。

逮捕したとしても、自白しかない現段階では、確実に起訴出来る証拠が集まるかは不透明だ。それでも、あの男が…月岡が犯人だと分かっただけで今は十分だと考え、佐竹は姿勢を正して取り調べ室へ向かった。

江東は事件に関する具体的な証言を得ようと質問を重ねていたが、月岡が口を開く気配はなかった。強引な真似をして口を割るタイプではなく、江東も佐竹もそういう手法は好まない。二人で根気強く、月岡に話しかけている間に、鴨下から逮捕状が届いた。殺したという自白しかない現段階では、五件の殺害事件全てでの逮捕は難しく、甲斐上野駅近くに実家がある、辻桃子殺害事件での逮捕状が先に出されることになった。

午後二時半。月岡は市川南署において逮捕されると同時に、特捜本部のある中野北署への移送が決まった。

大事件の被疑者が逮捕されたにも関わらず、余りにも突然の出来事だった為、市川南署に駆けつけて来たマスコミはいなかった。だが、中野北署に着く頃には情報が流れ、多くの報道陣が詰めかけて来ているに違いないと、江東は溜め息を吐く。

「しばらくうるさいよ」

「いいじゃないですか。逮捕出来ずに無能だって言われるより」

そうだねえ…と相槌を打ち、江東は先に捜査車両の後部座席に乗り込む。東京まで同行する市川南署の刑事も運転席と助手席に乗り、佐竹は制服警官に連行されて来た月岡を貰い受けた。車に乗るよう促された月岡は、開いているドアを前にして一度立ち止まり、ぼそりと呟く。

「…まだ…五人だったのに…」

残念そうな月岡の言葉を聞いていたのは傍にいた佐竹だけだった。まだ五人。ということは、月岡はまだこれからも誰かを殺害するつもりだったのが分かる。佐竹は微かに眉を顰め、早く乗るように再度月岡を促した。

「……」

月岡は佐竹を振り返って見たが、その視線は微妙にずれていた。それでも、忙しなく動く眼球が自分を捉えているのは分かって、何とも言えない不快感が腹の底から湧き出す。佐竹は顰めっ面のまま、顎をしゃくって乗れと命じる。後部座席の江東からも声をかけられると、月岡はようやく頭を下げて車に乗り込んだ。

佐竹は見送りに出ていた市川南署の関係者に一応の挨拶をしてから、月岡の隣に座る。江東が「お願いします」と言うと、車が東京へ向けて出発した。

甲府南ＩＣ《インターチェンジ》から中央自動車道に乗った捜査車両は順調に東京を目指していた。月岡は車内でも一言も発さず、異様な雰囲気と緊張が狭い空間を満たしていた。重い沈黙を破るように、佐竹の携帯に連絡が入ったのは、相模湖《さがみ》を過ぎ、八王子《はちおうじ》JCT《ジャンクション》を抜けようという頃だった。

着信に気づいてマナーモードにしてあった携帯を取り出すと、市場の名が表示されていた。江東に「主任です」と告げてからボタンを押す。今何処だ？という問いかけを聞き、車窓の外を見て確認した。

「…今、八王子JCTを過ぎました。…あと一時間くらいだと思います」

『こっちはこれから月岡秀三の自宅へ捜索に入る』

市場の声の向こうでは怒声に似た声が飛び交っており、騒々しい雰囲気が感じ取れる。市場は準備が出来たらすぐに板橋へ向かうので、佐竹たちが到着する頃には自分は中野北署にいないだろうと続けた。

『本部には若槻《わかつき》管理官がいて、指揮を執っている。月岡の扱いについては管理官の指示に従え』

「了解です。鴨下係長は？」

『家宅捜索の応援に入ることになってる。……分かった。それで頼む…ああ……、ついでに機捜《きそう》にも連絡しておいてくれ』

電話をかけながらも市場は捜査員たちから指示を仰がれているようで、慌ただしそうだった。佐竹の方から通話を切ろうとすると、「佐竹」と呼ばれる。

「はい？」

『今度こそ、本当の祝杯をあげるぞ。それまで気を抜くな』

「…了解です」

周囲を気遣ってか、市場の声は潜めたものだったが、真剣さは十分に伝わって来た。佐竹は改めて腹をくくるような気分で返事をし、通話を切る。酒豪の市場にとっては、本当に気持ちよく酒が飲めそうな日が待ち遠しいに違いない。皆が揃って晴れやかな顔で飲めたらいい。そんな想像をしながら閉じた携帯を手に、一つ息を吐いた時だ。

「……」

妙な視線を感じ、左隣を向けば、月岡が見ていた。視線は合っていないが、自分を見ているのだと分かる。それも執拗《しつよう》な印象を受ける視線で、佐竹は微かに眉を顰めた。

電話の内容が漏れ聞こえて、自分の家に家宅捜索が入ることが分かったのかもしれない。正式な許可は下りているが、一応、説明しておいた方がいいだろうと考え、その旨を伝えた。

「これから、板橋のアパートに家宅捜索が入ります。礼状は下りてますから」

「……」

佐竹の言葉を聞いた月岡は視線を忙しなく動かし、動揺している様子を見せる。月岡の反応は自宅に何かしらの証拠があるのだろうと期待を持たせるものだった。家宅捜索に入られるのはまずいと考えているのかもしれない。月岡の向こうに座っている江東を見れば、同じ考えを抱いているようで、頷いてみせるのが分かった。

態度は落ち着かないものだったが、月岡は言葉を発したりはしなかった。しばらくして諦めたのか、おとなしくなった。背を丸め、顔を俯かせたまま、何処を見ているでもなく視線を宙に浮かせる。何を考えているのかまでは読めなかったが、月岡を包む色は疑いようのない暗さだった。

月岡自身からまともな供述が得られないとしても、彼の犯行に違いないのは確かだ。自宅から犯行を裏付ける物的証拠が出ることを願い、佐竹は車窓から高速道路の標識を確認し、あとどれくらいで中野北署に着くだろうかと考えた。


佐竹の人生を変える一報がもたらされたのは、車が高井戸《たかいど》ICで下り、環八通りから高円寺《こうえんじ》を抜けて中野を目指している頃だった。道もさほど混み合っていないので、あと十分もかからないだろうと、江東が運転役である市川南署の刑事と話している最中、佐竹の携帯に着信が入った。市場だったら、間もなく本部に着くと報告しようと考えながら携帯を取り出した佐竹は、覚えのない番号が表示されているのを見て不思議に思いつつ、ボタンを押した。

「…はい？」

『…今、何処だ?』

　低く押し殺したような声には激しい感情が交じっているように感じられ、反射的に背中がぞくりとする。聞き覚えのある声は、若槻管理官のものだった。若槻が自分に直接電話をかけて来る理由は…。そして、この声は…。

　込み上げて来る、形のない不安が猛烈な勢いで胸を埋めていく。その理由が分からないまま、佐竹はフロントガラスの向こうに見えた標識を読んだ。

「…今、高円寺の交差点を過ぎました。あと十分もかからないと思いますが…何かあったんですか?」

　佐竹の問いかけに対し、若槻は電話越しにも聞こえるくらい、大きく息を吸い込んだ。それから、一気に吐き出すようにして…凶報を伝える。

『月岡の自宅アパートで爆発が起こった。現在、消防が入って消火活動中だが…』

「……しゅ…に、んたちは…」

『…全員、中にいた。安否確認は取れていない』

　それはつまり、どういうことなのか。重ねて聞くことは出来なかった。若槻の声を聞いた瞬間、噴出するように胸の内を埋め尽くした不安の正体が分かる。本能的に悲報を察し、だから…。

　信じられない気持ちと、信じたくない気持ちが鬩《せめ》ぎ合う中、佐竹はゆっくり隣を見た。月岡が自分を見ている。忙しなく動く視線は捉えられなかったが、自分を見ていると確信出来る彼の仕草は、何が起こったのかを分かっているのだと思えた。

　家宅捜索で何が起こるか、分かっていたのだ。月岡は。

「っ…」

　頭の中で言葉が繋がると同時に、佐竹は月岡に摑みかかっていた。無抵抗の月岡の首を腕で締め上げ、咆哮《ほうこう》にも似た叫び声を上げる。

「な…んでっ…!?　お前っ…分かってたんだろうっ…!!」

「佐竹!」

　電話で話している時から、佐竹の異変を江東は察していた。様子を窺うように見ていた佐竹が月岡に摑みかかるのを制しながら、運転手役の刑事にサイレンを鳴らして中野北署まで急行するように指示する。けたたましいサイレンが鳴り響く中でも、佐竹は月岡に摑みかかるのをやめなかった。

「っ…佐竹！　落ち着け！　どうしたんだっ…⁉」

揉《も》み合っている二人の間に入り、硬直している月岡を保護しようとする江東を、佐竹はきついまなざしで睨むように見た。その眦《まなじり》が涙で濡れているのを見つけた江東は、はっと息を吞む。自分の想像以上の凶報がもたらされたのではないかと察して動きを止める江東に、佐竹は若槻から入った連絡を伝えた。

「月岡の…アパートで爆発が、起きたそうです…。主任たちの…安否確認が取れないって…管理官が…」

「……」

やっぱりという思いで息を吸い込んだ江東が月岡を見ると、佐竹を避けるように身体を斜めにした彼は顔を俯かせたまま、視線だけを動かしていた。こいつが…。佐竹が絞り出した声がサイレン音に混じって緊張した車内に響く。中野北署です…と到着を告げる運転手の声が乾いて聞こえた。

中野北署には月岡の逮捕を聞きつけたマスコミ各社が集まって来ており、騒然とした雰囲気が漂っていた。サイレンを消した捜査車両は正面玄関ではなく、立ち入りを制限した裏口から入り、大勢の特捜本部関係者が出迎えた。江東と佐竹は車を降りると、月岡を本部の捜査員に任せて、中野北署を出た。通りで拾ったタクシーに乗り込み、板橋へ向かう。

車に乗るとすぐに、先ほど、途中で通話を切ってしまっていた若槻に電話をかけ直した。コール音なしに通話状態になり、はい…と返事をした若槻に、板橋に向かっていると告げる。

「月岡をお願いします。…主任たちとは…」

『まだだ』

短い返事には様々な思いが込められているように感じ、佐竹は「また連絡します」とだけ言って通話を切った。いつもなら「どうだい？」と聞いて来る江東も、何も言わない。やりきれない思いでいっぱいで、呼吸も出来なくなる。硬く握りしめた拳で自分の腿《もも》を叩き、痛切な後悔を吐き出した。

「……俺の…せいです」

「…佐竹」

「俺が……早まったから……」

「早まったなんてことはないよ。お前は間違ってない」

　悪いのはあいつだ。掠れた声で言い、江東は佐竹の拳を包むように手を重ねる。ぐっと力を込め、「間違ってない」と繰り返す江東の言葉は、佐竹を思いやるものでも、その心には届かなかった。

　考えれば考えるほど、自分のせいだと思えた。自分が月岡を見つけてしまったから。「分かった」なんていうのは傲慢だった。

　自分のせいで……。


板橋区上板橋《かみいたばし》に月岡のアパートはあった。江東はタクシーの運転手にその住所を告げたのだが、手前で消防によって車両の立ち入りが制限されており、現場近くまで行くことは出来なかった。支払いを済ませて車を降り、アパートを目指して駆ける。その間にも焦臭い臭いが漂って来ており、不穏な雰囲気に付近一帯が包まれていた。

　非常線を挟んで野次馬《やじうま》と対峙《たいじ》している制服警官に身分証を示して中へ入った。場所は何処かと聞くと、真《ま》っ直《す》ぐ行った突き当たりを左に折れてすぐだと言う。多くの消防車やPC、救急車といった緊急車両が道を塞ぐように駐車しており、それらをかいくぐって駆けて行くと、炎に包まれている建物が目に飛び込んで来た。

「っ…！」

　全身の毛が逆立つよう感じ、足を速める。そのまま燃え上がっている建物へ入って行こうとした佐竹は、消火活動を行っている消防官に制止された。

「危ないから下がっていて下さい！」

「中の…、中の人は…っ…!?　救助されたんですかっ…⁉」

「分かりません！　現在、消火活動中ですから！」

消防官が強く止めるのも無理はない火の勢いだ。江東も佐竹を背後から引き留め、下がっていようと必死で諭す。

「やめないか、佐竹！　向こうへ行こう」

「でもっ…主任が…っ…平沼さんが…っ…土肥さんが…っ…」

中にいるんです！　と叫んで江東の手を振り払おうとした佐竹は、反対側から別の手に肩を掴まれて動けなくなった。それが誰の手なのか、確認する間もなく、力尽くで後方へと引き戻される。

自分を拘束した相手を険相で振り返った佐竹は、自分以上の厳しい表情を目《ま》の当たりにした。

「今は無理だ」

「き…んだ…いちさん…」

江東の手助けをしたのは金田一《きんだいち》で、その後ろには中根《なかね》の姿もあった。二人の表情は揃って沈痛なものだった。動きを止めた佐竹から手を離した江東は、金田一に「よかった」と声をかけた。

「主任たちと一緒かと…」

「偶々、別の現場に呼ばれていて…手が放せなかったんです。…うちの大西《おおにし》と、高野《たかの》と小松《こまつ》が……まだ中にいるはずです」

燃えている建物をじっと睨んで言う金田一の顔には強い後悔が滲んでいた。同僚が中にいると言うのを聞き、江東は眉を顰めて「そうか」と相槌を打つ。消防隊員たちが懸命の消火活動を行っているが、誰の目にも絶望的な状況であるのが明らかだった。

佐竹はその場に膝をつき、項垂《うなだ》れる。市場を、平沼を、土肥を…。他にも巻き込まれている捜査員の命を奪ったのは…自分だ。自分さえ…あの時、月岡に気づかなかったら。

こんなことにはならなかったかもしれないのに。

「…すみません…」

俺のせいです。佐竹が吐き出した言葉は喧噪《けんそう》の中でもそれぞれの耳に届き、痛切な響きを伴って記憶に刻まれた。

消防隊員によって火災が鎮圧された後、現場で見つかった遺体が順番に運び出された。月岡の自宅に仕掛けられていた爆発物の威力は大きく、どの遺体にも火災による熱傷以外の損傷が見られた。江東や金田一、中根と共に現場で遺体を確認しながら、佐竹は自分を責め続けていた。

市場、平沼、土肥、そして、家宅捜索に加わっていた鴨下係長までも亡くなり、鑑識課からは金田一たちの同僚が三名、応援に来ていた機捜の二名、計九名が亡くなった。それ以外にも谷川《たにがわ》班の二名、所轄署の捜査員など、五名が重軽傷を負った。

生き残った捜査員たちの証言によると、2Kの部屋を捜索している最中、パソコンを押収しようと鑑識課の人間がそれを動かした瞬間、爆発が起きたという。月岡が万が一に備え、証拠隠滅を図る為に爆発物を仕掛けていたのは間違いなかった。

山梨の市川南署から中野北署に移送された月岡に、若槻管理官が直々で取り調べを行ったが、相変わらず、俯いたまま視線を動かしているだけで、問いかけに対する返答は全くと言っていいほど、得られなかった。それでも、五人を殺害したのを認めるのかという質問には頷いてみせる。その態度は警察を軽視しているというよりも、先天的な狂気が混じっているのが明らかなように見えた。

市場たちの遺体は監察医務院へ運ばれ、検視が済まされた後、遺族へ引き渡された。損傷が激しい為に遺体保管袋に包まれたままの遺体は、遺族にとっては悲劇を塗り重ねるようなものだった。

その場に立ち会った佐竹は、自分にとって親しかった人たちの家族を初めて目にした。鴨下の妻と息子。市場の妻と二人の娘。平沼の妻。鹿児島《かごしま》から駆けつけた土肥の両親と、つき合っていた笠井。誰もが話には聞いていて、こんな形で顔を合わせるとは思ってもいなかった相手だった。現場で遺体を確認した時よりも更に辛《つら》い気持ちを味わいながら、家族が遺体を引き取っていくのを見送り、佐竹が江東と共に中野北署に戻ったのは、月岡を山梨から移送した翌日の夜のことだった。

死者九名、重軽傷者五名を出すことになった大惨事は、その現場が都内を震撼《しんかん》させていた連続殺人事件の被疑者の自宅であることも合わせて、センセーショナルに報道されていた。月岡が留置されている中野北署には二十四時間態勢でマスコミが張り付いており、佐竹たちはその目を避けて裏口から署内へ入った。すぐにでも月岡の取り調べにかかりたかったが、若槻に別室へ呼ばれ、不本意な命令を言い渡された。

「月岡の取り調べは六係が主導して行うことになった。お前たちは自宅へ戻り、しばらく休養を取れ」

「どういうことですか？　月岡のヤマを追って来たのも、逮捕したのも俺たちです。納得出来ません」

「…私怨が混じるから、と？」

憤慨して若槻に突っかかる佐竹の横から、江東は静かに尋ねる。若槻は一気に皺が深くなったように感じる顔を顰め、重々しく頷いた。

「お前たちだけじゃない。谷川たちも外すことに決めた。事情が事情だ。冷静な判断が出来るとは思えない」

「出来ます。月岡の取り調べをやらせて下さい」

「お前に出来るわけがないだろう！　俺だってぶん殴りそうになったんだぞ？」

食い下がる佐竹を若槻は恫喝《どうかつ》するような低い声で切り捨てる。佐竹が「でも」と続けようとするのを、江東が止める。若槻の立場も考えなきゃいけないと冷静に諭す江東に、佐竹は反論を向けかけたが、どうにもならない言い合いだと考え、口を閉じた。

残された者同士で争っても不毛なだけだ。頭に浮かんだ「残された」という言葉を振り切るように緩く首を振り、佐竹は若槻に伝言を伝えた。

「…あいつを…こっちへ移送する車に乗せる前に、気になることを呟きました。『まだ五人だったのに』と」

「やっぱり、もっと殺すつもりだったっていうことか」

月岡の犯行は規則性のあるもので、犯人を確保出来なければ、同じような被害がまだ続くかもしれないと特捜本部でも考えられていた。それを裏付けるような証言をしていたと告げる佐竹に、若槻は渋面で「分かった」と頷く。

「取り調べをしている担当に伝える」

「何か話したんですか？」

「雑談にも応じない状況だ。ただ、殺害したのかと聞くと、頷いてみせる。明日の午後には送検して…地検は勾留《こうりゅう》を認めるだろうが、物的証拠を出せとせっついて来るに違いない」

「厳しいですね。現場には月岡が犯人だと示す証拠は何一つなかった。何かしらあると期待した自宅はあれだ」

江東の言葉に、若槻は眉を顰めたまま同意する。だが、どちらにせよ、月岡の罪状は決まっていると言う声は吐き捨てるようなものだった。

「万が一、連続殺人事件の方で有罪に出来なかったとしても、自宅に爆発物を仕掛け、捜査員を殺害した罪には確実に問える。間違いなく…極刑だ」

若槻がきっぱりと言い切った時、彼の携帯が鳴り始めた。ポケットから取り出した携帯の着信相手を見ながら、二人に自宅へ帰るよう念を押す。

「…とにかく、二人とも一度帰って、今夜は休め」

分かったな…と言い、若槻は携帯のボタンを押すと、話しながら部屋を出て行った。ふて腐れているというよりも、苦々しい思いが前面に出た表情で、若槻が出て行ったドアを睨んでいた佐竹に、江東は理解するよう促す。

「管理官の判断は仕方のないものだよ。彼も辛いのは同じだ」

「…分かってます」

頭では理解出来ても、心がとても追いつかない。若槻には帰れと言われたが、到底、帰る気分にはなれなくて、佐竹はしばらく本部に残ると江東に告げた。江東もつき合うと言い、二人で会議室を出ようとすると、江東の名を呼ぶ声がした。佐竹にも聞き覚えのある声で、振り返れば谷川が手を挙げて近づいて来るのが見えた。

谷川は佐竹と江東を会議室へ戻らせ、自身も部屋の中へ入る。月岡の自宅の家宅捜索には、谷川班の二名も加わっており、重症を負っている。中野北署で移送されてくる月岡を待っていた谷川は難を逃れた。監察医務院で一度顔を合わせたが、ろくな話も出来ないままでいた。

「どうだい？　五十嵐《いがらし》と北村《きたむら》は」

「まだＩＣＵ《集中治療室》から出られないようですが、容態は安定しています」

重症で入院している捜査員を気遣い、心配そうに尋ねる江東に、谷川は厳しい表情で答える。若槻からの指示を聞いたかと尋ねる谷川に、佐竹が溜め息交じりに答えた。

「取り調べは六係が担当するって…さっき」

「俺は結局、月岡って奴を見ないまま、板橋へ向かったんだが…一体、どんな奴なんだ？　六係の話では取り調べにもほとんど応じてないって話だが…」

「向こうでも五人を殺したことを突然自白して、それ以外の具体的な話は一切していません。現場にも証拠は残されていませんし、家宅捜索で何か出れば…と」

思っていたんですが…と、佐竹は最後までは続けられなかった。唐突に言葉を切って動きを止める佐竹を、江東と谷川は眉を顰めて見る。二人の視線に気づき、慌てて息を吐いた佐竹は、「すみません」と詫びた。

「…大丈夫か？」

谷川から気遣いを受けた佐竹は、再度「すみません」と言い、軽く頭を下げる。これでは冷静な対応を疑われるのも無理はないと、自分でも分かって厭になる。俯いて頭を掻く佐竹を見ながら、谷川は少し休んだらどうかと勧めた。

「山梨まで行って来た疲れもあるだろう」

「…平気です」

首を横に振る佐竹には頑《かたく》なな態度が見られ、谷川は江東と顔を見合わせた。佐竹を説得するのは難しいと考えていた江東は、谷川に捜査状況に関する情報は入って来ているかと尋ねる。

「板橋の現場検証はどれくらい進んでるんだろう？あっちも六係が担当してるのかい？」

「いえ。あちらは三係が担当になりました。何分、捜査員が九名も亡くなった案件ですから。上層部が直接指揮を執り、本庁を挙げてという態勢になるようです。…葬儀の方については聞きましたか？」

少し声のトーンを落とす谷川に、江東は神妙な顔つきになって「ああ」と頷いた。合同葬儀になるって話かい…と確認する江東に、谷川は頷く。二人が誰の葬儀について話しているのかは分かっていたが、現実感が伴わず、佐竹は手洗いに行くと言って席を外した。


用を足したかったわけではなく、トイレに入ってすぐに手洗い場へ向かい、冷たい水で顔を洗った。濡れたままの顔を上げれば、鏡に疲れの目立つ自分が映っている。簡素な鏡をぼんやり見ていると、月岡の顔が奥から染み出て来るような錯覚がして、大きく息を吐いてから目を背けた。

どうして月岡は自宅に爆発物を仕掛けていたのか。証拠が見つかるのを恐れたから？　だとしても、九名もの命を奪うような爆発を起こす必要があったのか。延々と続く疑問に答えはなく、佐竹はぶるぶると頭を振って顔についた水滴を落とすと、洗面所を出た。

江東と谷川が待つ会議室に戻る気力が湧かず、佐竹は一人で中野北署を出た。戻れば葬儀の話に加わらなくてはいけない。江東も谷川も自分と同じように哀《かな》しんでいるのを知っている。それでも、生きている限り、前を向いて対応していかなきゃいけない。それが大人であり、残された者の務めだ。

頭ではそう分かっているのに、どうにも出来なくて、佐竹はせめてと思い、本庁へ向かった。月岡の取り調べだけでなく、爆発の起きた自宅についての捜査にも携わっていない佐竹は、情報を得る為に金田一を頼ろうとしたのだが、彼も中根も出払っていた。

金田一たちがいないのは半ば予想していたので、そのまま科捜研《かそうけん》の猿渡《さるわたり》の元へ向かった。内勤である猿渡は自室におり、佐竹を複雑な表情で出迎えた。

「…大変だったな。顔色が悪いぞ。少し休んだ方がいいんじゃないのか」

「大丈夫です。それより、月岡の自宅から何か出たかどうか、分かりますか？」

笑みのない硬い顔つきで聞く佐竹を、猿渡はしばし見返した後、奥へ行くように促した。佐竹が座るのを確認して、コーヒーを入れる用意をする。コーヒーメーカーのスウィッチを押し、マグカップを二つ用意してから、佐竹の元へ戻った。

「現場は見てるんだよな？」

「はい」

「だったら分かると思うが…爆発の上に火災で、証拠品として使えるようなものは殆ど残っちゃいない。現時点での推測だが、最初にラップトップタイプのパソコンに仕掛けられていた爆発物が爆発し、それに連動するように室内の別の場所に仕掛けられていた爆発物が、少なくとも二カ所で爆発したとみている。どういう爆発物が使われたのかについては特定中だ。月岡ってのは清掃員だって？」

「みたいです」

月岡の自宅で起きた惨事の捜査と並行して、彼個人に関する調べも進んでいた。本人は沈黙したままだが、アパートの賃貸契約書などから月岡は清掃会社に契約社員として勤めていたことが分かっている。清掃員という仕事に爆発物は関わっていなそうだが…と、猿渡は難しい顔つきで呟いた。

「どういう手法で爆発物を作ったのかについても、自宅が捜索出来ていれば分かったかもしれないんだが…」

五人を殺害した証拠も、部屋に仕掛けた爆発物についての証拠も、全て失われてしまった。猿渡がセットしたコーヒーメーカーから香ばしい匂いが漂い始める。カチンという音を聞き、猿渡は立ち上がってコーヒーを入れに行った。

マグカップを両手に持ち佐竹の元へ戻ると、彼は厳しい表情で考え込んだままだった。猿渡は内心で溜め息を吐き、佐竹の傍にマグカップを置く。礼も言わずに、一点を見つめたままの佐竹に、猿渡は改めて休むように忠告した。

「昨夜は寝てないんだろう。そこのソファを使ってもいい。少し横になりなさい」

「…平気です」

「そうは見えないよ」

「……。俺のせいなんです」

低い声でそう告げた佐竹を、猿渡は眉を顰めて見た。自分の席に座り、「どういう意味だい？」と落ち着いた口調で尋ねる。

「俺が…あいつを…逮捕しなければ…、こんなことには…」

「それは違うだろう。犯人を逮捕するのは当たり前のことだ」

「…いえ…、俺のやり方が早計だったんです…」

苦々しげに歪んだ佐竹の顔には深い後悔が滲んでおり、猿渡はそれ以上、何も言えなかった。機器類が多くある猿渡の部屋は常にモーター音の類いが聞こえているのだが、佐竹の表情が生み出す重い沈黙が影響して、静寂の中にいるような錯覚が生まれていた。それを破ったのもまた佐竹で、ふいに立ち上がり「失礼します」と挨拶する。

「何かめぼしい情報が入ったら連絡下さい」

「ああ、それはもちろんだが…」

お願いしますと軽く頭を下げ、佐竹は出口へ向かう。猿渡はその後を追い、無理はするなとだけ声をかけた。事情が事情だ。佐竹がショックを受けているのも無理はなく、今はどんな言葉も受け付けないだろうと考えた。

猿渡の元を出た佐竹は、中野北署へ戻ろうと考えたのだが、どうしても足が向かなかった。江東が心配しているかもしれない。急に姿を消したのを詫びて、猿渡から聞いた捜査状況を伝えなくてはいけない。市場たちの葬儀についても話を聞かなきゃいけないし、月岡の取り調べがどうなっているのかについても…。

「……」

月岡のことを考えただけで、ふっと息が詰まる。忙しなく動く視線を思い出すと、それが頭から消えなくなって息苦しさを感じた。月岡は自分のしたことの意味が分かっているだろうか。自分が奪った命の重さを分かっているだろうか。

虚《むな》しい疑問に囚《とら》われ、身動きが出来なくなる。月岡について考えるごとに、自分が少しずつ、普通でなくなっていくような感覚に襲われていた。このまま…本部に戻っても、皆に心配をかけるだけだ。そう思い、佐竹は桜田門《さくらだもん》の駅から地下鉄に乗った。

梁山泊以外に、行き先を思いつかなかった。寮に戻れば誰かに会って話をしなくてはいけなくなる。梁山泊でも人に会う可能性はあるが、億劫《おっくう》には思わない。新富町《しんとみちょう》の駅から築地の梁山泊へ向かった佐竹は、離れの出入り口から中へ入った。玄関の鍵は開いていたが、人の気配はなく、そのまま二階へ上がる。

寝室にも高御堂の姿はなかった。留守なのか。けれど、門が開いていたから、店の方にいるのかもしれないと考えながらバスルームに入る。洗面台に向かいレバーを上げて水を勢いよく出し、じゃぶじゃぶと顔を洗った。何度も何度も、袖口が濡れるのも構わずに洗った後、濡れたまま顔を上げて鏡を見る。警察署の洗面所とは違う、大きな鏡に映る自分を見た佐竹は、同時に、そこに映っている高御堂を見つけて微かに目を眇めた。

「……」

夢中で顔を洗っていたせいか、高御堂が入って来たのにも気づいていなかった。鏡越しに見える高御堂には黒い「色」が纏わりついている。普段は見ないように意識的にコントロールしているが、感情が昂《たか》ぶっているせいか、高御堂の色が消せなかった。

そして、それはどうしても月岡の「色」を思い出させて、つい視線がきつくなる。睨むような佐竹の視線を高御堂は鏡越しに受け止め、ハンガーにかけられているタオルで顔を拭くように命じた。

「滴が垂れる。拭け」

「……」

高御堂はそれだけ言うとバスルームを出て行った。何が起きたのか、全て知っているだろうに、高御堂は気遣うような言葉を一切口にしなかった。佐竹は小さく息を吐き、タオルを摑み取って乱暴に顔を拭く。バスルームを出ると、寝室に高御堂の姿はなかった。一階に行ったのかと思い、佐竹も階段を下りる。高御堂はキッチンで食事の支度を始めていた。

「…何か食べるか？」

「いいです」

重ねて聞いて来ることはなく、冷蔵庫から食材を取り出したり、鍋を火にかけたり、準備を続ける。佐竹はカウンターに凭《もた》れかかって、その様子をぼんやり眺めていた。

鏡越しに見た高御堂の色は消えていた。高御堂はいつも通りで、こうしていると何も変わっていないように錯覚させられるからだろう。けれど、現実は違う。一つ、息をする。一秒、時間が進む。世界は刻々と変わり続けているけれど、市場たちの時は奪われてしまった。涙さえ流すことが出来ずに、強張った顔でいた市場の娘たちの姿がふいに浮かんで、ぐらりと世界が歪むように感じる。

続けて脳裏に出て来るのは、月岡の目だ。誰とも視線を合わせることなく、ぐるぐると動く眼球。どうして月岡は五人もの女性を殺したのか。どうして市場たちの命を奪ったりしたのか。答えのない問いが月岡の顔や目と一緒になって頭の中を回り続ける。

最後に聞いた市場の声を朧気《おぼろげ》にしか覚えていない。まさか今生《こんじょう》の別れになるなどと、思ってもいなかったから意識して聞いたりはしなかった。確か…市場は祝杯をあげようと言っていた。今度こそ、うまい酒が飲みたいと。市場班は一年以上、月岡を追っていて、その間、煮え湯も飲まされた。絶対に逮捕してやると全員が誓って、ひたむきな努力を続けて来た。

市場だけじゃない。平沼も、土肥も。鴨下も。犯人逮捕に安堵《あんど》し、これで長かった捜査にピリオドが打てると喜んでいた筈だ。土肥にとっては雪辱を果たしたことにもなる。ありがとう…とらしくなく、自分に礼を言った土肥の声が蘇《よみがえ》って来る。

「……」

ふいに鼻の奥がつんとして、涙が流れそうな感覚に襲われたが、滴が零《こぼ》れるまでには至らなかった。哀しいのに泣けないのは、怒りが大き過ぎるせいだ。仕方ないと諦められる死じゃない。時が経つほどに大きくなっていく憤りは、持って行き場のないもので、内側から全てを埋め尽くされてしまいそうだった。

カウンターに凭れて高御堂を見ているつもりだった佐竹は、唐突に視界を塞がれたような気になって、小さく身体を震わせる。自分の視点が合っていなかったのに気づき、改めて見直せば、高御堂が目の前に立っていた。

「……」

物言いたげな顔でいる高御堂に、「どうしたんですか？」と何気なく問いかけることは出来なかった。眼鏡の奥に見える、怜悧《れいり》な輝きを湛《たた》えた目は、全てを見抜いているように思える。微かに眉を顰めた佐竹に、高御堂は無表情のまま、静かに尋ねた。

「何を考えてる？」

そう聞きながらも、高御堂は自分の考えを全て分かっているのだと思えた。息を長く吐き、緩く首を振る。何も。掠れた声で答えた後、佐竹は暇《いとま》を告げた。

「…帰ります」

高御堂は引き留めず、佐竹は居間を通って玄関へ向かった。靴を履いていると廊下を歩く足音が聞こえ、振り返る。キッチンから出て来た高御堂は上がり框の手前で立ち止まり、無言で佐竹を見ていた。

高御堂が見送りに出て来るのは珍しい。自分を気遣っているのか。それとも…止めようとしているのか。後者だと分かっていたけれど、佐竹は敢えて何も言わず、小さく一礼して玄関を出た。高御堂の声は聞こえず、ただ、背中に注がれる視線の強さだけを感じていた。

梁山泊にいたのは短い時間だったが、目的を果たせた気分だった。高御堂に会って、言葉には出来ない、感覚的な何かを確認出来たという実感が得られたからなのかもしれない。高御堂はきっと分かっている。そして、何が起きても…同じ顔で自分を迎えてくれるだろう。根拠のない自信は甘えと呼ぶべきものか。だが、高御堂に拒絶されたとしても、当たり前のことだから、諦められる。

自分は刑事で、高御堂はヤクザだ。最初から棲《す》む世界が違う。

違う筈なのに…。

築地から中野北署へ戻った佐竹は、ふいに姿を消したことを江東に詫び、本庁で猿渡から聞いた捜査情報を伝えた。既に深夜近くなり、月岡の取り調べも休止されていた。

「昔は夜を徹してやったもんだけどねえ。あいつに配慮すべき人権なんか、ない気もするけど」

吐き捨てるように言い、江東は佐竹に寮へ帰らないのかと聞く。佐竹が同じ質問を返すと、江東は疲れの滲んだ顔を顰めた。

「帰ったところで落ち着いて寝られるとは思えなくてね。明日、月岡が送検されるまではいようかと。何もさせては貰えないけどね」

「俺もです」

同意見だと頷き、佐竹は顔を洗って来ると言い、洗面所へ向かう。冷たい水で顔を洗って鏡を見ると、梁山泊で鏡越しに見た高御堂の姿が思い出された。豪華なバスルームとは全く違う、簡素な鏡に映る自分を冷静に見つめる。未来永劫《えいごう》、死ぬまでつきまとわれることになる。そう分かっているのに、自分を納得させられる言葉が見つからなかった。

江東のいる大会議室に戻ると、彼は机に突っ伏して寝ていた。寝ていても顔色が悪いのが分かって、帰るように強く勧めるべきだったかと後悔する。だが、自分と同じやり場のない憤りを抱いている江東が、他に落ち着ける場所がないというのも理解出来た。

江東の寝顔を見ながら、市場班に来てからのことを一つ一つ思い出して考えた。二年弱という、今になって思えば短い期間に、とてつもなく多くのことを学んだ。最初は体育会系の雰囲気に馴染めないかもと訝しんだが、市場だけでなく、全員が「仲間」であるという意識がどんなものかを教えてくれた。相手を思うこと、思われること。

市場は自分を愚かだと責めるに違いない。江東を哀しませるとも分かっている。どんなにマイナスを挙げ連ねても変わることのない決意を見つめながら、佐竹は夜が明けるのを静かに待っていた。

五名の女性を殺害した連続殺人犯の逮捕に続き、その自宅が爆発し、捜査員九名が死亡するという大惨事が起き、マスコミは連日、月岡秀三についてのニュースを大々的に報道していた。月岡が東京地検へ移送されるその日も、大勢の報道関係者が中野北署に詰めかけて来ていた。

月岡を乗せた護送車は午後一時に中野北署を出て、東京地検へ向かった。地検前にも大勢の報道陣が待ち構え、空にはヘリコプターも飛び交い、月岡の姿を撮ろうとするカメラマンたちがシャッターを切る。生中継をするテレビ局のリポーターの姿がそこかしこに見える中、護送車が敷地内へ入ってしまうと、騒然とした雰囲気はいったん落ち着いた。

月岡が検事からの取り調べを終え、中野北署へ移送される時に、再びシャッターチャンスが訪れる。そう考えていた報道陣は、その場で次の動きを待っていた。しかし、地検を出て来る月岡を撮ることは、誰もかなわなかった。

金田一の元に月岡が死んだらしいという一報が入ったのは、午後三時を過ぎた頃だった。

傷害致死事件の現場で、鑑識活動を行っていた金田一は、猿渡からの着信を不審に思って電話に出た。頼み事をした覚えはないし、仕事の用でなければ、夕方などにかかってくることが多い。三時過ぎという中途半端な時間に猿渡が電話をかけて来るのは、何かあったからだろうと考え、すぐにボタンを押した。

「…はい」

『俺だ。月岡の件、聞いたか？』

猿渡の声は低く抑えたもので、耳を澄ませないと聞こえないほどだった。特に、現場が線路沿いに建つアパートの一室で、窓を開け放してあったから余計だ。金田一は「え？」と聞き返しながら、場所を移動する。外廊下に出るとマシになり、もう一度話してくれるよう猿渡に頼んだ。

「すみません。よく聞こえなくて…何ですか？」

『月岡が死んだらしい』

「……え…？」

猿渡が報せてきた内容は俄《にわか》に理解しがたいもので、金田一は眉を顰めて聞き返す。月岡が東京地検へ移送される様子は各テレビ局がライブ中継しており、金田一も現場への移動途中にワンセグで確認していた。送検されたんじゃないんですか？　と聞く金田一に、猿渡は「それが…」と続ける。

『どうも…佐竹が……、撃ったらしいんだ』

「……」

佐竹が、月岡を撃った。耳にした事実を頭の中に並べた金田一は、猿渡は声を潜めているのではなく、緊張しているのだと思った。携帯を手にしていない右手をぐっと握りしめ、猿渡に入っている情報を詳しく教えてくれるよう頼む。

『うちの上に入った情報なんだが…地検の敷地に護送車が入って…月岡を建物内へ移動させようとしていたところ、逃亡を謀《はか》った奴を…佐竹が撃ったようだ。月岡は即死で、今、上層部が対応を協議中らしい』

「ちょ…っと、待って下さい。そもそも…どうしてあいつが、月岡の護送について行ってるんですか？」

『分からん。佐竹の携帯にかけてみたが繋がらないし…』

「…江東さんに聞いてみます」

江東なら佐竹の動向には詳しい筈だと考え、金田一は何か分かったら知らせると約束して猿渡との通話を切った。すぐに江東の番号へかけ、周囲を窺うようにして、現場を離れる。

呼び出し音がして間もなく、江東の声が聞こえた。猿渡と同じように緊張を孕《はら》んだ声は、佐竹の一件を聞いているのだろうと思われ、直接尋ねる。

「どういうことですか？」

『…聞いたのかい？』

「猿渡さんから連絡がありまして」

『俺にも…何がどうなっているのか、さっぱり分からないんだ。あいつとは…十時頃まで一緒にいたが、ふらりと姿を消して…。その内戻って来るだろうと思っていたが、月岡が移送される時間になっても現れないからおかしいなと思って…電話しても繋がらなかったんだ』

「…本当に…あいつが…？」

佐竹が月岡を撃ったのかと確認する金田一に、江東は「そのようだ」と答える。電話の向こうで江東がどんな顔をしているのか、金田一には容易に想像がついて、彼自身も渋面になった。事情を知っているだけに、佐竹の行動は偶然だとは思えず、疑いを消せなかった。

佐竹は…意志を持って、月岡を殺したのではないか。

「江東さん……」

『すまん。俺が……あいつを見張ってなかったから…』

「いや…そういうわけではないと思います。…あいつは…」

たぶん、最初から決めていたのだろう。市場たちを失くした、あの時から。佐竹の心情を考えると何も言えなくなり、金田一は言葉に詰まった。江東も何も言えずにいたが、誰かに呼ばれたらしく、また情報が入ったら知らせると告げる。金田一も現場を外れている身の上であるから、分かりましたと答えて通話を切った。

深々と息を吐いて、携帯を閉じた時だ。背後に人の気配を感じ、どきりとして振り返る。仏頂面で立っている中根を見て、同じ情報を聞いたのだと分かる。

「…聞いたか?」

「……」

無言で頷いた中根に、金田一は江東と電話していたのだと話す。江東は十時頃まで佐竹と一緒だったが、ふいにいなくなり、連絡が取れなくなったという説明を聞いた中根は、小さな溜め息を吐いてから金田一に対し、疑問を挙げ連ねた。

「どうして佐竹さんが月岡の護送車に乗ってたんですか? 担当外の筈ですよね。それに…拳銃を携帯していたというのも解せません。月岡が逃亡を謀ったというのもイメージと違います」

「…佐竹がわざと月岡を撃ったと言いたいのか?」

「……。そう考えれば納得が出来ます。佐竹さんには…そうするだけの理由があります」

淡々と言い切る中根に、金田一は苦笑した。心の中で思ったことは口に出来なかった。

俺も同じだ。あの日、月岡宅の家宅捜索に加われなかったのは偶然だった。どうしても抜けられない現場があって、仕方なく、同僚である大西に代打を頼んだ。それまで月岡関係の事件には全て一番乗りで顔を出していたから、ようやく挙がったホシの自宅で、証拠を探し出したいという気持ちはとても強かった。こっちが終わったらすぐに行く。そう言った金田一に、大西は大事件の被疑者宅を当たれるのは光栄だと言って、ゆっくりでいいぞと答えた。

燃えさかるアパートの前で、佐竹は「俺のせいだ」と言った。後悔の滲んだ言葉を聞きながら、金田一も同じことを考えていた。俺が代打を頼まなかったら…。俺が代わりに行ってくれと頼んだから…。

「……どういう経緯があるにせよ、月岡がこの世からいなくなったのは事実だ」

「……」

低い声で呟いた金田一に、中根は何も言わなかった。中根は感情の機微に乏しい男だが、親しい人間が一度に何人も死んでしまったことに、彼なりにショックを受けているのは分かっていた。携帯を握りしめ、立ち尽くしている中根に、金田一は「戻るぞ」と声をかける。佐竹が今後どうなるかは、自分たちには計り知れないことだ。あいつが自由の身になったらとっ捕まえて話を聞こう。そう言った金田一に、中根は溜め息交じりの相槌を打ち、仕事の残っている現場へ向かった。


検察庁の敷地内で逃亡を謀ろうとした月岡を制止しようとして、護送に当たっていた警察官が発砲。威嚇《いかく》射撃による銃弾が運悪く命中し、月岡は命を落とした。夕方になって、警視庁幹部が開いた緊急記者会見で発表された内容は日本中を三度驚かせた。五名の女性を殺し、自宅を爆発させて九名の捜査員の命を奪った凶悪犯が、警察官の発砲によって死亡するという、前代未聞の幕切れであった。

月岡に威嚇射撃した警察官については、年齢と階級のみしか発表されなかったが、それが佐竹であるのは、関係者の間では周知の事実となっていた。月岡へ発砲した後、佐竹はすぐに検察庁の一室へ隔離され、複数の人間から何度も事情聴取を受けた。その中で佐竹は誰に対しても、同じ説明を繰り返し続けた。

月岡が逃げようとしたので、止めるつもりで発砲した。当たるとは思わなかった。それ以外は口にせず、どうして護送車に同乗していたのか…など、肝心な問いかけに対しては沈黙を貫く佐竹の元を、若槻が訪ねたのは深夜を過ぎた頃だった。若槻はすぐにでも佐竹に会わせてくれるよう上層部に掛け合っていたのだが、現場となった検察庁関係者や、監察官室の思惑が絡み、なかなか面会が許されなかった。

ようやく許可が下り、若槻が訪ねた検察庁の一室は机に椅子が二つ置かれているだけの簡素な部屋だった。細い窓が二つ並んだ壁面を背中にして座っている佐竹を一瞥《いちべつ》し、若槻は監視役として室内に置かれていた警備員を外へ出す。二人になると、部屋中に響くような大きな溜め息を吐いた。

「……」

どういうつもりだ…と聞こうとした若槻は、苦い気持ちで問いかけるのをやめた。佐竹が月岡を撃ったのは偶然が重なってのことではないと、重々分かっていた。上層部はともかく、捜一《そういち》で月岡事件の現場に携わった人間なら、誰もが佐竹の気持ちを理解するだろう。

だが、社会的には到底理解の及ばない行動でもある。若槻は低く抑えた声で、佐竹が繰り返している供述を口にした。

「月岡が逃走しようとしたから、お前は威嚇射撃をした。それが真実でいいな?」

「……」

視線を背けて俯いていた佐竹は、確認する若槻の顔を見る。憮然《ぶぜん》とした表情を真っ直ぐに見据え、しばし考えた後、小さく頷いた。

佐竹の反応を見た若槻は「分かった」と答え難しい顔のまま腕組みをする。佐竹との面会を求めたのは、改めて経緯を説明させる為でも、詫びさせる為でもなく、純粋に佐竹の身が心配だったからだ。

山梨に行き、月岡を逮捕し、東京へ戻って来てからほとんど寝ていないに違いない。クマの浮かんだやつれた顔を観察しながら、若槻は無愛想な口調で「大丈夫か?」と聞く。

佐竹は再び頷いた後、掠れた声で「すみません」と詫びた。

「迷惑を…かけます」

「その辺りの自覚はあるのか」

「……」

「市場なら…なんて言っただろうな」

顰めっ面で呟く若槻に、佐竹は何も言わなかった。

達観しているようにも見える表情から、佐竹が相当の覚悟を持って行動に移したのだと分かる。市場たちの死後、佐竹を気遣ってやれなかったのを悔やみながらも、自分が何を言ったところで意志を変えなかっただろうとも思う。若槻は今は何も言うべきではないと考え、事務的な内容に話を切り替えた。

「…現在、うちの上と検察庁が協議中だが、恐らく、お前の行動は適正な職務遂行だったと認める方向で話は片付くはずだ。近々にお前の身柄もこっちへ移動させる。ただ、拘束が解けてもしばらくは自宅謹慎だぞ」

「……はい」

「その後は……」

どういう処分が下されるか、俺にも想像がつかないと若槻は苦々しい表情で言った。佐竹自身、これまで通りにいくとは思っておらず、「分かってます」と落ち着いた口調で返す。疲れは目立つものの、動揺などは見られない佐竹の様子を、若槻は複雑な気分で見て、食事と睡眠はきちんと取るように言い残す。去り際、らしくなく丁寧に頭を下げる佐竹を眇めた目で見て、静かな部屋をあとにした。


翌朝、事件直後の警察発表では伏せられていた佐竹の個人名と顔写真が、ニュースで一斉に報じられた。佐竹の行為が警察官の行動として適正であったかどうか、報道番組では大きく取り上げられ、佐竹は一躍時の人となったわけだが、検察庁の一室に閉じ込められたままの本人には世間の騒ぎは全く伝わっていなかった。

その日、夜も更けた頃に佐竹は密かに検察庁を出され、警視庁へ身柄を移された。対応が決まるまでの間、留置施設の中でも隔離された特別な一室で過ごすことになり、そのまま次の朝を迎えた。事情聴取に訪れる人間もなく、ただ、時が過ぎゆくのを眺めていた佐竹の元を、午後になって江東が訪ねた。

制服姿の江東が部屋に入って来るのを見た瞬間、佐竹は顔を強張らせた。いつもは普通のスーツを着ている江東が、制服を着ている理由はすぐに分かった。座っていた佐竹が立ち上がろうとするのを止め、江東はその前の椅子を引いて腰掛ける。

「ちゃんと食べてるかい？」

「……」

「お前は偏食だから。こういう環境は辛いだろう」

普通の言葉をかけてくれる江東に申し訳ない気分で、佐竹は座ったまま深々と頭を下げる。色々な思いを込め、「すみませんでした」と詫びる佐竹を、江東はじっと見つめたまま、何も言わなかった。

月岡を撃ったあの日。江東には何も言わずに姿を消した。自分の決意に気づいていなかっただろう江東にとって、その後の知らせは驚天動地だったに違いない。言葉にならない申し訳なさを胸に抱き、頭を下げたままの佐竹に、江東はしばらくして首を横に振った。

「…謝らなきゃいけないのは俺の方だろう」

「……」

「お前を止められなかった。…主任に叱られるよ」

ぽつりと付け加えられた言葉が重く響く。若槻に市場の名を出された時も辛く感じられたが、江東のそれはもっと厳しかった。視線を落としたまま眉を顰める佐竹を見て、江東は本題である用件を切り出す。

「今日は主任たちの通夜で、明日が告別式なんだ。お前が会場に入るのは騒ぎになる可能性が高いから難しいが、車で入ってその中から参らないか。若槻管理官がその許可を…」

江東が制服を着ているのは葬儀に参列する為だとすぐに分かった。日程的にもそろそろだと思っていた。佐竹は深く息を吸い、目を硬く閉じて首を横に振る。自分に主任たちを参る資格はないとはっきり言い切る佐竹を、江東は説得しようとしたのだが、強い口調で遮られる。

「俺は…月岡がどうしてあんな事件を起こしたのか…、最後まで捜査することが出来ませんでした。五人の被害者の遺族には心から申し訳ないと思っています。それに、結果として…主任たちの遺志を引き継げなかったんですから…皆、怒ってると思います。…主任も…係長も、平沼さんも、土肥さんも…。皆、誇りを持って捜一で刑事やってた人たちですから。自分たちがあんな目に遭っても…被害者の方のことを…優先して考えてると思うんです…」

「佐竹…」

だから、自分は葬儀に行くことは出来ないと言う佐竹を、江東は何とか翻意させようと試みたものの、かなわなかった。佐竹の考えは変わらず、江東は仕方なく、自分が代わりに参って来ると言い、席を立つ。佐竹も立ち上がり、江東に向かって深く頭を下げた。

「…何か伝えたいことはあるかい？」

部屋を出ようとした江東がドアノブに手をかけて振り返る。市場たちへの伝言を聞く江東に、佐竹は首を横に振ってないと答えた。江東は小さく苦笑して外へ出て行く。ドアが閉まり、江東の姿が見えなくなった後、伝えたい言葉があるとするなら、礼だと思った。

こんな自分を仲間として受け入れてくれた礼。警視庁の花形部署と言われる捜一に配属され、市場班の一員となった時、自分は本当にやっていけるのだろうかという不安を抱いていた。仕事への情熱はあったし、刑事としての能力にもそれなりの自信はあったが、人間関係を築くのは苦手だった。ドライな…浅い関係なら何とかなるかもしれないと思っていたのに、市場班のカラーは真逆だった。

自分だけでなく、市場も江東も、平沼も土肥も。自分のような人間に戸惑いを覚えていたに違いない。それでも互いの間に信頼を作りあげるのには、着実に月日を重ねることしかないのだと、時間と手間を惜しまずに教えてくれた。初めて居場所を得たという意識が芽生え、「仲間」という言葉を自分も使ってもいいのだと思えた。

なのに、警察官としてだけでなく、人間としても許されない真似《まね》だと分かっていながら、自分を抑え切れなかった。認めたくなくて、目を背けてきた事実が頭上に落ちて来ている。自分には忌まれるべき、資質がある。小さく吐いた息は、仄《ほの》かに見える曇った心の底へ落ちていった。

佐竹が留め置かれていた一室を出たのはそれから一週間ほど後のことだった。捜査に戻ることは許されず、連絡があるまで自宅謹慎を命じられた。その際、遠回しに辞職の意志があるかという確認も受けたが、きっぱりと辞めるつもりはないと答えた。

自宅へ帰るように言われても、独身寮の一室に戻る気には到底なれなかった。暮らしているのは警察関係者ばかりで、全員が事情を知っている。腫れ物に触るような扱いを受けるのはごめんだった。しかし、寮にいなければ問題視されるのも分かっていて、しばらく知り合いの家に身を寄せるつもりだという申告をした。

新富町の駅から築地へ向かいながら、他に行き先はないだろうかと考えてみたものの、何も浮かばなかった。月岡を殺す前、梁山泊を訪ねて高御堂に会った時、彼は何もかもを分かっている様子だった。ニュースで事件については知っただろうが、高御堂はどう思っているだろう。さすがにいつも通りというわけにはいかないかもしれない。

とりとめもないことをつらつら考えながら歩いていると、背後から「ちょっと」という声がした。聞き覚えのある声に驚いて振り返れば、少し離れたところに険しい表情を浮かべた水本《みずもと》が立っていた。

「……」

その顔を見ただけで、水本が何もかも知っているのだと分かった。ニュースで顔写真と実名が報道されたので行動には特に注意するよう、忠告も受けている。どういう対応をしたらいいのか分からず戸惑っていると、水本が小走りに駆け寄って来た。

「大丈夫？」

目の前まで来た水本は小声で心配そうに聞いた。拒絶される可能性は考えたが、心配されるとは思ってもおらず、佐竹は少し間を置いて頷く。水本は眉を顰めたまま佐竹の顔をじっと見つめ、痩せたと指摘する。

「食べてないんじゃないの?」

「あー…いや…、食事はちゃんと…」

普段の生活よりもずっとマシなものを、規則的にとる機会はあったのだが、食べられないものも多くて摂取カロリーは少なくなっていたのだろう。食べてたつもり…という返事は語尾が消えてなくなり、困った気分で頭を掻く。そんな佐竹を見ながら水本は小さく息を吐き、梁山泊を訪ねて来たのかと確認した。

「まあ……そんなとこ、です。…水本さんは…これから?」

頷く水本は梁山泊の中で見かける着物姿とは違い、ショート丈のコート、ミニスカートにブーツという出で立ちだ。その格好を見て、水本の年齢が自分よりも若いのではと初めて気づいた。

「…もしかして…水本さんって、若い…?」

「もしかしてっていうのは失礼じゃない? 二十五」

「えっ。俺より若いんだ?」

「幾つ?」

二十七…と答える佐竹に、今度は水本が驚いてみせた。年上にはとても見えないと怪訝そうに言われ、複雑な気分で首を傾げる。確かに、顔つきが若いせいで職業柄、不利になることも多い。だが、それももう関係ないかもしれないというネガティブな考えがふっと浮かび、佐竹は心の中で溜め息を吐いた。

「同じ年くらいかと思ってた。それも驚きだけど…あんたが刑事だったってのは…もっと驚いたわ」

「……」

やはり水本は全て知っているのだと分かり、年齢の話で少し緩んだ心が緊張を取り戻す。佐竹が顔を強張らせるのに気づいた水本は、慌てたように「ごめん」と詫びた。大変だったんだよね…と気遣われた佐竹は、首を横に振った。

水本に余計な心配をかけないよう、普通に答えたいのに声が出ない。大したことじゃない。大丈夫。そんな一言でいいのに……一言さえも出せない自分は、色々な意味で相当に傷ついているのだと分かり、愕然《がくぜん》とした気分になる。

警視庁の一室で過ごしている間、考える時間はたっぷりあった。どんなに考えても、自分のしたことが間違いだったとは思えなくて、だからこそ、どんな責め苦を負っても仕方ないと腹を決めたつもりだった。あらゆるパターンのシミュレーションもして、どういう場面にも対応出来るよう、準備を整えた筈だったのに。

唐突に訪れる苦しみは想定外のもので佐竹を困らせる。何も言えない佐竹をじっと見つめていた水本は、前を向いて「行こう」と促した。

「何か食べさせてあげる」

「……。いや…お腹はそれほど空《す》いてな…」

水本の好意だとは分かるが、空腹ではないと返事しようとすると、「いいから」と強い調子で遮られる。

「食べれば元気も出るよ」

きっぱり言い切る水本は足を速めて佐竹よりも前へ出る。斜め前を歩く細い背中にはしなやかな強さが秘められているように見えた。

気遣ってくれる水本には申し訳なかったが、とても何かを食べる気分にはなれなくて、梁山泊の勝手口で彼女と別れた。落ち着いたら顔を見せると約束して、離れの門へ向かう。高御堂が留守で開いていなければ逆戻りだとは思ったが、調理場の人間も水本と同じく事件について知っているに違いなく、微妙な空気を味わうのは出来るだけ避けたかった。

幸いにも離れの門は開いており、佐竹は誰に気遣うことなく、中へ入ることが出来た。人気のない玄関から上がり、居間に続くドアを開ける。居間を回ってキッチンを覗いたが高御堂の姿はなかった。

二階の寝室にも高御堂はおらず、疲れた気分でベッドの端に座る。留め置かれている間、何もすることがなく、いつでも寝られる環境にあった。だから、睡眠不足ではない筈なのに、嗅ぎ慣れた寝室の匂いと静けさに、心地よさを覚えた身体が睡魔に襲われる。高御堂が戻って来たら叱られるかもしれないという思いを抱きながら横になった佐竹は、いつしか眠りについていた。

いくらでも寝られたと言っても、良質な睡眠は取れていなかった。市場たちを失くしてから…月岡を殺すまでの間はほぼ寝ていなかった。その後も頭の中が冴《さ》えたままで、眠いという感覚さえ遠かった。初めてうつらうつらとしたのがいつだったのかは覚えていなかったが、ようやく眠れたと思っても、必ず、悪夢から逃れたくて起きる羽目になった。

苦しくて、苦しくて、助けを求めて目を覚ます。そんなことの繰り返しが続くと、眠るのが怖くなる。幼い頃から悪夢に魘《うな》されるのに慣れてはいたが、その質が変わったように感じていた。

変わったというより、より深くなったと言うべきか。ベッドに横たわり、夢とも現実とも判断のつかない苦しみにもがいていた佐竹は、身体を揺すられる感覚ではっと目を覚ました。

「…っ……」

硬直した身体を震わせた佐竹は、自分を見下ろしている高御堂と目が合って、息を吐く。呼吸が荒いのが自分でも分かり、胸に手を当てて落ち着こうとするが、すぐには収まらない。額が濡れている感覚がして、手を当てて汗を拭う。

たかみさん…と呼んだ声は掠れていて、ちゃんとした音にはならなかった。高御堂が微かに眉を顰めるのを見て、佐竹は肘をついて起き上がる。いつもは汚い格好でベッドに寝るなと叱られるので、大きく息を吸ってから、「ごめん」と詫びた。

「……」

ベッドの端に腰掛けた高御堂は何も言わない。さすがの高御堂もいつも通りというわけにはいかないのだろうか。それが何だかおかしくて、小さく笑うと、高御堂が懐から煙草《たばこ》を取り出した。白い筒を咥《くわ》え、慣れた手つきで火を点ける。

煙草の匂いを感じると同時に、高御堂のオーデコロンの香りにも気づく。一分の隙もなく整えられた部屋は静けさに満ちており、窓からは庭が見える。

真冬の空は厚い雲に覆われているようで、既に薄暗い。このまま夕焼けに染まることなく、夜の帳《とばり》がおりていくのだろうと思われた。

　高御堂とこうしていると、何も変わっていないように感じられる。梁山泊を出れば忙しく捜査に走り回らなくてはいけないというのも。高御堂との関係を市場に知られるのを怯《おび》えながらも、会うのをやめられない自分を悔いるというのも。今も尚《なお》、続いているように思えるのに。

「……」

　現実は違うのだと、自分はいつ認識出来るようになるのだろうか。全てを失ったのだと、いつ、分かるのだろうか。はあ…と大きく息を吐き、佐竹は俯かせた頭を緩く振る。すると、いつの間にか煙草を吸い終えていた高御堂が、頬に触れて来た。

　ひんやりとした感触でも、体温は伝わって来る。誰かに触れられる感覚は朧気な現実を確かにしてくれるように思えて、佐竹は顔を上げて高御堂を見る。

　冷たい目は出会った時から変わらない、高御堂のものだ。無表情な顔からは何を考えているのかは読めない。同情なんて、高御堂には似合わない。愛情など、あり得ない。ならば、何故《なぜ》。それは高御堂が自分を許す理由にも繋がっているのだろうか。

　答えの出ない疑問を幾つも抱えたまま、佐竹は高御堂の手を下ろさせ、彼に寄り添って口付けた。一度、唇を重ねてから、高御堂の眼鏡を外し、再度深く口付ける。煙草の匂いと味が、よりリアルさをくれる。

「……」

　自ら高御堂に口付けるのは初めてで、おかしな気分がしながらも、それまでの経験があったからすんなりと行動出来た。唇を食《は》み、口内に差し入れた舌を動かして感じる場所を探る。高御堂に快楽を与えるというより、自分が味わうことに夢中になりそうな気配を感じ、佐竹は口付けを解いた。

　初めて高御堂と関係を持ったあの日。言い訳が欲しくないかと、高御堂は言った。その時は意味が分からなかったけれど、今は分かるような気がしてい

る。

「…たかみさん」

「……」

何も言わない高御堂の目は冷たいままで、誰かの望みをかなえる慈悲など、持ち合わせていないように見えた。宴席帰りに高御堂にキスをしていた美女を思い出す。彼女を見ていたのもこんな目だった筈だ。自分を求める人間を見下す目。

見下された方が、侮蔑された方がずっといい。そう思って、佐竹は高御堂の耳元に口を寄せた。

「たかみさんが…欲しい」

抱いて欲しいと望みを伝え、高御堂の唇を塞ぐ。思いを伝える口付けは次第に快楽を望むものになり、浅ましい欲望を露わにしていく。はしたないという気持ちも持たずに、我を忘れてキスをしていた佐竹は、高御堂にベッドへ押し倒されて息を呑んだ。

「…っ…」

夢中になっていたから驚きはしたけれど、ほっとした気持ちの方が大きかった。高御堂に拒絶されたらという恐れがなかったわけじゃない。服を脱がして来る高御堂の手に従いながら、彼の頬に唇を寄せ、傷痕を舌先で舐《な》める。

高御堂には相応《ふさわ》しくない醜い痕に唇を這《は》わせ、裸になった身体を抱き締められる感覚に恍惚となる。高御堂がくれる快楽に思いを馳《は》せ、同時に、そんな自分の愚かさに酔っていた。

「…ふ…っ……」

もしも、死んだのが自分で、市場が生き残っていたら。市場は月岡のしたことを徹底的に捜査し、司法の場で極刑を求めていただろう。私的な思いに囚われ、自ら手を汚すなどという真似は、決してしなかった筈だ。

市場が決して許してはくれない間違いを、自分は犯した。けれど、間違いはとうに始まっていたのだ。

「…ん…っ……あ…」

市場が生きていた頃だって、高御堂と会うことをやめられず、あまつさえ、身体の関係を結び、彼から与えられる快楽に溺れていた。今も尚、高御堂の手に触れられることを、自分の身体は悦《よろこ》んでいる。高御堂を望んで熱くなっていく身体は、彼の傷痕よりもずっと醜いものだ。

高御堂の手に握られるだけで反応を示すものは更なる刺激を求めている。自然と腰を揺らしてしまいそうになるのを意識して堪えなくてはいけない。もっと強く弄《いじ》って欲しいと、はしたない要求を吐いてしまいそうな口を閉じていなくてはいけない。

「あ……っ…ふ……」

甘い嬌声《きょうせい》が漏れる口が寂しく感じられて、高御堂の唇を求める。淫らに口付け、早くと急いてしまいそうな心を抑える。高御堂の肌に触れる為にシャツのボタンを外すことさえ、もどかしく感じられた。

早く繋がりたい。激しく中を抉《えぐ》るように突いてくれる、あの感覚が欲しい。頭の中を埋め尽くしていく欲望は際限がなくて、おかしくなってしまいそうだった。

おかしくなってしまえば。何もかも忘れてしまえるかもしれないという、錯覚があった。

「…っ……ん……た、かみさん…」

露わにした高御堂の胸に顔を埋《うず》め、縋《すが》るように名前を呼ぶ。いけないと、自分を制している意味が分からなくなる。何を取り繕う必要があるのか。認めて欲しいと…裏切ってはいけないと思う相手は…、もういないのに。

「…は、やく……欲しい。……」

入れて…と耳元で囁《ささや》くと、高御堂が小さく息を吐いた。自分を嗤《わら》ったのかと思い、顔を上げて見ると、高御堂は相変わらず無表情だった。

それが切なくて、佐竹は眉を顰める。もっと…軽蔑してくれればいいのに。人殺しの犬だと、人を責める資格などないじゃないかと、貶《おとし》めてくれれば。哀しい思いを抱いて、高御堂に口付ける。

激しいキスを交わしながら、後ろを探る高御堂の指に翻弄された。淫猥《いんわい》に腰を揺らす佐竹から指を抜き、高御堂は細い脚を抱えて、自分自身を濡らした孔《あな》にあてがう。一気に貫かれた佐竹は、叫び声に似た嬌声を上げた。

「ああ…っ…」

凄まじい快感が身体を駆け抜けるのと同時に、昂ぶっていた前が破裂する。全身が敏感になっており、少しの動きでもとてつもなく感じられて、高い声を上げ続けた。

何も分からなくなるほど、ひどく抱いて欲しい。

高御堂がくれる快楽しか見えないようにして欲しい。その為だったら、自分は何でもする。跪《ひざまず》いて、懇願して、どんな痴態だって演じてみせる。

それで、一瞬でも全てが忘れられるのならば。


佐竹の自宅謹慎が解かれ、新しく創設された特命捜査対策室五係への異動が命じられたのは、その年の夏のことだった。

あとがき

ファーストエッグを連載することとなり、それを準備している間に、小説リンクスさんが統合したり、担当さんが替わったりと色々ありました。雑誌連載が終わった後、ノベルスも最後まで出せるかなあという不安があったので、こうしてお目にかけられそうなのはとても嬉しいです。改めまして、最終巻までお手に取って下さった皆様、ありがとうございました。

今回は本編の七話、八話と、書き下ろしを収録しております。最終話となる八話は雑誌掲載分にプラスして、少しラストを変えております。本編も書き下ろしも波乱含みの展開ばかりで、お楽しみ下さい……と素直に勧められない感じなのが申し訳ないのですが……、こういうお話でも楽しんで頂ける方が少しでもいらっしゃるのを願うばかりです。

そして、雑誌からノベルスの最終巻まで、挿絵を担当して下さった麻生《あそう》海《かい》先生に厚くお礼申し上げます。毎回、拙作にはもったいないほどの素敵な挿絵をありがとうございました。麻生先生のお仕事は本当に丁寧で、担当さん共々、頭の下がる思いでありました。長長とした決して明るくないお話に、最後までお付き合い下さった先生の優しさに心から感謝しております。

あとがき

こういうお話を書きたいと相談した際、快く承諾して下さり、連載出来るように取りはからって下さった、前の担当さん。その後、担当を引き継がれ、ここまで誠実にお付き合い下さった、今の担当さん。ご両人にもお礼を申し上げます。お二方のご協力なくして、このお話を書き続けることは出来なかったと思います。ありがとうございました。

ラスト。佐竹《さたけ》に隠された秘密に高御堂《たかみどう》が気付いた感じで終わっておりますが、その内容ははっきり明かしてはおりません。おおよそ察して頂けると思っております。時間が経つにつれて見えて来る現実に、二人がどう対応するか。その選択は私にも見えないところでありますが、実は純愛の話なのだと思います。たかみさんが佐竹に枕を投げつけていても。

量的にはしっかりある話なので、ここまでお読み頂いた皆様にせめて某《なにがし》かの満足感を得て頂けたら幸いです。長く書いたお話は当然ながらキャラクターに愛着が湧くもので、これで終わりかと思うと寂しいですが、皆様が同じようにこのお話の場や、登場人物たちを愛して下さったらと願っております。

新しい年に希望を馳せて

谷崎《たにざき》　泉《いずみ》

初出

seventh egg	2014年 リンクス1月号掲載
final egg	2014年 リンクス1月号掲載
刑事の矜持	書き下ろし

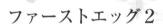

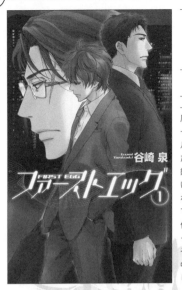

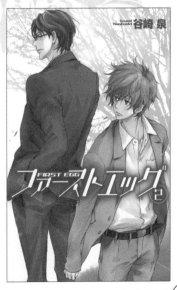

ファーストエッグ3

谷崎 泉
イラスト：**麻生 海**
本体価格 900 円+税

警視庁の花形である捜査一課において、ひと癖ある刑事ばかりが集う吹き溜まり部署・五係。中でも佐竹は、気だるげな態度と度を越えたマイペースさを持つ問題刑事だった。その上佐竹は、元暴力団幹部である高級料亭の主人・高御堂と長年身体だけの関係を続けている。人を寄せ付けない硬い空気を持つ高御堂が、どうして自分を側に置くのか分からないまま、甘やかされ、身体を開かれてきた佐竹。その関係は次第になくてはならないものとなるが、刑事としてこのままではいけないと、佐竹は葛藤するようになる。そんな中、佐竹自身の過去に暗い影を落とすある人物が現われ…!?

リンクスロマンス大好評発売中

瑠璃国正伝《るりのくにせいでん》 全3巻

谷崎 泉
イラスト：**澤間蒼子**
本体価格 855 円+税

海神を鎮める役目をもつ瑠璃国の海子・八潮は、後継者の立場から貴族の清栄を「支え」に選ぶことになった。

心も身体も満たされるかと思われた八潮のもとに、突然瑠璃国の王と海子である父の訃報が舞い込む。悲しみに暮れる中、海子を廃止する意見が貴族の間でもち上がり、さらには「支え」である清栄の家が失脚するという不幸が重なってしまう。

誰にも頼れず孤立する八潮の前に、謎の男・渡海が現れ、「俺がお前を支えてやる」と告げていき……。

真音《しんおん》 全3巻

谷崎 泉
イラスト：**麻生 海**

各本体価格 855 円+税

母親の借金のせいで、暴力団の事務所に連れてこられた進藤は、粗野で野性的な本部長・富樫に、一目で気に入られてしまう。

その気のない進藤は富樫をはねつけるが諦めてもらえず、無理矢理に何度も食事に連れ回されることに。秘密を抱え、静かに生きてきた進藤は、心を騒がせる富樫と距離を置きたかった。だがある日、強引に部屋にやってきた富樫に口説かれ進藤は断るが、突然押さえ込まれ身体を弄ばれてしまい…。

リンクスロマンス大好評発売中

ダブル
—犬も歩けば棒に当たる—

谷崎 泉
イラスト：**澤間蒼子**

本体価格 855 円+税

清楚な面立ちの鴻上と精悍な容貌の村上は、高校の時に恋人同士として付き合っていたが、気まずい別れ方をしていた。

あれから会わないまま、十年以上の月日が経った今、二人は刑事として再び巡り会う。

未だに村上は鴻上を想っていたが彼にさけられ続け、一方の鴻上も過去への罪悪感からか、自分に素直になれないでいた。

そんな折、ある爆破事件を解決する為、急遽村上と鴻上はチームを組むことになる。お互いに相手を意識しながら事件解決を目指すが…。

名前を呼んで《なまえをよんで》

谷崎 泉
イラスト：**今井車子**
本体価格855 円+税

デザイナーの鈴木は仕事上の関係で、中学の頃に転校した成島と出会う。

最初は誰だかわからなかったことで成島を傷つけてしまう鈴木。

しかし、後日あやまりにいき、昔のことを話すうちに成島が料理研究家として人気があること、昔は金持ちだったが今は貧乏であることを知る。友人もなく、寂しく過ごす成島に最初は同情で付き合う鈴木だったが…。

リンクスロマンス大好評発売中

悪魔侯爵と白兎伯爵《あくまこうしゃくとしろうさはくしゃく》

妃川 螢
イラスト：**古澤エノ**
本体価格870円+税

──ここは、魔族が暮らす悪魔界。悪魔侯爵・ヒースに子供の頃から想いを寄せていた上級悪魔である伯爵・レネは、本当は甘いものが大好きで、甘えたい願望を持っていた。しかし、自らの高貴な見た目や変身した姿が黒豹であることから自分を素直に出すことが出来ず、ヒースにからかわれる度つんけんした態度をとってしまう。そんなある日、うっかり羽根兎と合体してしまい、なんと白兎姿に。上級悪魔の自分が兎など…！　と屈辱に震えながらもヒースの館で可愛がられることになる。彼に可愛がられて嬉しい半面、上級悪魔としてのプライドと恋心の間で複雑にレネの心は揺れ動くが…。

恋で せいいっぱい《こいでせいいっぱい》

きたざわ尋子
イラスト：**木下けい子**
本体価格870円+税

男の上司との公にできない恋愛関係に疲れ、衝動的に会社を退職した胡桃沢怜衣は、偶然立ち寄った家具店のオーナー・桜庭翔哉に気に入られ、そこで働くことになる。そんなある日、怜衣はマイペースで世間体にとらわれない翔哉に突然告白されたうえ、人目もはばからない大胆なアプローチを受ける。これまでずっと男同士という理由で隠れた付きあい方しかできなかった怜衣は、翔哉が堂々と自分を「恋人」だと紹介し甘やかしてくれることを戸惑いながらも嬉しく思い…。

リンクスロマンス大好評発売中

恋する花嫁候補《こいするはなよめこうほ》

名倉和希
イラスト：**千川夏味**
本体価格870円+税

両親を事故でなくした十八歳の春己は、大学進学を諦めビル清掃の仕事に就いて懸命に生きていた。唯一の心の支えは、清掃に入る大会社のビルで時折見かける社長の波多野だった。住む世界が違うと分かりながらも、春己は、紳士で誠実な彼に惹かれていく。そんなある日、世話になっている親戚夫婦から、ゲイだと公言しているという会社社長の花嫁候補に推薦される。恩返しになるならとその話を受けようとしていた春己だが、実はその相手が春己の想い人・波多野秀人だと分かり…!?

LYNX ROMANCE

小説原稿募集

リンクスロマンスではオリジナル作品の原稿を随時募集いたします。

募集作品

リンクスロマンスの読者を対象にした商業誌未発表のオリジナル作品。
（商業誌未発表のオリジナル作品であれば、同人誌・サイト発表作も受付可）

募集要項

＜応募資格＞
年齢・性別・プロ・アマ問いません。

＜原稿枚数＞
４５文字×１７行（１枚）の縦書き原稿、２００枚以上２４０枚以内。
※印刷形式は自由。ただしＡ４用紙を使用のこと。
※手書き、感熱紙不可。
※原稿には必ずノンブル（通し番号）を入れてください。

＜応募上の注意＞
◆原稿の１枚目には、作品のタイトル、ペンネーム、住所、氏名、年齢、電話番号、メールアドレス、投稿（掲載）歴を添付してください。
◆２枚目には、作品のあらすじ（４００字～８００字程度）を添付してください。
◆未完の作品（続きものなど）、他誌との二重投稿作品は受付不可です。
◆原稿は返却いたしませんので、必要な方はコピー等の控えをお取りください。
◆１作品につき、ひとつの封筒でご応募ください。

＜採用のお知らせ＞
◆採用の場合のみ、原稿到着後６カ月以内に編集部よりご連絡いたします。
◆優れた作品は、リンクスロマンスより発行させていただきます。
原稿料は、当社既定の印税でのお支払いになります。
◆選考に関するお電話やメールでのお問い合わせはご遠慮ください。

宛先

〒151-0051
東京都渋谷区千駄ヶ谷４−９−７
株式会社　幻冬舎コミックス
「リンクスロマンス　小説原稿募集」係

LYNX ROMANCE

イラストレーター募集

リンクスロマンスでは、イラストレーターを随時募集いたします。

リンクスロマンスから任意の作品を選び、作品に合わせた
模写ではないオリジナルのイラスト（下記各1点以上）を描いてご応募ください。
モノクロイラストは、新書の挿絵箇所以外でも構いませんので、
好きなシーンを選んで描いてください。

1 表紙用 カラーイラスト

2 モノクロイラスト（人物全身・背景の入ったもの）

3 モノクロイラスト（人物アップ）

4 モノクロイラスト（キス・Hシーン）

募集要項

＜応募資格＞

年齢・性別・プロ・アマ問いません。

＜原稿のサイズおよび形式＞

◆Ａ４またはＢ４サイズの市販の原稿用紙を使用してください。
◆データ原稿の場合は、Photoshop（Ver.5.0 以降）形式でＣＤ－Ｒに保存し、出力見本をつけてご応募ください。

＜応募上の注意＞

◆応募イラストの元としたリンクスロマンスのタイトル、あなたの住所、氏名、ペンネーム、年齢、電話番号、メールアドレス、投稿歴、受賞歴を記載した紙を添付してください（書式自由）。
◆作品返却を希望する場合は、応募封筒の表に「返却希望」と明記し、返却希望先の住所・氏名を記入して返送分の切手を貼った返信用封筒を同封してください。

＜採用のお知らせ＞

◆採用の場合のみ、６カ月以内に編集部よりご連絡いたします。
◆選考に関するお電話やメールでのお問い合わせはご遠慮ください。

宛先

〒151-0051 東京都渋谷区千駄ヶ谷４−９−７
株式会社　幻冬舎コミックス
「リンクスロマンス　イラストレーター募集」係

この本を読んでのご意見・ご感想をお寄せ下さい。

〒151-0051
東京都渋谷区千駄ヶ谷4-9-7
(株)幻冬舎コミックス　リンクス編集部
「谷崎《たにざき》 泉《いずみ》先生」係／「麻生《あそう》 海《かい》先生」係

リンクス ロマンス

ファーストエッグ 4

2015年1月31日　第1刷発行

著者……………谷崎《たにざき》 泉《いずみ》
発行人…………伊藤嘉彦
発行元…………株式会社　幻冬舎コミックス
〒151-0051　東京都渋谷区千駄ヶ谷4-9-7
TEL 03-5411-6431（編集）
発売元…………株式会社　幻冬舎
〒151-0051　東京都渋谷区千駄ヶ谷4-9-7
TEL 03-5411-6222（営業）
振替00120-8-767643
印刷・製本所…株式会社　光邦
検印廃止

ISBN978-4-344-83336-4 C0293
Printed in Japan

幻冬舎コミックスホームページ　http://www.gentosha-comics.net